Kirstin Warschau

Kanalfeuer

PIPER

Zu diesem Buch

Seltsam flackernde Lichter an einem stillgelegten Seitenarm des Nord-Ostsee-Kanals – als der alte Mann seiner Pflegerin von seiner Beobachtung erzählt, nimmt ihn die nicht weiter ernst. Kurz darauf ist er tot ... Beim Baden fällt einer Frau am Flemhuder See ein dunkelhäutiger Mann auf, der am Ufer zu schlafen scheint. Erst auf dem Heimweg kommt ihr der Verdacht, dass er tot gewesen sein könnte. Als sie die Polizei alarmiert, kann diese nichts Verdächtiges finden. Die Kieler Kommissarin Olga Island ermittelt trotzdem weiter und ist bald mit immer neuen Fragen konfrontiert: Was geschieht eigentlich auf dem abgelegenen, ringsum abgesicherten Gutshof Kreihorst? Welche Geheimnisse bergen die gefährlichen Spülfelder am See? Und was hat es mit den alten Ölbunkern aus dem Zweiten Weltkrieg auf sich, die dort noch im Boden stecken? Während sich Olga Island der Lösung des Mordfalls am See ganz nahe glaubt, verschwindet ihre junge Kollegin Henna Franzen, die dringend auf Insulin angewiesen ist. Es beginnt ein Wettlauf mit der Zeit ...

Kirstin Warschau, geboren 1965 in Kiel, studierte Archivwissenschaften und arbeitete lange Jahre als Diplomarchivarin in verschiedenen norddeutschen Archiven, ehe sie Pädagogik und Psychologie studierte und nach Berlin ging. Sie schrieb zahlreiche Kurzgeschichten, die in Anthologien veröffentlicht wurden. Heute lebt sie mit ihrer Familie in Kiel. Nach »Fördewasser« und »Was im Moor geschah« ist »Kanalfeuer« ihr dritter Krimi mit der Ermittlerin Olga Island.

Kirstin Warschau

KANALFEUER

Ein Fall für Olga Island

Piper München Zürich

Mehr über unsere Autoren und Bücher:
www.piper.de

Von Kirstin Warschau liegen bei Piper vor:
Fördewasser
Was im Moor geschah
Kanalfeuer

Für Mary

FSC
www.fsc.org
MIX
Papier aus verantwortungsvollen Quellen
FSC® C083411

Originalausgabe
August 2012

Umschlaggestaltung: semper smile, München
Umschlagfoto: Ekkehart Reinsch/buchcover.com
Satz: Kösel, Krugzell
Gesetzt aus der Sabon
Karte: Cartomedia, Karlsruhe
Papier: Munken Print von Arctic Paper Munkedals AB, Schweden
Druck und Bindung: CPI – Clausen & Bosse, Leck
Printed in Germany ISBN 978-3-492-26446-4

Heißer Sand und ein verlorenes Land
und ein Leben in Gefahr,
heißer Sand und die Erinnerung daran,
dass es einmal schöner war.

Mina, »Heißer Sand«

1

Vasco da Gama kam mit dem ICE aus Zürich um siebzehn Uhr dreißig in Kiel an. Seine dunkle Sonnenbrille, ein seltenes Designerstück, spiegelte den wolkenlosen Himmel und die Eisreklame auf dem Bahnsteig. Er trug Markenjeans und ein Polohemd und hatte die Kopfhörer seines Mobiltelefons in den Gehörgängen, wie viele andere der Bahnreisenden auch. Die Musik stammte von den H-Blockx, also nichts, was man leise hören konnte.

Cord Petersen stand unter den Anzeigetafeln am Ende des Gleises und wartete. Um sich die Zeit zu vertreiben, hatte er eine Weile darüber nachgedacht, was für ein Tattoo er sich als Nächstes stechen lassen sollte, war aber zu keinem Schluss gekommen, was ihn in eine gewisse Missstimmung gebracht hatte. Als er den Jungen endlich zwischen den anderen Fahrgästen entdeckte, trat er ihm entgegen und streckte die breite, behaarte Hand aus.

»Moin.«

Ein fester, trockener Händedruck. Vasco da Gama nickte Petersen kurz zu, dachte aber nicht daran, die Kopfhörer aus den Ohren zu nehmen oder die Lautstärke zu drosseln. Er überließ ihm das Gepäck, Seesack und Handkoffer, und trottete schweigend hinter ihm her. Der Geländewagen stand im Halteverbot vor der Kaisertreppe.

Während da Gama die Stufen hinabstieg, blickte er hinunter auf die Kieler Förde, die Kräne der Werft und die Aufbauten der Schwedenfähre, die im Hafen lag. Am Anleger der Hafendampfer herrschte Hochbetrieb, und vor dem Café Blauer Engel waren alle Stühle und Strandkörbe besetzt.

Die Menschen suchten die Nähe des Wassers, das dunkel, blau und kühl unter ihnen an die Spundwände schwappte, und genossen die warmen Strahlen der Spätnachmittagssonne. Sie konnten nicht wissen, wer da gerade die Kaisertreppe herunterkam, und erst recht nicht, was er vorhatte. Vasco da Gama verzog den Mund und lächelte breit. Sie alle ahnten nichts, aber sie würden noch von ihm hören.

2

Er saß am Fenster und wartete. Seit einer Stunde hockte er an seinem Platz zwischen den Geranientöpfen, stützte die Ellenbogen auf die weiß gestrichene Fensterbank und starrte hinaus. Erst spät war die kurze nördliche Sommernacht mit ihrem blauen Dämmerlicht über Holtenau hereingebrochen. Bogenlampen warfen ein schwaches Licht auf die Fahrbahn und den Bürgersteig der Kanalstraße. Nur von drüben, von der Schleuseninsel her, leuchtete Flutlicht hinter dunklen Baumwipfeln hervor und verschmolz mit den Lichtern der Stadt, die jenseits der Schleusen lag.

Hans Hinrichs lauschte. Es war still in dem hohen, alten Haus, von dem aus man auf den alten Seitenarm des Nord-Ostsee-Kanals blicken konnte. Das viel beschäftigte Ehepaar Schmirgel im Erdgeschoss schlief seit Stunden. Auch von Herrn Müller, dem ewigen Studenten oben in der

Dachwohnung, der gelegentlich mitten in der Nacht Stühle rückte und seinen Drucker stundenlang rattern ließ, war kein Laut zu vernehmen. Hans Hinrichs vermutete, dass er vorzeitig in die Ferien aufgebrochen war. Letztes Wochenende war er in der Nacht des großen Abschlussfeuerwerks, das traditionell die Kieler Woche beendete, singend die Treppe nach oben gepoltert und hatte seitdem keinen Mucks mehr getan. Das konnte nur bedeuten, dass er bei seiner Mutter war, die ihm die Wäsche machte und sein Auto bezahlte.

Es war vollkommen still im Erker zwischen den Blumen. Selbst die Möwen, die sonst zu allen Tageszeiten draußen auf dem Dachfirst saßen und schrien, waren verstummt. Nur die Uhr an Hinrichs' Handgelenk bewegte ihre fluoreszierenden Zeiger in gleichförmiger Langsamkeit über das Ziffernblatt.

Vorsichtig zog er das Spiralheft heran. Der Kugelschreiber lag bereit. Der, auf den er wartete, würde kommen, davon war er überzeugt. Die Nacht war lau, der Mond noch nicht aufgegangen, und Hinrichs hatte Muße zu warten. Seine Hände zitterten wie so oft in der letzten Zeit, die Schrift geriet krakelig, als er am Ende einer langen Spalte Datum und Uhrzeit notierte. »Sonntag, 1. Juli, 0.45 Uhr, keine Vorkommnisse.«

Die Aufzeichnungen mussten exakt sein, so gehörte es sich. Gelernt war gelernt, das steckte in einem nach sechsundvierzig Jahren Arbeit in der Verwaltung. Da nützte es nichts, dass man ihn mit Einführung der Computer aus Altersgründen in Rente geschickt hatte, fortan zu nichts weiter verpflichtet, als Miete zu zahlen und die Klappe zu halten. Die Aufzeichnungen mussten sein. Besonders in den Nächten, wenn er nicht schlafen konnte, brauchte er die Gewissheit, dass er noch klar denken konnte – auch wenn sein Körper langsam verfiel, das Herz oft schwach und unregelmäßig schlug, der Brustkorb schmerzte und das Atmen nicht immer leichtfiel. Sicher, er hatte sein Spray, aber manchmal erinnerte er sich nicht mehr daran, wo er es hingestellt hatte.

Plötzlich bemerkte er draußen eine Bewegung. Unwillkürlich hielt er die Luft an. Das musste er sein. Er kam wie immer aus Richtung des Fähranlegers und ging mit wiegendem Schritt den unbefestigten Gehweg auf der anderen Straßenseite entlang. Die dunkle Buchenhecke, die die Straße von der Schleusenwiese trennte, verbarg ihn fast vollkommen. Aber Hinrichs sah ihn trotzdem, und es bereitete ihm eine diebische Freude, dass der andere nichts von seinem Beobachter wusste.

Hinrichs griff zum Stift, um die Uhrzeit zu notieren. Es war jetzt exakt null Uhr neunundvierzig. Als er aufsah, war der Mann bereits durch die Hecke geschlüpft, hatte die Wiese überquert und den Wanderweg erreicht, der am Altarm des Kanals entlangführte. Das Flutlicht drüben auf der Schleuseninsel fiel durch die Bäume bis aufs Wasser, und Hinrichs konnte die Umrisse des Mannes deutlich erkennen, der vornübergebeugt dastand und in den Kanal starrte.

Hans Hinrichs zog das Opernglas aus der Hosentasche. Als Marie, seine Frau, noch lebte, war sie gern nach Kiel ins Opernhaus gefahren. Ihm selbst hatte das langatmige Gesinge und Gedudel dort nie zugesagt. Da hatte er sich lieber an Volkstümliches gehalten wie den Lotsengesangverein Knurrhahn zum Beispiel, der war mehr nach seinem Geschmack, und er hatte einen gewissen Ehrgeiz entwickelt, möglichst keines der Konzerte auszulassen. Maries kleines Opernglas war nicht besonders gut, aber für die Beobachtungen, die er seit einiger Zeit durchführte, reichte es aus.

Als vor ein paar Jahren drüben in der Wik, auf der gegenüberliegenden Kanalseite, das Paraffinlager gebrannt hatte, da hatte er zum ersten Mal nach Maries Tod ihr Opernglas aus dem Schrank geholt. Meterhoch waren die Flammen in den Himmel geschlagen. Er hatte unbeweglich am Fenster gesessen und sich selbst dann nicht gerührt, als die Feuerwehr alle Bewohner im Umkreis von einem Kilometer aus den Häusern geklingelt und evakuiert hatte. Er hatte in seiner Wohnung gesessen und hinübergestarrt, während draußen nur das beherzte Eingreifen aller Wehren aus Kiel und Umgebung, unterstützt von zwei Feuerlöschschiffen, eine Katastrophe hatte verhindern können. Die nahe gelegenen Öltanks hatten nur dank der Kühlung mit Kanalwasser der Hitze standgehalten. Der Anleger der Kanalfähre war zerstört worden, doch die Schleusentore des Nord-Ostsee-Kanals, die nur wenige Hundert Meter von der Unglücksstelle entfernt waren, blieben unversehrt.

In den Nächten nach dem großen Feuer hatte Hans Hinrichs kein Auge zugetan. Das Ereignis hatte seine Erinnerungen an den Krieg zu neuem Leben erweckt. An die Zeit, als er mit seiner kleinen Schwester nach einem Bombenangriff aus dem Bunker gekrochen war und ihr Zuhause einfach nicht mehr da gewesen war. Die Reste des zerstörten Mietshauses hatten gebrannt, und alle, die wie seine Mutter im Keller Zuflucht gesucht hatten, waren erstickt. Zusammen mit seiner Schwester war er über die beschädigte, nur notdürftig geflickte Holtenauer Hochbrücke geirrt, mit versengten Haaren und verkohlter Kleidung, raus aus der Stadt, fort, nur fort von Hitze, Qualm und

Tod. Nach ein paar Nächten allein im Freien waren sie, als sie die Strände nach etwas Essbarem absuchten, auf eine Bekannte ihrer Mutter gestoßen. Die Frau, die ihre eigenen Kinder bei einem Tieffliegerangriff verloren hatte, nahm die fremden Kinder bei sich auf. Tag für Tag, Jahr um Jahr, hatte sie vergeblich auf die Rückkehr ihres Mannes aus der Kriegsgefangenschaft gehofft. Er blieb verschollen. Hans Hinrichs erinnerte sich an eiskalte Winter, ewig verlauste Köpfe und den Hunger. Und an den Tag, als ihn und Anne die Nachricht erreichte, dass ihr Vater bei einem Einsatz in einem Kleinst-U-Boot gefallen war.

Nach dem Feuer im Paraffinlager war Hinrichs tage- und nächtelang durch seine Wohnung gelaufen, er hatte angefangen, Selbstgespräche über den Krieg zu führen, und hatte vergessen, zu essen und zu trinken. Ewa, seine Pflegerin vom mobilen Betreuungsdienst, hatte Dr. Peters angerufen, der ihm ein Beruhigungsmittel verschrieben hatte. Hans Hinrichs hatte wieder schlafen können, aber er war ängstlicher geworden, am Morgen verwirrt, am Abend oft traurig und unruhig.

Hinrichs richtete das Opernglas wieder auf den Fremden, der noch immer an derselben Stelle stand. Nach einer Weile zuckte der Strahl einer Taschenlampe über das Wasser. Er schien den Grund abzuleuchten. Doch schon bald schaltete er das Licht wieder aus.

Er wartete auf etwas.

Und Hans Hinrichs, alt, zittrig, aber wach und aufs Äußerste gespannt, wartete mit ihm.

3

Leon Witte hatte seit einer Woche Sommerferien, aber genießen konnte er sie nicht. Er war zwölf Jahre alt und hatte die sechste Klasse des Gymnasiums mit Müh und Not geschafft, eine Tatsache, die sein Vater nicht hinnehmen wollte. Werner Witte hatte deshalb einen Studenten engagiert, der seinem Sohn vormittags von neun bis zwölf Uhr Nachhilfeunterricht erteilte. Für den Nachmittag bekam der Junge schriftliche Aufgaben, die er am nächsten Morgen abzuliefern hatte. Zu allem Überfluss musste Leon mehrmals die Woche anschließend auf seine kleine Schwester aufpassen, weil seine Mutter am späten Nachmittag für den nächsten Marathon trainierte.

Früher waren die Wittes im Sommer nach Südfrankreich in den Urlaub gefahren, aber seit sie ihre Doppelhaushälfte in einem Neubaugebiet in Suchsdorf bezogen hatten, war das Geld knapp geworden, und sie blieben zu Hause. Wenn Leon die Aufgaben erledigt hatte, schaute er meist bei seinem Freund Finn-Lukas vorbei, der ein paar Straßen weiter wohnte. Dessen Eltern hatten zwar genug Geld, um zu verreisen, aber sie konnten sich im Sommer nicht freinehmen. Also hockte Finn-Lukas unter der Aufsicht eines magersüchtigen russischen Au-pair-Mädchens zu Hause, langweilte sich und sehnte sich nach Abwechslung.

Wenn Leon ihn besuchte, fuhren sie meistens mit ihren Crossrädern in der Gegend herum. Manchmal landeten sie dann auf dem Kinderspielplatz am Rande der Siedlung. So auch an diesem Tag, an dem Leon erst gegen halb sieben abends bei Finn-Lukas geklingelt hatte. Er hatte ihn nicht lange überreden müssen, noch eine kleine Ausfahrt zu unternehmen.

Auf dem Spielplatz angekommen, kickten sie mit einem Jonglierball herum, bis Finn-Lukas den Ball unbeabsichtigt, aber mit voller Wucht in die Sandkiste schoss. Er verfehlte den Kopf eines zweijährigen Mädchens nur um Haaresbreite, und die Mutter, die danebensaß und Sandförmchen füllte, bekam einen Tobsuchtsanfall. Die Jungen stiegen auf ihre Räder und fuhren weiter. Sie warfen kleine Steine nach den Mufflons, die im städtischen Tiergehege vor sich hin dösten, und gondelten schließlich den Weg am Kanal entlang, auf dem ihnen ein Grüppchen sonnengebräunter Rentner mit Fahrrädern entgegenkam.

Unter dem Brückenpfeiler der alten Levensauer Hochbrücke warfen die Jungen ihre Räder zu Boden und kletterten die Böschung hinauf. Es war kurz vor acht, und die Hitze des Tages staute sich zwischen den Büschen am Fuß des Bauwerks. Oben im mächtigen Brückenpfeiler überwinterten in der kalten Jahreszeit Tausende Fledermäuse. Leon und Finn-Lukas kannten die Stelle, an der die Tiere in das Gemäuer einflogen. Sie kannten auch die geheime Einstiegsöffnung, die es einem kleinen, sehr schmalen Menschen ermöglichte, in das Gewölbe im Widerlager der Brücke hineinzukriechen, ohne die stets fest verschlossene Stahltür zu benutzen.

Eigentlich hätten die Jungen um diese Zeit längst wieder zu Hause sein sollen. Aber heute war Werner Witte mit Leons kleiner Schwester nach Hamburg gefahren, um sie für drei Tage bei der Oma abzuliefern. Seine Mutter nutzte den freien Abend für eine besonders große Laufrunde und würde nicht vor Einbruch der Dunkelheit zurückkommen. Und das Au-pair-Mädchen von Finn-Lukas war nach der Vorabendserie ermattet vor dem Fernseher eingeschlafen.

Die beiden glücklich Vergessenen setzten sich am Fuße des Brückenpfeilers ins verdorrte Gras und streckten die Beine aus. Leon zog eine Packung Zigaretten aus der Hosentasche und zündete sich eine an. Der Rauch brannte ihm in der Kehle, aber er paffte entschlossen, während Finn-Lukas einer Jacht nachsah, die in gemächlichem Tempo Richtung Holtenauer Schleusen fuhr.

»Wollen wir rein?«, fragte Leon hustend und deutete auf den Brückenpfeiler.

»Weiß nicht, ist doch voll kalt in der Gruft.«

Sie schwiegen, während ein Schwarm Mücken sie umsurrte.

Finn-Lukas legte den Kopf in den Nacken und sah verträumt hinauf zu dem sonnenbeschienenen Brückenbogen aus genietetem Stahl. Die Brücke war schon über hundert Jahre alt und sollte demnächst abgerissen und durch einen Neubau ersetzt werden.

»Wie wär's, wenn wir mal da raufklettern?«, schlug Finn-Lukas vor. »Oder traust du dich nicht?«

Leon zuckte mit den Achseln. »Doch, klar.«

Er stand auf und warf seine Zigarette zu Boden.

Für die beiden Jungen war es kein Problem, den Granitsockel zu erklimmen und in die Stahlkonstruktion hineinzuklettern. Die rötliche Farbe, mit der das Metall gegen die Witterung geschützt wurde, war rau, und die Eisennieten boten ihren Turnschuhen zusätzlich Halt. Schon bald lag der Kanal tief unter ihnen. Die Entfernung bis zur Wasseroberfläche war schwindelerregend. Eine warme Luftströmung unter der Brücke erfasste sie und ließ ihre Haare fliegen.

»Wow«, sagte Leon.

»Cool!«, meinte Finn-Lukas, aber seine Stimme klang dünn und beklommen. Trotzdem kletterten sie weiter voran. Anfangs hatten sie noch kichern müssen, aber je näher sie der Fahrbahn über ihren Köpfen kamen, desto stiller wurden sie. Plötzlich hörten sie ein dumpfes Grollen, das schnell lauter wurde. Es folgte ein unheimliches Getöse, die Stahlteile, auf denen sie hockten, vibrierten, und die ganze Brücke geriet in Schwingung. Leon blieb die Luft weg, während er sich festklammerte. Finn-Lukas riss erschrocken die Augen auf und wimmerte leise.

Es dauerte nur wenige Sekunden, dann war die Regionalbahn von Kiel nach Flensburg über sie hinweggerast, aber ihre Herzen schlugen noch lange sehr schnell.

»Cool«, sagte Finn-Lukas wieder, doch seine Hände zitterten.

Die Jungen beugten sich vor, legten ihre Oberkörper auf den warmen Stahl und sahen hinab. Sie befanden sich auf der südwestlichen Seite der Brücke. Die Abendsonne stand über den Feldern. An einigen Stellen erreichten die Sonnenstrahlen die Wasseroberfläche des Kanals und brachten die Wellen tief unten zum Glitzern. Ein kleiner Frachter fuhr unten vorbei. Finn-Lukas winkte, aber niemand an Deck schien ihn zu bemerken. Leon sammelte Speichel in seinem Mund und ließ ihn hinabtropfen. Die Spucke wurde vom Höhenwind unter der Brücke erfasst, und es dauerte eine ganze Weile, bis sie unten ankam.

»Stell dir vor, wie's wäre, sich hier abzuseilen«, sinnierte Leon.

»Krass«, sagte Finn-Lukas. Plötzlich deutete er nach unten ins grünliche Wasser. »Sag mal, was ist das denn?«

Im Kielwasser des gerade passierten Frachters hatten

sich kleine schaumige Wirbel gebildet, und seitlich davon war ein Schatten zu erkennen.

»Da schwimmt was.«

»Was soll das sein?«

Sie starrten beide auf den merkwürdigen Fleck unter der Wasseroberfläche, der langsam unter ihnen hinwegglitt. Es war ein unförmiger dunkler Körper, der dem Schiff wie von Geisterhand zu folgen schien.

»Ein Riesenfisch oder so was!«

»Ein Alien.«

Keiner der beiden lachte.

Sie starrten auf die ungewöhnliche Erscheinung, bis sie außer Sichtweite war. Ein paar Mal spuckten sie noch in den Kanal, dann erinnerten sie sich daran, dass sie Hunger hatten.

Beim Zurückklettern, in etwa dreißig Metern Höhe, rutschte Leon ab. Er schrie auf. Sein rechter Turnschuh verklemmte sich zwischen zwei Stahlkanten und verhinderte in letzter Sekunde, dass er von der Brücke fiel. Als die beiden wieder festen Boden unter den Füßen hatten, spürten sie eine gehörige Portion Erleichterung.

Wortlos radelten sie nach Hause.

Später lag Leon im Bett und konnte nicht einschlafen. Er steckte in einer Zwickmühle. Gern hätte er seinem Vater von dem merkwürdigen Ding im Kanal erzählt. Werner Witte wüsste vielleicht, worum es sich gehandelt haben könnte. Aber Leon hätte sich niemals getraut zuzugeben, dass er auf der Brücke herumgeklettert war. Denn auch wenn sein Vater sich gern mit den Abenteuern seiner eigenen Kindheit brüstete, so würde er garantiert ausrasten, wenn er hörte, dass sein Sohn fast von der Brücke gestürzt war. Er würde ihm womöglich sogar verbieten, sich weiter mit Finn-Lukas zu treffen. Und dann wären die Ferien völlig ruiniert.

Ein paar Straßen weiter schlief Finn-Lukas tief und fest. Trotz des gegenseitigen Versprechens, dass ihre Brückenexkursion ein Geheimnis bleiben sollte, hatte er nach seiner Rückkehr versucht, dem verschlafen dreinblickenden Kindermädchen von der ganzen Sache zu erzählen. Aber die gelangweilte junge Frau, der deutschen Sprache erst zu einem kleineren Teil mächtig, hatte nur verständnislos die schmalen Schultern gezuckt und nicht mal versucht, ihr Gähnen zu unterdrücken.

4

In den letzten Wochen und Monaten hatte Hedda Marxen viel über ihr Leben nachgedacht. Eigentlich hielt sie sich für eine pragmatische Frau, die alles gut im Griff hatte. Jahrelang hatte sie Familie, Haus und Garten perfekt gemanagt, zwei lebhafte Jungen großgezogen und auch sonst alles in Ordnung gehalten. Aber kurz vor Pfingsten hatte sie ihren Neunundvierzigsten gefeiert, und zwar allein, weil den übrigen Familienmitgliedern offenbar andere Verpflichtungen wichtiger gewesen waren. Sie hatte versucht, an diesem Tag nicht allzu melancholisch zu werden, aber sie hatte sich doch ihre Gedanken gemacht und eine Art Bilanz gezogen.

Ihr Mann Christoph war selten zu Hause. Er war Architekt und arbeitete seit vielen Jahren in Hamburg. Weil er häufig Abendtermine hatte und ihm die dauernde Fahrerei zu beschwerlich geworden war, blieb er die Woche über meist in seinem Apartment in der Speicherstadt und kehrte nur noch am Wochenende ins Familienhaus nach Groß Nordsee zurück. Die Zwillinge, Niklas und Moritz, studierten in Bremen und Hannover, und leider hatte Hedda sie so selbstständig erzogen, dass sich die beiden mit Nachdruck gegen jedwede mütterliche Hilfe verwehrten.

An ihrem Geburtstag hatte Hedda Marxen allein auf der Terrasse gesessen und die Schiffe betrachtet, die in gemächlichem Tempo die Kanalweiche vor Schinkel passierten. Abgesehen von drei Kollegen ihres Mannes, die sie pflichtschuldigst angerufen hatten, waren keinerlei Gratulationen eingetroffen. Verzweifelt hatte sie der Versuchung standgehalten, sich einen kleinen Whisky einzuschenken. Gegen Abend hatte sie beschlossen, etwas in ihrem Leben zu ändern. Sie hatte sich vorgenommen, nun endlich den Führerschein zu machen. Seitdem fieberte sie nervös wie ein Teenager den Fahrstunden entgegen, die immer montags und mittwochs stattfanden. Außerdem hatte sie sich daran erinnert, wie gut es ihr tat, regelmäßig schwimmen zu gehen. Deshalb fuhr Hedda Marxen seit Anfang Mai jeden Morgen in aller Frühe und bei Wind und Wetter mit dem Rad zum Schwimmen an den Flemhuder See.

Auch heute, an diesem perfekten Sommermorgen, hatte sie in den kühlen Fluten des Sees ihre Runden gedreht. Während sie sich mit dem Handtuch trocken rubbelte, stellte sie fest, dass der Mann noch immer im Schatten unter dem Weißdornbusch lag. Beim Umziehen vorhin hatte sie ihn zwar gesehen, aber nicht weiter beachtet. Sie fingerte nach ihrer Brille, die sie während des Schwimmens immer in einem ihrer Schuhe deponierte. Neugierig sah sie zu ihm hinüber. Er lag seitlich ausgestreckt auf einem Handtuch, eine dünne Wolldecke bis über die Brust gezogen. Er schien zu schlafen. Selbst aus dieser Entfernung konnte sie erkennen, dass er ein gut aussehender Kerl war, mit muskulösem Körper und ebenmäßigem Gesicht. Sein dichtes, helles Haar lag wie ein Kissen um seinen Kopf.

Es war kurz nach sieben, und der Himmel leuchtete porzellanblau. Die Luft war lau und roch so berauschend nach Sommer, dass Hedda, wäre sie allein auf der Wiese gewesen, am liebsten laut losgesungen hätte. Aber sie wollte den Schlafenden nicht stören und hatte außerdem das unbestimmte Gefühl, dass vielleicht noch jemand in der Nähe war. Wahrscheinlich hatte am Vorabend eine Grillparty der ortsansässigen Jugend stattgefunden, und nicht alle hatten es bis nach Hause geschafft. Sie sah sich um. Ein Stück entfernt parkte ein Geländewagen, doch sie konnte nicht erkennen, ob jemand darin saß.

Sie sah zu ihrem Fahrrad hinüber, das sie an den Stamm einer Pappel gelehnt und nicht abgeschlossen hatte. Auf dem Land kam normalerweise nichts weg. Sie wickelte das Handtuch um ihren Oberkörper, streifte Bikinihose und das knappe Oberteil ab und zog sich an. Dabei summte sie leise ein Lied vor sich hin. Seit sie mit dem Schwimmen angefangen hatte, fühlte sie sich viel attraktiver als zuvor. Das Ganze war ein kleines Abenteuer am frühen Morgen, und manchmal hatte sie das Gefühl, dass ein guter und interessanter Teil ihres Lebens womöglich noch vor ihr lag.

Sie dachte an ihre nächste Fahrstunde. Jens Dirksen, der Fahrlehrer, würde sie am nächsten Tag um Punkt drei Uhr am Dorfausgang abholen. Sie lächelte. Wie der Dirksen sie immer ansah, wenn sie zu ihm ins Auto stieg: erfreut, verschmitzt und aufmerksam. Nicht nur der Gedanke, dass sie bald nach Lust und Laune allein nach Kiel ins Theater oder nach Neumünster ins Stadtbad fahren konnte, ließ ihr Herz hüpfen. Beim letzten Mal, sie hatte einen kleinen

Fehler beim Schalten gemacht, hatten sich ihrer beider Hände auf dem Schaltknüppel getroffen, flüchtig nur, aber es war aufregend gewesen.

Ihr kleiner Tagtraum wurde jäh unterbrochen, als sie wieder zu dem Mann auf der Wiese hinübersah. Er lag noch immer so da wie vorher. Allerdings hatte sie jetzt den Eindruck, als würde er sie ansehen. Sie rieb sich den Rest Seewasser aus den Augen, konnte jedoch auf die Entfernung nicht erkennen, ob ihre Vermutung richtig war. Wie zufällig begann sie daher, ein paar Kleeblüten aus der Wiese zu zupfen. Und näherte sich dabei dem Mann bis auf wenige Schritte. Sie trat jetzt dicht an ihn heran und beugte sich über ihn. Seine Haut hatte einen olivfarbenen Ton, das Gesicht war ebenmäßig, mit gerader, breiter Nase, hohen Wangenknochen und vollen Lippen. Die Augen hielt der Mann halb geschlossen. Hedda Marxen konnte die rosafarbenen Lidränder sehen und den Rand der dunklen Iris. Sie hielt die Luft an und lauschte. Bis auf die Rufe zweier Amseln war es still.

Etwas irritierte sie, aber sie wusste nicht, was. Erst als sie, von einer plötzlichen Unruhe getrieben, mit dem Fahrrad zum Dorf zurückfuhr, fiel ihr auf, dass er nicht geatmet hatte. Zu Hause angekommen, ging sie schnurstracks ins Wohnzimmer und griff nach dem Telefonhörer. Doch dann kamen ihr Zweifel.

Sie musste wieder an das denken, was lange zurücklag. Ihr fiel der Jeep ihres Mannes ein, den sie damals zu Schrott gefahren hatte. Und all das Schreckliche, was sie angerichtet hatte in jener Nacht. Und natürlich auch das enge, grün gestrichene Zimmer in der Suchtklinik und die Patchworkdecken, die sie in der Ergotherapie genäht hatte, die niemandem in ihrer Familie gefallen hatten. Und plötzlich zitterten ihre Hände so sehr, dass sie, ohne zu zögern, den Sekretär ihres Mannes öffnete, sich ein Glas Whisky einschenkte und es in einem Zug leerte.

Anschließend stand sie, die Flasche mit blutleeren Fingern umklammernd, am Fenster und starrte über den Garten auf die Aufbauten eines vorbeiziehenden Containerfrachters. Auf der Wiese hatte ein Toter gelegen. Und sie wünschte sich, sie hätte niemals angefangen, über ihr Leben nachzudenken.

5

Kriminalhauptkommissarin Olga Island knallte die Autotür zu und atmete erleichtert aus. Noch während sie den Wagen über den holprigen Parkplatz oberhalb des Falckensteiner Strandes gelenkt hatte, war ihr der Schweiß in feinen Rinnsalen den Rücken hinuntergelaufen. Als sie nun im Schatten der Bäume den Kofferraum öffnete, kühlte die leichte Brise vom Meer ihre verschwitzte Haut. Den ganzen Tag schon hatte sie vor sich hin transpiriert, und ihr blaues T-Shirt über dem drallen Bauch zierte eine feine, helle Salzkruste.

Das Thermometer in ihrem Büro hatte bereits um acht Uhr morgens achtundzwanzig Grad Celsius angezeigt. Und obwohl die meisten Fenster den ganzen Tag offen standen, war es unter dem Dach der Bezirkskriminalinspektion in der Blumenstraße von Stunde zu Stunde heißer geworden. Wären sie Schüler gewesen und keine Kriminalbeamten, hätten sie hitzefrei bekommen. So aber mussten alle Mitarbeiter der Mordkommission, mit Ausnahme von Karen Nissen und Falk Taulow, die mit ihren Familien im

Urlaub waren, an diesem Tag mehr oder weniger klaglos dem Feierabend entgegenschwitzen.

Olga Island, die erst im vergangenen Jahr von Berlin in die Stadt ihrer Jugendzeit zurückgekehrt war, hatte den Eindruck, dass der Sommer für die Polizei in Kiel eine eher ruhige Zeit war. Es gab mehr freie Parkplätze in der Innenstadt und weniger alkoholbedingte Exzesse. Die Kieler Woche, auf der sich die Einheimischen und ihre Gäste traditionell ein wenig austobten, war vorbei, und Stadt und Land schienen in eine träumerische Schläfrigkeit verfallen zu sein.

Diesen Montag hatte es allerdings einen noch ungeklärten Todesfall im Stadtteil Holtenau gegeben. Ein alter Mann war morgens tot auf einer Bank am Kanalufer sitzend aufgefunden worden. Auf dem Boden neben der Bank hatte ein altmodischer, mit Wappen besetzter Wanderstock gelegen, zwischen seinen Knien ein kleines Fernglas. Der Kriminaldauerdienst hatte einen Arzt verständigt, der bestätigte, dass der Tod wahrscheinlich in den frühen Morgenstunden durch Herzversagen eingetreten war. Der Mann war mit einem Bademantel bekleidet gewesen, in dessen Tasche die Chipkarte einer Krankenversicherung gesteckt hatte. Auf diese Weise hatten sie seine Identität schnell ermittelt. Es handelte sich um einen gewissen Hans Hinrichs aus einem Haus in der Kanalstraße. Ein Polizist hatte sich dort umgehört und von einer Bewohnerin erfahren, dass Hinrichs seit Jahren allein lebte und seine Wohnung schon seit vielen Monaten nicht mehr ohne Begleitung verlassen hatte. Das war dem jungen Beamten seltsam erschienen, und er hatte die Mordkommission informiert.

Die Leiche war daraufhin in die Gerichtsmedizin geschafft worden, aber die Untersuchungen hatten die Vermutungen des Arztes bestätigt, dass Fremdeinwirkung weitgehend ausgeschlossen war. Der Leiter der Mordkommission, der Erste Hauptkommissar Thoralf Bruns, hatte sich zusammen mit Kriminaloberkommissar Jan Dutzen die Wohnung des Toten angesehen, aber sie hatten nichts Auffälliges entdecken können. Island hatte mit dem Hausarzt und der Mitarbeiterin des mobilen Pflegedienstes gesprochen, die den Verstorbenen in den vergangenen Jahren betreut hatten. Beide hatten sich vom Ableben des Rentners wenig überrascht gezeigt.

Hans Hinrichs hatte seit Jahren an einer Angina Pectoris gelitten, einer schweren Herzinsuffizienz, und an einem sich fortentwickelnden Lungenemphysem, erfuhr Olga Island von Hinrichs' Hausarzt. Die Angestellte der Pflegeengel GmbH aus Friedrichsort, an die Island verwiesen worden war, hatte kaum Zeit für ein Gespräch gehabt. Die Frau hatte bei laufendem Motor in dem kleinen Fiat ihrer Firma gesessen und durch das heruntergekurbelte Fenster energisch den Kopf geschüttelt.

»Herr Hinrichs ist nie allein rausgegangen. Schon lange nicht mehr. Aber den schönen Ausblick auf den Kanal von seiner Veranda aus, den hat er immer sehr genossen.«

»Ist Ihnen an ihm in der letzten Zeit irgendeine Veränderung aufgefallen?«, hatte Island gefragt.

Der Pflegeengel hatte nicht lange nachdenken müssen. »Ich würde sagen, er war wie immer. Obwohl, wenn Sie mich so fragen, fällt mir gerade doch noch etwas ein. Herr Hinrichs war morgens in der letzten Zeit immer besonders verschlafen. Wenn ich zwischen sieben und halb acht bei ihm war, schlief er immer tief und fest und war kaum wach zu bekommen. Wenn ich ihn deswegen neckte, sagte er immer, er habe nachts den Kanal und die Schleusen beobachten müssen.«

»Hat er auch gesagt, warum?«

»Er musste irgendwas aufschreiben. Keine Ahnung, die werden manchmal etwas tüdelig, die alten Leute.«

»Haben Sie denn mal gesehen, was er aufgeschrieben hat?«

»Auf der Fensterbank zwischen den Blumentöpfen lag immer so ein Ringbuch. Eine Art Liste war das. Er hat sich Uhrzeiten notiert und von irgendwelchen Lichtzeichen oder Lichtern gesprochen. Keine Ahnung, was das sollte. Ich habe leider nicht so viel Zeit, dass ich mich auch noch mit solchen Sachen beschäftigen kann. Ich muss meine eigenen Listen abarbeiten.«

Bei der Teambesprechung am nächsten Morgen hatte Olga Island ihre Kollegen Bruns und Dutzen gefragt, ob sie Aufzeichnungen in der Wohnung des Rentners gefunden hatten. Dutzen war in sein Zimmer gegangen, hatte die Ringbuchkladde geholt und sie herumgereicht. Die Handschrift war krakelig gewesen, aber es war wirklich kaum mehr als eine dürre Liste mit Datumsangaben, Uhrzeiten, Namen von Schiffen und einigen merkwürdig unbeholfenen Ausdrücken.

Gemeinsam hatten sie den Fall noch einmal diskutiert, waren dann aber übereinstimmend zu dem Schluss gekommen, dass hier wohl nichts weiter zu tun war. Wäre der Mann zu Hause in seiner Wohnung gestorben, hätte man die Polizei vermutlich gar nicht erst hinzugezogen. Warum der Rentner das Haus verlassen hatte, würde sich wohl nicht mehr feststellen lassen.

Island wühlte im Kofferraum ihres Mazda und nahm ihren Rucksack heraus. Darin befand sich alles, was sie für einen Feierabend am Strand brauchte: ein Badelaken, der neue Badeanzug in XL, eine Literflasche Mineralwasser, ein Reiseführer über die Abruzzen und eine große Plastikdose mit geschmierten Broten und Apfelstücken. Seit Beginn ihrer Schwangerschaft war ihr ständig schlecht, oder sie hatte Hunger, oder beides gleichzeitig. Auf jeden Fall besserte sich ihre Laune stets, wenn sie etwas essen konnte. Am allerbesten schmeckten ihr zurzeit gutbürgerliche Gerichte, die sonst nicht gerade weit oben auf ihrem Speiseplan gestanden hatten. Sie konnte sich begeistern für Dinge wie Eisbein mit Sauerkraut, in Speck gebratene Scholle mit Bratkartoffeln oder Rinderrouladen mit Rotkohl. Aus diesem Grund hatte sie schon fünfzehn Kilo zugenommen, obwohl sie erst im sechsten Monat war. Der Bauch, den sie vor sich herschob, war nicht mehr zu übersehen, aber sie hatte beschlossen, an ihre Figur keinen Gedanken zu verschwenden. Wozu sollte sie sich Sorgen über ihr Äußeres machen? Männer interessierten sie gerade nicht besonders, und was Frauen dachten, war ihr auch egal.

Ihr Freund Lorenz, der angehende Vater des Kindes, war wieder einmal den Sommer über in Italien, diesmal, um an einer anthroposophischen Sommerakademie einen mehrmonatigen Holzbildhauerkurs zu leiten. Sie hoffte, dass er wie versprochen im September zurückkehren würde, ohne allzu sehr von den Ideen Rudolf Steiners beseelt zu sein. Er hatte ihr versichert, er würde nach seiner Rückkehr aus Italien Wohnung und Atelier in Berlin-Kreuzberg aufgeben, um zu ihr und dem Kind nach Kiel zu ziehen. Aber sie war sich nicht sicher, ob er das tatsächlich tun würde.

Irgendwie war Lorenz nicht gerade der Vater, den man sich für ein Kind wünschte. Zwar hatte er das gewinnendste Lächeln der Welt, und sie konnte sich mit ihm stundenlang auf das Wunderbarste unterhalten. Allerdings war er auch ein Künstler, wie er im Buche stand, ruhelos und hyperaktiv, was seine Ausstellungsbemühungen und Vernissagebesuche anging, aber depressiv, wenn es mal wieder nicht klappte mit der Karriere. Vor allem liebte er es, seine Freiheit in vollen Zügen zu genießen. Immerhin rief er sie jetzt ungefähr alle drei Tage an und erkundigte sich nach ihrem Befinden. Das war eigentlich die größte Veränderung, die sie an ihm feststellen konnte, seit sie ihm vor vier Monaten am Telefon die freudige Botschaft eröffnet hatte, dass sie ein Kind erwartete.

In dem nicht abreißenden Strom von Badegästen wiegte sie gemächlichen Schrittes den Asphaltweg zum Strand hinunter. Es war einer der wirklich heißen Sommertage in Kiel, und der Strand von Falckenstein war auch jetzt, um sieben Uhr abends, noch proppenvoll. Sie ging über den Holzbohlenweg bis ans Wasser, zwängte ihren Bauch in den ansonsten viel zu großen Badeanzug, breitete das Handtuch aus und streckte sich rücklings darauf aus. Der Sand war weich und warm. Für eine Weile schloss sie die Augen und lauschte den Wellen, die durch den Lärm der Badegäste hindurch an den Strand schlugen. Der Geruch von Grillanzündern, Bratwurst und Sonnenmilch verschmolz mit dem Duft von Tang und Meerwasser zu einer sommerlichen Komposition. Sie seufzte. Genau so sollte ein Feierabend im Hochsommer sein.

Schon wieder knurrte ihr Magen. Um sich vom Essen noch ein wenig abzulenken, stützte sie die Ellenbogen auf und blickte aufs Meer. Segeljachten zogen vorüber. Ein

Speedboot kam von Schilksee herüber und verbreitete ein monotones, alles übertönendes Motorengeräusch. Drüben auf der anderen Seite der Förde erkannte sie den Mastenwald der Boote im alten Hafen und in der neuen Marina, die Windmühle auf dem Berg und das Laboer Ehrenmal. Sie versuchte die Stelle an der Strandpromenade auszumachen, wo das Haus ihrer Tante Thea gestanden hatte. Dort drüben hatte sie ihre Jugend verbracht, mehr als zehn Jahre ihres Lebens. Und ihr fiel ein, dass Tante Thea die winzige, klamme Erdgeschosswohnung immer an Sommergäste vermietet hatte. Olga Island hatte sich jedes Jahr wieder gewundert, dass Leute freiwillig nach Laboe kamen, um dort Urlaub zu machen, denn sie selbst hatte sich oft einfach nur von dort weggewünscht. Nun war das alte Haus längst abgerissen. Tante Thea wohnte bereits seit Jahren in Berlin. Island beschloss, mal wieder bei ihr durchzuklingeln, denn sie hatte länger nichts von ihr gehört. Aber jetzt war sie dazu nicht in der Stimmung.

Sie räkelte sich. Gern hätte sie einfach so ein paar Tage am Strand gelegen, am liebsten mit jemandem in ihrer Nähe, der ihr gutes Essen servierte. Das würde ihr gefallen, und dem Kind, das manchmal Bewegungen in ihrem Bauch vollführte, sicher auch.

Kurz bevor sie einnickte, musste sie noch einmal an den toten Rentner denken. Sie hatten keine Angehörigen ermitteln können. Anscheinend gab es niemanden außer dem Arzt und den Pflegerinnen, der nach ihm gesehen hatte. Wie viele solche Fälle hatte sie schon erlebt? Viel zu viele. All die alten oder noch gar nicht mal so alten Menschen, die nicht selten völlig isoliert in ihren Wohnungen lebten und starben. Berlin war voll davon. Kiel auch.

Der Rentner, der früher beim Finanzamt gearbeitet

hatte, hatte ein Sparbuch mit ein paar Hundert Euro hinterlassen. Geld, das nicht mal für Bestattung und Wohnungsauflösung reichen würde. Wenn diese Dinge erledigt waren, würde nichts von ihm übrig bleiben. Was mochte er an den Schleusen beobachtet haben? Hatte es ihn vielleicht so aufgeregt, dass er deswegen einen Herzanfall erlitten hatte?

Lautes Kreischen unterbrach ihre Gedanken. Ein paar Badenixen in Bikinis spielten im flachen Wasser Volleyball. Sie ließen dekorativ ihre nicht gerade schmalen Hüften kreisen und lachten wild. Am Strand hatten sich einige junge Männer im Halbkreis um einen Grill versammelt und ließen Bierflaschen ploppen.

Island überlegte, ob sie ein Bad nehmen sollte, aber dann aß sie stattdessen ein paar Brote und blätterte in ihrem Reiseführer. Eine Wanderung in den Abruzzen war zwar erst einmal in weite Ferne gerückt, aber sie durfte ja schließlich noch träumen.

Gegen halb zehn Uhr brach sie auf. Der Rückweg führte sie an einem Kiosk vorbei, der noch geöffnet hatte. Sie konnte nicht anders, als sich eine doppelte Portion Pommes frites mit Ketchup und Mayonnaise zu bestellen. Mit großer Freude verspeiste sie die fettige Angelegenheit und wischte sich anschließend die Finger an der Serviette ab. Da klingelte ihr Handy.

»Thoralf hier. Bist du noch wach?«

Island ließ ihren Blick über den Strand wandern. Es war noch immer taghell, lediglich im Westen, hinter dem Wäldchen, zog eine orange gefärbte Wolke auf, die den Sonnenuntergang ankündigte.

»Aber hallo«, sagte sie, spürte aber sofort, dass der

Erste Kriminalhauptkommissar nicht zum Spaßen aufgelegt war.

»Im Ostuferhafen hat es einen Zwischenfall mit zwei Toten gegeben«, sagte er ernst.

»Ich bin noch am Strand, fahr aber gleich los«, sagte sie automatisch.

»Warte mal.«

»Warum?«

»Am Fährterminal soll es eine Schlägerei zwischen Lkw-Fahrern gegeben haben. Dabei ist der Fahrer eines Gefahrguttransporters auf ungeklärte Weise zu Tode gekommen. Außerdem ist ein Mitarbeiter der Fährlinie gestorben, der als Einweiser arbeitete.«

»Zwei Tote bei einer Schlägerei?«, fragte Island ungläubig.

»Soweit wir wissen, ist aus dem Gefahrguttransporter Flüssigkeit ausgelaufen. Die Feuerwehr ist mit dem Chemiebekämpfungstrupp der Ostwache vor Ort. Die haben den Tank hoffentlich bald abgedichtet und das ausgelaufene Zeug beseitigt. Zwei weitere Personen sind offenbar mit dem Gift in Kontakt gekommen und auf dem Weg ins Krankenhaus. Ich fahre gerade mit Dutzen rüber zum Hafen, um mir einen Überblick zu verschaffen. Es ist sicher nicht schlau, wenn du da hinkommst.«

Im Hintergrund hörte Island einen deutlichen Unmutslaut. Jan Dutzen schien über den Verkehr zu fluchen und auf das Lenkrad einzudreschen. Island vermutete, dass ihre beiden Kollegen gerade auf dem Ostring unterwegs waren, der auch am späten Abend immer noch dicht befahren war.

Island stopfte die Pommes-frites-Schale in einen überquellenden Mülleimer am Zaun des Minigolfplatzes. »Ich bin in zwanzig Minuten da«, sagte sie, ohne nachzudenken.

Bruns ließ sie gar nicht ausreden. »Ich muss dich wohl nicht erst auf das Mutterschutzgesetz aufmerksam machen. Mit dem Giftzeug da ist nicht zu spaßen.«

»Okay.« Natürlich war sie nicht versessen darauf, mit einem sechs Monate alten Baby im Bauch an einen toxischen Ort zu fahren. Außerdem würde sich die Polizei sowieso im Hintergrund halten, bis die Feuerwehr die Gefahr beseitigt hatte. Allerdings würde sie bei den nachfolgenden Ermittlungen kaum richtig beteiligt sein, wenn sie die Lage nicht in Augenschein nehmen konnte. Das verursachte ihr schon jetzt ein unangenehmes Gefühl von Unzulänglichkeit.

»Wenn es dich tröstet«, sagte Bruns, »hätte ich was anderes für dich.«

»Und zwar?«

»Ich habe gerade Hauptmeister Stark von der Polizeistation in Achterwehr in der Leitung und würde ihn gern zu dir durchstellen. Es gibt bei ihm gewisse Unklarheiten.«

»Bitte«, sagte Island und lauschte dem Klicken im Lautsprecher.

»Stark.« Die Stimme klang nasal.

»Island, Mordkommission. Worum geht's?«

»Ich befinde mich im Dorf Groß Nordsee im Haus von einer Frau Marxen. Die Dame hat uns vor einer Stunde angerufen und uns gebeten, bei ihr vorbeizukommen. Sie hat heute Morgen an der Badestelle am Flemhuder See einen Toten gesehen, sagt sie.«

»Und?«

»Wir sind zusammen mit Frau Marxen zu der fraglichen Stelle gefahren, aber da war niemand.«

»Na, dann war der wohl doch nicht so tot, wie er aussah«, meinte Island spöttisch.

»Kann sein. Ich frag mich aber trotzdem, ob wir noch was tun sollten?«

»Sie haben alles gründlich abgesucht?«

»Selbstverständlich. Aber außer einem blutbesudelten Handtuch haben wir nichts gefunden.«

»Sie haben das Handtuch gesichert?«

»Es liegt in einem Müllsack in meinem Kofferraum.«

»Sonst noch irgendetwas?«

»Nein.«

»Kein platt gedrücktes Gras, wo das Handtuch gelegen hat? Und keine sonst irgendwie auffälligen Spuren?«

»Nichts.«

»Glauben Sie, dass an den Beobachtungen der Zeugin was dran ist?« Island war etwas außer Atem geraten, denn sie erklomm gerade die Anhöhe zum Falckensteiner Parkplatz.

Hauptmeister Stark zögerte wieder. Er ging offenbar in einen anderen Raum, denn als er leise antwortete, umgab seine Stimme ein starker Hall. »Die gute Frau hat, gelinde gesagt, eine ganz schöne Fahne, wenn Sie wissen, was ich meine.«

»Sie ist betrunken?«

»Also, lallen tut sie nicht, aber nüchtern ist sie auch nicht.«

»Na, dann«, meinte Island. »Sagen Sie der Zeugin, ich komme gleich morgen früh bei ihr vorbei. Hoffentlich ist sie da wieder nüchtern.«

»Natürlich. Sollen wir weiter nach dem angeblichen Toten suchen?«

»Gehen Sie bitte noch einmal das Gelände ab, bevor es

ganz dunkel wird. Nehmen Sie Taschenlampen mit, und sperren Sie die Augen auf. Wenn Sie irgendetwas Bemerkenswertes finden, rufen Sie mich an, ja? Konnte Frau Marxen den Mann denn näher beschreiben?«

»Um die dreißig soll er gewesen sein. Mit hellen, krausen Haaren, aber dunkler oder zumindest gebräunter Haut.«

»Ein Farbiger?«

»So genau wollte unsere Zeugin sich nicht festlegen.«

»Wird jemand, auf den diese Beschreibung passt, in Ihrem Zuständigkeitsbereich vermisst?«

»Sieht nicht so aus«, antwortete Stark und schnäuzte sich.

»Dann sprechen wir uns morgen früh wieder«, sagte Island, deren Tatendrang im Laufe des Telefonats auf null gesunken war. Sie hatte ihren Wagen erreicht und warf den Rucksack auf den Rücksitz. Während sie sich mühsam hinter das Steuer quetschte, rülpste sie ungeniert.

6

Als Olga Island am nächsten Morgen um halb sechs in ihrer Wohnung in der Yorkstraße erwachte und mit einer Tasse Ingwertee gegen die morgendliche Übelkeit ins Wohnzimmer hinüberging, fielen die ersten Sonnenstrahlen des Tages auf die Dieffenbachie und ließen die gesprenkelten Blätter hellgrün aufleuchten. Island hatte die Pflanze vor einer Woche mit nach Hause genommen, denn sie konnte nicht mit ansehen, wie das vernachlässigte Gewächs im Besprechungszimmer der Mordkommission einen langsamen, sommerlichen Vertrocknungstod starb. Und bisher hatte sich noch keiner beschwert, dass die Dieffenbachie nicht mehr an ihrem Platz stand. Wahrscheinlich war es überhaupt noch niemandem aufgefallen.

Kriminalkommissarin Karen Nissen war die Einzige, die der Pflanze ab und zu mal Wasser gab, aber sie war für drei Wochen mit ihrer Familie zu ihren Schwiegereltern nach Fehmarn gefahren. So lange würde die Dieffenbachie nun Ferien auf Islands Fensterbank machen.

Wenn es aber im Ostuferhafen tatsächlich zwei Tote und mehrere Verletzte gegeben hatte, würde der Erste Hauptkommissar Thoralf Bruns die Urlauber Nissen und Taulow umgehend in den Dienst zurückholen. Denn die Mordkommission Kiel war ein kleines Dezernat, und bei so einer Großlage wurde jeder Mitarbeiter gebraucht.

Island stellte das Fenster auf Kipp und schaltete das Radio ein. Ein Oldie aus den Siebzigerjahren säuselte ihr in die Ohren. Sie streckte sich auf dem Sofa aus, trank in kleinen Schlucken den Tee und blätterte in der Zeitung. Frische, kühle Luft strömte durch das Fenster. Island dachte daran, dass sie am späten Nachmittag einen Ultraschalltermin bei ihrer Frauenärztin hatte, den sie nicht vergessen durfte. Um sechs Uhr kamen die Radionachrichten und holten sie unsanft in die Realität zurück.

»Auf dem Gelände des Ostuferhafens in Kiel hat es gestern Nacht einen schweren Zwischenfall gegeben«, berichtete der Nachrichtensprecher. »Kurz vor der geplanten Abfahrt einer Fähre nach Kotka in Finnland starben unter noch ungeklärten Umständen zwei Menschen, mehrere Personen wurden leicht verletzt in ein Krankenhaus eingeliefert. Wie unserem Sender bekannt wurde, ist aus dem Tank eines Gefahrguttransporters eine hochgiftige Substanz ausgetreten. Es handelt sich um Toluol, einen Stoff, der unter anderem bei der Herstellung von Kunststoffen verwendet wird. Die Kieler Feuerwehren und Rettungsdienste waren bis in die Morgenstunden im Einsatz. Laut Aussage des Feuerwehreinsatzleiters Jörg Pettersee lag zu keinem Zeitpunkt eine Gefährdung für die umliegenden Wohngebiete vor. Es kann aber nicht ausgeschlossen werden, dass weitere Personen mit der Flüssigkeit in Kontakt gekommen sind. Alle Menschen, die sich gestern im Ostuferhafen aufgehalten haben und an Symptomen wie Kopfschmerzen, Übelkeit und Erbrechen leiden, werden dringend gebeten, einen Arzt aufzusuchen.«

Eine Dreiviertelstunde später schloss Olga Island ihr Rad im Hof der Bezirkskriminalinspektion an und machte sich auf den Weg in den dritten Stock. Obwohl sie die Stufen langsam hinaufstieg und auf jedem Treppenabsatz eine Pause einlegte, musste sie schnaufen.

Im Treppenhaus kam ihr Jan Dutzen entgegen. Er trug eine verwaschene Jeans und ein altes, grünes T-Shirt mit der Aufschrift »Polizei«, ein Relikt aus Zeiten, als die Schleswig-Holsteinische Polizei ihre Dienstkleidung noch nicht auf die Farbe Blau umgestellt hatte. Es waren seine Wechselklamotten aus dem Spind im Keller, und Island schloss daraus, dass er die Nacht durchgearbeitet hatte. Das alte Polizei-T-Shirt spannte etwas über seiner Brust. Das mochte daran liegen, dass er vor einiger Zeit angefangen hatte, exzessiv Kampfsport zu treiben.

Ihre Kollegin Henna Franzen war die Erste gewesen, der die Veränderungen an Jan Dutzen aufgefallen waren. Sie war besorgt gewesen, weil er im Frühjahr eine Zeit lang verstärkt dem Alkohol zugesprochen hatte. Erst als er nach einem schweren Fahrradsturz ein paar Tage mit verpflasterter Stirn hatte herumlaufen müssen, hatte er angefangen, etwas an seinem Leben zu verändern. Die Bizepse seiner gebräunten Arme waren jedenfalls sehenswert.

»Moin«, sagte er knapp.

»Moin«, antwortete Island. »Wohin des Weges?«

»Rechtsmedizin. Sind ja drei Tote inzwischen. Werd eine Weile drüben sein bei Engel und Co.«

»Ist der Chef schon da?«, fragte Island, während sie versuchte, nicht zu kurzatmig zu wirken.

»Thoralf ist noch beim Wasserschutz. Die sind ja eigentlich für den Hafen zuständig.«

Und schon war er die Treppe hinunter verschwunden.

Island lehnte sich ans Fenster und sah in den Hof. Die Haustür öffnete sich, und Dutzen trabte zu einem der Dienstwagen. Kurz bevor er einstieg, hob er den Kopf und sah zu ihr hoch. Fast automatisch trat sie vom Fenster zurück.

Es war ein bisschen heikel mit ihr und Jan Dutzen. Als sie vor einem Jahr von Berlin nach Kiel versetzt worden war, hatte sie einige Anlaufschwierigkeiten mit ihm als Kollegen gehabt. Irgendwann hatte es mit ihrer Zusammenarbeit besser geklappt. Aber dann hatte es diese gemeinsame Weihnachtsfeier von Mordkommission und Spurensicherung gegeben. Im Anschluss an die Feier, bei der sowohl Olga als auch Jan Dutzen zu viel getrunken hatten, waren sie zusammen abgestürzt. Leider oder zum Glück konnte sich Island an die Details dieser Nacht so gut wie gar nicht erinnern. Beide hatten Mühe gehabt, danach wieder zu einer halbwegs normalen Zusammenarbeit zurückzufinden. Und auch wenn das Ganze nun schon eine gefühlte Ewigkeit her war, gab es doch immer noch etwas Unausgesprochenes zwischen ihnen. Er hatte sie ganz merkwürdig angesehen, als sie ihm und ihren Kollegen verkündet hatte, dass sie Ende August in den Mutterschutz gehen würde.

»Glückwunsch«, hatte er gesagt, es hatte gequält geklungen, fast beklommen. Da hätte sie ihn am liebsten in den Arm genommen, ein Impuls, der ihr eigentlich fremd war. Sie hatte es natürlich nicht getan, denn sie hatte gefürchtet, dass er sie zurückstoßen würde.

Oben unterm Dach in den Räumen der Mordkommission war es still. Nur in Bruns' Büro klingelte eines der Telefone laut und anhaltend, aber niemand hob ab.

Sie ging in ihr Dienstzimmer und wählte die Handynummer des Ersten Hauptkommissars. Zu ihrem Erstaunen war er sofort am Apparat. Im Hintergrund hörte sie das Quietschen eines Schienenfahrzeugs.

»Guten Morgen, Olga, was macht die Sache am See?«

»Nichts Wichtiges, denke ich.«

»So?«

»Es gibt keine Leiche, nur ein Handtuch. Vielleicht mit Blut dran. Wenn ich mal Zeit habe, fahre ich raus und spreche mit den Leuten. Aber jetzt kann ich sicher nützlichere Dinge tun.«

»Du kümmerst dich um die Seesache«, sagte Bruns, »weil ich dich im Moment hier nicht einsetzen kann. Franzen ist mit dem K 11 im Ostuferhafen und managt die Zeugenbefragungen. Die Fähre wird erst ablegen, wenn wir alle Aussagen haben. Die Aufzeichnungen aus den Überwachungskameras sind zur Auswertung beim Landeskriminalamt. Nissen und Taulow kommen heute in den Dienst zurück. Ich erwarte sie zu unserer Besprechung um vierzehn Uhr. Bis dahin haben wir hoffentlich weitere Erkenntnisse aus der Rechtsmedizin über die Todesursachen.«

»Es hat einen dritten Toten gegeben?« Island war darüber nicht informiert worden, und das bedeutete, dass sie tatsächlich außen vor war.

»Ein weiterer Lkw-Fahrer ist im Krankenhaus gestorben. Er soll aber nicht an der Schlägerei beteiligt gewesen sein.«

»Und da muss *ich* aufs Land, wo es sich vielleicht nur um einen dummen Scherz handelt?«

»Ich muss dir nicht das Risko erklären ...«

Zum Glück konnte Bruns nicht sehen, wie Island die Augen verdrehte.

7

Gegen halb neun fuhr Olga Island durch das Dorf Groß Nordsee. Als sie bei der angegebenen Adresse klingelte, machte niemand auf. Sie ging um das hell gestrichene Einfamilienhaus herum, fand aber die Türen und Fenster verschlossen.

Zurück in ihrem Wagen, warf sie einen Blick auf die Karte. Hauptmeister Stark hatte gestern Abend von einer inoffiziellen Badestelle gesprochen, aber auf der Karte vom Flemhuder See war nur ein Symbol für einen Gutshof eingezeichnet sowie ein Gewirr von Wander- und Reitwegen, die den See umgaben. Sie entschied sich, zum See hinunterzufahren und sich dort umzusehen.

Der Weg verlief etwa zwei Kilometer lang auf einer Art Damm und endete an einem hohen Eisentor, von dem hellrote Farbe blätterte. *Sperrgebiet – bei Betreten Lebensgefahr!*, stand auf einem rostigen Schild. Island sah durch das Gitter des Tores und entdeckte zwischen verwilderten

Büschen einen alten Wohncontainer, der schon bessere Zeiten gesehen haben musste. Sie wendete und wollte schon zurück zum Dorf fahren, als sie einen Schotterweg bemerkte, der linker Hand abzweigte.

Sie bog ein und fuhr in langsamem Tempo weiter. Nach ein paar Hundert Metern führte der Weg in einen struppigen Erlenbruchwald. Zwischen den Bäumen stand zum Teil noch das Wasser auf dem Boden. An einigen Stellen ragten seltsame Betontrümmer empor, die von Gestrüpp überwachsen waren. Schließlich gelangte sie auf eine kleine Wiese, die sich zum See hin öffnete. Olga Island hielt an und stieg aus. Ein Schwarm Spatzen flog auf und drehte laut zeternd eine Runde über ihrem Kopf. Wie mit einem einzigen Flügelschlag verschwanden die Tiere in Richtung Wasser. Sie folgte ihnen.

Das Seeufer bestand aus kleinen, sandigen Buchten. Olga Island sah eine Bank, in deren Umgebung Bierflaschen und Kippen auf dem Boden verstreut lagen. Draußen auf dem See zog mit langsamen Schlägen ein Ruderboot dahin. Teichhühner flüchteten und schwammen, aufgeregt mit den Hälsen zuckend, auf eine kleine Insel zu, die aus aufgeschütteten Feldsteinen bestand.

Island ging über das Gelände und beobachtete aufmerksam den Boden. Das Gras war schütter, an einigen Stellen blühte Klee. Hier sollte ein Toter gelegen haben? Etwas abseits, gegen eine Pappel gelehnt, stand ein Fahrrad. Aber es war weit und breit kein Mensch zu sehen.

Der Weg, auf dem Island gekommen war, zog sich über die Wiese und führte auf eine Anhöhe zu, wo er sich zu verzweigen schien. Mühsam erklomm sie das Hügelchen zu Fuß. Ihr Rücken schmerzte.

Oben sah Island, dass der eine Abzweiger an einem

hohen, dunkelgrün gestrichenen Tor endete, das offenbar den Eingang zu einem weiteren abgezäunten Gebiet bildete. Der hohe Wildzaun war mit Natodraht umwickelt. Hinter dem Tor befand sich eine Allee aus alten Linden. Ein Marmorschild, das am Tor befestigt war, verkündete: *Privat! Das Betreten und Befahren des Geländes ist strengstens untersagt. Gutsverwaltung Kreihorst.*

Der andere Weg führte weiter die Anhöhe hinauf. Kurzatmig folgte Island dem sandigen Pfad mit den tiefen Reifenspuren. Oben angekommen, staunte sie nicht schlecht: Vor ihren Augen tat sich eine weite Fläche aus feinem, weißem Strandsand auf. Das Gelände war nur spärlich mit Weidenbüschen bewachsen und von Gräben und Wällen durchzogen. Es schien bis zum Horizont zu reichen. In einem der Wälle konnte Island ein Schild erkennen: *Achtung, Spülfelder! Beim Verlassen der Wege Ertrinkungsgefahr!*

Island sah wieder auf ihre Karte und pfiff durch die Zähne. Die Spülfelder zogen sich bis hinüber zur A 210, die von Kiel nach Rendsburg führte. Sie waren so groß, dass eine ganze Kleinstadt auf ihnen Platz gefunden hätte. Das unwegsame Gelände, unzugänglich und abgelegen zugleich, wäre perfekt dazu geeignet, eine Leiche verschwinden zu lassen.

Als sie wieder an ihrem Wagen stand, bemerkte sie, dass das Fahrrad von der Pappel verschwunden war. Es war ein Damenrad gewesen, da war sie sich sicher, aber an die Farbe konnte sie sich nicht mehr erinnern. Sie schüttelte den Kopf. Wahrscheinlich lag es an ihrem Zustand, dass ihr eigentlich fotografisch arbeitendes Gedächtnis nicht so funktionierte wie sonst.

Hedda Marxen öffnete die Haustür nach dem dritten Klingeln. Sie war eine große, schlanke Frau mit auffällig geschminkten Augen. Island schätzte sie auf Mitte vierzig. Die blondierten, halblangen Haare klebten feucht an ihrem Hals. Ihre gebräunte Haut war im Gesicht auffällig gerötet. Sie ließ Island eintreten und führte sie ins Wohnzimmer. Der Duft eines fruchtigen Duschgels mischte sich mit dem säuerlichen Geruch von altem Alkohol.

Das Wohnzimmer war weitläufig und hatte breite Glasschiebetüren. Es war fein, aber sparsam möbliert. Vor einer Durchreiche zur Küche befand sich ein langer Esstisch. An der Stirnseite des Tisches stand ein verwaister Kaffeebecher auf einem Platzdeckchen. Hedda Marxen deutete auf zwei helle Ledersessel vor dem offenen Kamin. Sie setzten sich.

»Wohnen Sie allein?«, fragte Island.

Die Frau schüttelte den Kopf. »Mein Mann arbeitet unter der Woche in Hamburg. Meine Söhne studieren auch auswärts.«

»Sie sind nicht berufstätig?«

Frau Marxen verzog spöttisch die vollen Lippen und sah ihr auf den Bauch. »Sie wohl auch bald nicht mehr.«

»Na, ich denke schon«, sagte Island und versuchte sich ihre Verblüffung über diesen Ausspruch nicht anmerken zu lassen. »Bitte erzählen Sie mal: Was genau haben Sie gestern am See beobachtet?«

Die Frau beugte sich vor und fuhr mit den Fingerspitzen über die gezupften Augenbrauen. »Ich war schwimmen wie jeden Tag«, begann sie. »Da lag er auf der Wiese. Ich dachte, er würde schlafen.« Sie verstummte und pflückte mit ihren nackten Zehen eine Wollfluse aus dem dicken, rotbraunen Teppich zu ihren Füßen. »Aber er schlief nicht, er war tot.«

»Wieso glauben Sie das?«

Die Frau zuckte mit den Achseln und ließ ihren Blick unruhig umherschweifen. »Er hat nicht geatmet.«

»Können Sie den Mann näher beschreiben?«

Hedda Marxen schwieg.

Island zog ein Oktavheft aus ihrer Handtasche und zückte einen Kugelschreiber.

»Also bitte. Wie sah er aus?«

Die Frau zögerte. »Er war ungefähr dreißig Jahre alt. Seine Haare waren hell und lockig. Ich würde sagen, er sah gut aus.« Sie sah zu Boden und schlug die Beine übereinander.

»Meinem Kollegen haben Sie aber etwas von dunkler Haut erzählt ...«

»Der Mann hatte hohe Wangenknochen und eine breite Nase. Er sah aus wie ein Schwarzer, aber er war keiner.«

»Wie meinen Sie das?«

»Die Haare waren hell ...«

»Vielleicht gefärbt?«

»Nein«, sagte Hedda Marxen mit Entschiedenheit, aber sie blinzelte nervös.

»Was hatte er an?«

»Er war mit einer Wolldecke zugedeckt. An Kleidung erinnere ich mich nicht. Ich glaube sogar, er war nackt.«

»Warum haben Sie nicht sofort die Polizei gerufen oder einen Arzt? Vielleicht hätte er dringend Hilfe gebraucht.«

«Ich habe kein Handy.«

»Aber Sie haben zu Hause ein Telefon!«

»Stimmt«, sagte die Frau und knetete ihre Finger. »Mir ist aber den ganzen Tag was dazwischengekommen.«

Island spürte Wut in sich aufsteigen. »Stattdessen haben Sie getrunken?«

Das Gesicht der Frau blieb ausdruckslos. Nur ihre Zehen griffen wieder nach den Teppichflusen. Island fiel auf, wie perfekt ihre schmalen Unterschenkel enthaart und wie genau die Farben des Nagellacks von Finger- und Zehennägeln aufeinander abgestimmt waren. Die feine, goldene Kette um den Hals von Hedda Marxen zierte eine Perle im matten Altrosa der sorgsam geschminkten Lippen. Dennoch war der verbitterte Zug um ihren Mund nicht zu übersehen, der die ganze sorgsam gepflegte Schönheit Lügen strafte.

»Ich habe gestern nur etwas getrunken«, erklärte Frau Marxen, »weil ich abends Besuch hatte.«

»Aha. Und von wem?«

Die Reaktion war heftig. »Das geht Sie gar nichts an!«

Island klappte ihr Notizbuch zu und erhob sich. »Es gibt Leute, die rufen die Polizei, weil sie sich einsam fühlen. Sie brauchen ein bisschen Abwechslung im Leben, jemanden, der vorbeikommt und ihnen zuhört.«

Hedda Marxens Augen verengten sich. »Meine Kinder sind längst aus dem Haus«, sagte sie trotzig. »Sie werden uralt sein, wenn Ihr Kind endlich auf eigenen Beinen steht.«

»Wahrscheinlich«, erwiderte Island so gelassen wie möglich. Was für ein Problem hatte diese Marxen eigentlich? Am liebsten wäre sie einfach gegangen und hätte die Haustür hinter sich zugeschlagen.

»War außer Ihnen sonst noch jemand am See?«, fragte sie stattdessen. »Radfahrer oder Spaziergänger?«

»Nein, ich bin morgens allein da.«

»Heute war da zum Beispiel ein Ruderboot auf dem Wasser.«

»Die Ruderer«, sagte Hedda Marxen und winkte ab, »die sind aus Sehestedt, vom Ruderclub.«

»Man kann also vom Kanal in den See hineinfahren?«

»Der See dient kleineren Schiffen manchmal als Ausweichstelle. Dort ankern auch Segeljachten und Sportboote.«

»Und gestern?«

»Gestern war da niemand«, sagte Hedda Marxen sehr bestimmt.

8

Nach dem unbefriedigenden Besuch in Groß Nordsee fuhr Olga Island nach Achterwehr. Sie parkte vor der Amtsverwaltung, in der auch die Polizeistation untergebracht war. Beim Aussteigen fing sie wieder an zu schwitzen. Die Glastür der Station war verschlossen. Ein Pappschild besagte, dass Besucher sich im Notfall an das Büro des Finanzkämmerers wenden sollten. Nach kurzem Umherirren in dunklen Gängen klopfte sie an eine Tür mit der Aufschrift: *Kämmerei und Archiv. Vorzimmer. Bettina Stark*. Eine Frau mittleren Alters in Jeansrock und knapper Rüschenbluse unterbrach die Arbeit und sah gelangweilt von ihrem Monitor auf.

»Wo finde ich Herrn Stark von der Polizei?«, fragte Island.

»Der ist unterwegs. Wie ist denn Ihr Name?«

Island stellte sich vor. Sofort schien die Frau hellwach. Sie zwinkerte vertraulich. »Ich rufe meinen Mann gleich mal an.«

Es stellte sich heraus, dass der Hauptmeister gerade im Nachbarort Klein Nordsee damit beschäftigt war, einen

Autoaufbruch aufzunehmen. Er ließ Island ausrichten, dass er in wenigen Minuten zurück sei.

Bettina Stark deutete auf einen kleinen Tisch mit zwei Besucherstühlen.

»Nehmen Sie doch Platz. Hab grad Kaffee durchlaufen. Möchten Sie einen?«

»Gern, mit viel Milch.« Island setzte sich.

»Komische Sache, das mit dem Toten auf der Wiese«, meinte Frau Stark, während sie eine Tasse aus dem Schrank nahm, Kaffee einschenkte und Sahne aus einem Plastikkännchen hineingoss. Trotz gewagter Sandalen mit Pfennigabsatz bewegte sie sich mit federndem Gang durch das Zimmer und stellte behände die Tasse vor Island hin.

»Ich meine, seltsam, was Klaus erzählt hat ...« Nur mit Mühe konnte sie die Aufregung in ihrer Stimme unterdrücken. »Ich würde dort nicht baden gehen. Total abgelegen, regelrecht unheimlich ist es dort. Da ist es doch viel schöner in Felde – mit Badeaufsicht, einer gepflegten Liegewiese und einer Toilette. Diese Frau tickt doch nicht richtig.«

Island nippte an ihrem Gebräu, das trotz der Sahne furchtbar bitter schmeckte. Sie hatte gehört, dass zwei Tassen Kaffee pro Tag in der Schwangerschaft unbedenklich sein sollten, aber heute war das Zeug einfach nicht das Richtige.

Sie fragte sich, was sie davon halten sollte, dass Herr Stark so indiskret mit dienstlichen Informationen umging. Einer Plaudertasche wie der Stark sollte man zu Hause besser nicht alles erzählen.

»Kennen Sie die Frau denn?«, wollte Island wissen.

»Nein, nein. Aber ich frage mich nur die ganze Zeit, was da passiert sein mag. Vielleicht hat jemand auf der Wiese auch nur seinen Rausch ausgeschlafen. Einer von den jungen Leuten, die da immer mal grillen. Haben wir ja auch schon gemacht, früher.«

Sichtlich interessiert betrachtete sie Islands Kugelbauch. »Was wird es denn?«

»Ich warte mal ab.«

»Dazu wäre ich zu neugierig!«

Das wunderte Olga Island gar nicht. »Kennen Sie denn einen gut aussehenden Mann um die dreißig, mit dunkler Haut und hellem, gelocktem Haar?«

»Nein.«

Die Frau kniff nervös die Augen zusammen, dann setzte sie sich wieder vor den Computer und zupfte die Rüschen ihrer Bluse zurecht.

Island reichte ihr ihre Visitenkarte. »Wenn Ihnen noch was zu der Sache einfällt, würden Sie mich dann anrufen?«

Rasch stopfte Bettina Stark die Karte in die enge Tasche ihres Jeansrockes. »Also ist wirklich was passiert am See?«

»Wir sollten dieser Frage zumindest einmal nachgehen, meinen Sie nicht?«

Die Sekretärin nickte, bevor sie sich konzentriert dem Bildschirm zuwandte und die Tasten klickern ließ.

Um sich die Zeit zu vertreiben, blätterte Island die Prospekte durch, die auf dem Besuchertisch lagen. Bald wusste sie alles über die Aktion »Sicherer Schulweg«, über die Möglichkeiten, im Archiv nach Vorfahren der eigenen Familie zu forschen, über den Ausbau des Nord-Ostsee-Kanals und die Begrüßung von Neubürgern in den Gemeinden des Amtes Achterwehr. Während anderswo in Deutschland Neubürger in deutscher, russischer oder türkischer Sprache begrüßt wurden, begrüßte man hier alle Zugezogenen sowohl auf Deutsch als auch auf Plattdeutsch.

Gerade als sie anfing, alles ein zweites Mal zu lesen, hörte sie draußen auf dem Parkplatz das Knirschen von Reifen. Zwei Männer in dunklen Uniformhosen und kurzärmligen blauen Hemden stiegen aus einem Streifenwagen. Während Island sich erhob, erschienen die beiden schon in der Tür.

»Hast mal einen Kaffee, Betty?«, sagte der Ältere. Er hatte eine auffallend geschwollene Nase und gerötete Augen. Island tippte auf Heuschnupfen.

»Natürlich.«

Die Frau sprang auf und füllte eilig zwei Becher. Sobald die beiden Männer Olga Island bemerkt hatten, stellten sie sich vor. Der Verschnupfte war Polizeihauptmeister Klaus Stark, sein jüngerer Kollege Polizeiobermeister Kevin Gloe. Mit den beinahe überschwappenden Bechern in der Hand gingen die beiden durch den Gang voraus. Stark schloss die Glastür zur Polizeistation auf und bot Island einen Stuhl neben seinem Schreibtisch an. Kevin Gloe lehnte sich lässig gegen die Fensterbank und blies in seinen Kaffee. Draußen vor dem geschlossenen Fenster summte ein Rasenmäher.

»Schickt uns die Mordkommission jetzt das letzte Aufgebot?«, fragte Stark scherzhaft und nahm an seinem Schreibtisch Platz. Er zückte ein Papiertaschentuch und schnäuzte sich. »Wo in Kiel doch heute die Luft brennt.«

Island rang sich ein Lächeln ab. »Es hörte sich gestern ganz so an, als bräuchten Sie Hilfe. Deshalb war ich heute Morgen bei Frau Marxen in Groß Nordsee. Sie konnte mir allerdings nicht viel Erhellendes berichten. Haben Sie denn neue Erkenntnisse?«

»Wir haben gestern bis zur Dunkelheit alles noch einmal abgesucht, aber nichts weiter gefunden.«

»Was ist mit dem blutigen Handtuch?«

»Liegt zu Hause in meiner Kühltruhe.«

»Ich nehme es mit zur Spurensicherung«, sagte Island.

Stark stieß unsanft gegen seinen Kaffeebecher. »Glauben Sie, dass das nötig ist? Wir haben keine Hinweise auf ein Verbrechen.«

»Wem oder was könnten wir noch nachgehen?«, erwiderte Island.

»Ich hatte *Sie* angerufen, damit *Sie* uns das sagen!« nörgelte Stark, während Polizeiobermeister Gloe stumm seinen Kaffee schlürfte.

»Meine Herren«, versuchte Island es mit freundlicher Gutmütigkeit. »Sie kennen sich in dieser Gegend doch am besten aus. Nehmen wir einmal an, es hat tatsächlich zu besagter Zeit auf der Wiese ein Toter gelegen. Wo könnte sich die Leiche jetzt befinden?«

Auf Klaus Starks Stirn zeigten sich Schweißperlen. Er wühlte in seinen Hosentaschen, zog ein verknülltes Taschentuch hervor und fuhr sich damit über das Gesicht.

»Ehrlich gesagt, sind mein Kollege und ich inzwischen zu dem Schluss gekommen, dass wir die Frau nicht hätten ernst nehmen sollen«, sagte er. »Sie war betrunken.«

»Sie haben ihr aber geglaubt und die Mordkommission angerufen. Warum?«

Stark winkte ab. »Diese Hitze macht einen ja ganz mall in der Birne. Ich hab ja nicht geahnt, dass gleich jemand aus Kiel anrückt, bloß weil man mal eine Frage stellt.«

Das Stadt-Land-Syndrom, dachte Island. Die Besserwisser aus der Landeshauptstadt kommen vorbei. Das mögen sie auf dem Land nicht so gern. Aber wo sie nun schon mal hier war, hatte sie Lust, die Landeier ein bisschen auf Trab zu bringen.

An der Wand hinter Starks Schreibtisch hing eine Karte,

auf der der Landstrich zwischen Kiel, Rendsburg und Neumünster abgebildet war. Drei Autobahnen umklammerten das Gebiet wie ein gleichschenkliges Dreieck. Zwischen Kiel und Rendsburg, nördlich der A 210, wand sich als schmales blaues Band der Nord-Ostsee-Kanal.

Island wuchtete sich vom Stuhl hoch.

»Was ist das für ein Gelände?«, fragte sie und deutete auf das Gebiet westlich des Flemhuder Sees. »Nicht gerade kultivierte Agrarlandschaft, was?«

Stark sah zu seinem Kollegen hinüber. Nervensäge, sagte sein Blick.

»Das sind Spülfelder«, erklärte er dann. »Die benutzt man schon seit hundert Jahren für den Bodenaushub aus dem Kanal. Die Fahrrinne wird ständig vertieft und verbreitert. Erde und Sand müssen schließlich irgendwo bleiben.«

»Und die Betontrümmer, die man auf dem Weg dorthin sieht?«

»Das sind Bunkerreste aus dem Krieg.«

»Könnten Sie mir das etwas genauer erklären?«

»Sehen wir aus wie Heimatforscher, oder was?«, fragte Stark gereizt.

Polizeiobermeister Kevin Gloe, bis eben ganz in seinen Kaffee vertieft, schien aus seiner Schläfrigkeit zu erwachen. »Das hat mit dem Öllager zu tun.«

»Na, dann verklicker das mal der Mordkommissarin«, sagte Stark.

Eindeutig Heuschnupfen, dachte Island. Cholerischer Allergiker mit Neigung zu leichten Missstimmungen.

Gloe fuhr sich über die kurz geschnittenen Haare. Das Oberlippenbärtchen über seinen kindlich vollen Lippen zuckte. So wie er aussah, hätte er gerade frisch von der

Bundeswehr hereingeschneit oder Moderator irgendeines Musiksenders sein können. Wer wusste schon, was an modischen Entgleisungen bei der Jugend gerade hip war?

»Im Zweiten Weltkrieg ließ die deutsche Wehrmacht am Flemhuder See eine Lagerstätte für Schweröl errichten«, begann er. »Das Lager sollte die Versorgung der Kriegsmarine im Kieler Hafen mit Diesel und Heizöl sicherstellen. Deshalb gab es den Plan, den Kraftstoff über eine Pipeline vom Flemhuder See aus direkt bis nach Kiel zu pumpen. Das Schweröl kam mit Güterwaggons per Schiene in das Lager. Dort wurde es in einer Wärmehalle verflüssigt und in die großen Öltanks gepumpt. Die Reste dieser Ölerwärmungshalle, die einmal über zweihundert Meter lang war, stehen noch auf dem Gelände.«

»Das Gebiet ist abgesperrt«, warf Stark ein. »Da kommt keiner rein.«

Gloe ignorierte die Bemerkung. »Im Boden befinden sich an vielen Stellen noch Überbleibsel der alten Bebauung des Öllagers«, fuhr er fort. »Bunkerreste, Fundamente von Gebäuden, Rohrleitungen und Relikte der großen Öltanks. Die Alliierten haben die Anlage bombardiert, und nach dem Krieg hat man Sprengungen vorgenommen. Aber die Halle haben sie stehen lassen, als Kriegsruine.«

»Woher wissen Sie das alles?«, fragte Island interessiert.

Kevin Gloe wiegte die leere Kaffeetasse. »Meine Großmutter hat immer davon erzählt. Auch von den Zwangsarbeitern, die in der Nähe der Baustelle in Baracken gewohnt haben. Sie hat sie am Morgen zur Arbeit gehen sehen. Am Abend kehrten nicht mehr alle zurück. Davon hat sie immer wieder gesprochen. Als Jugendlicher bin ich mit meinen Kumpeln ab und zu mal über den Zaun geklettert. Alles, was abgesperrt ist und wo man nicht hindarf, ist ja erst mal Abenteuer.« Er grinste. »Die Halle war damals wirklich ein abgefahrener Ort. Aber irgendwann wurden andere Sachen für uns interessanter. Bin seit Jahren nicht mehr da gewesen.«

»Kommt mir bekannt vor«, sagte Island und erwiderte sein Lächeln. »Ich bin früher als Jugendliche in Mönkeberg herumgestreift. Da war ja auch so ein wildes Ruinengelände.«

»Auf dem Ölberg sind Sie gewesen?« Kevin Gloe nickte anerkennend. »Den kenne ich natürlich auch. Da haben sie aber inzwischen schon aufgeräumt.«

Island erinnerte sich an verrostete Metallstücke im Boden und an die leeren Krater, die übrig geblieben waren, wenn der Munitionsräumdienst mal wieder eine Fliegerbombe ausgegraben und beseitigt hatte.

»Sie meinen die Blindgänger?«

»Es sind längst noch nicht alle Bomben entdeckt und entschärft, die im Krieg auf Kiel und die Werften abgeworfen wurden. Man wertet ja weiterhin Luftbilder der Alliierten aus. Das wird zu weiteren Funden führen. Auch siebzig Jahre nach dem Krieg haben die aus Groß Nordsee immer noch gut zu tun.«

»Aus Groß Nordsee?«

»Der Munitionsräumdienst, unsere Bombenentschärfer, haben Sie ja wohl schon mal was von gehört?« Er lachte.

»Ja, klar.« Jeder, der regelmäßig die Kieler Tageszeitung las, wusste das.

Es entstand eine kurze Pause. Island hätte an dieser Stelle die Unterredung beenden und nach Kiel zurückfahren können. Aber sie hatte noch eine Frage.

»Der Gutshof Kreihorst?«, fragte sie. »Wer wohnt da eigentlich?«

Täuschte sie sich, oder tauschten die beiden Polizisten einen schnellen Blick? Stark sah zu Boden, während Gloe sich räusperte.

»Kreihorst gehört der Familie Tüx«, sagte er. »Aber die Familienmitglieder sind meist nur wenige Wochen im Jahr auf dem Hof, während der Sommerferien. Ansonsten wird das Gut landwirtschaftlich bewirtschaftet, als reiner Biobetrieb.«

»Warum schotten die sich so ab? Das gibt es doch nicht: Wildzäune mit Natodraht.«

»Sagt Ihnen der Name Tüx denn nichts?«

»Nein, wieso?«

»Dr. Theodor Tüx Fruchtsaft in Tüten. Den haben Sie doch sicher auch getrunken als Kind.«

Island schüttelte den Kopf, aber dann tauchte eine Erinnerung auf. Ein leichtes Kratzen im Hals, ein süßer Geschmack auf der Zunge, eine eckige Verpackung, in die man einen Strohhalm steckte, um daraus zu trinken. Waren solche Safttüten nicht auf dem Schulhof verkauft worden, damals als sie noch bei ihrer Mutter gelebt hatte und in Gaarden zur Schule gegangen war?

»Doch«, gab Island zu. »Ich erinnere mich dunkel: Tix-Tax-Tüx oder so ähnlich.«

»Dr. Theodor Tüx ist ein reicher Industrieller«, fuhr Gloe fort. »Ein Teil seiner Firmen stellt Getränkeverpackungen her. Ich habe mal irgendwo gelesen, dass allein in Europa mehrere Millionen Verpackungen pro Tag seine Werke verlassen. Plastikflaschen, Getränkekartons, aber auch Spezialverpackungen für medizinische Labore, so was alles.« Er zuckte die Schultern. »Nebenbei handelt er aber immer noch mit Saft. Allerdings heutzutage mit reinen Biosäften, nicht mehr mit dem süßen Zeug von damals.«

»Dann haben wir es auf Kreihorst also mit wohlhabenden Leuten zu tun?«

Gloe stieß Luft durch die Nase aus. »Schwerreich würde es schon eher treffen.«

9

Eine halbe Stunde später fuhr Island über die Autobahn in Richtung Kiel. Sie versuchte, einen Blick auf die Spülfelder am See zu erhaschen, aber ihr Tempo war viel zu hoch, als dass sie mehr hätte sehen können als vorbeizischende grüne Büsche und Baumwipfel.

Der Fahrtwind, der durch das offene Fenster hereinwehte, kühlte ihren verschwitzten Nacken. Im Kofferraum, in einer alten Kühltasche, die Klaus Stark ihr mitgegeben hatte, lag ein mintgrünes Badelaken. Es wies tatsächlich einen riesigen, rotbraunen Fleck auf, der einen metallisch-süßlichen Geruch verströmte. Schon sehr wahrscheinlich, dass es sich dabei um einen Blutfleck handelte. Und wenn es Blut war, dann war es eine nicht unerhebliche Menge, für einen Menschen durchaus lebensbedrohlich.

Islands Handy klingelte. Im Display erschien der Hinweis »unbekannter Anrufer«. Sie drückte die Freisprechtaste und schmetterte ihren Namen.

»Meine Güte, was schreist du denn so?«, fragte eine ihr wohlbekannte Stimme.

»Ich bin im Dienst!«

»Alles andere hätte mich schwer gewundert.« Tante Thea lachte glucksend.

»Ich wollte dich auch schon lange anrufen«, meinte Island schuldbewusst. »Wie geht es dir?«

»Bestens.« Thea Island klang vergnügt.

»Und was macht Berlin?«

»Es schwitzt!«

»Hier ist es auch heiß.«

»Heiß ist ja wohl gar kein Ausdruck! Ich zerfließe und habe die Schnauze voll.«

»Wolltest du nicht ein paar Tage in den Spreewald zum Paddeln?«

»Hat sich zerschlagen. Der freundliche Herr, der mich auf sein Boot eingeladen hatte, muss zu seiner Tochter nach Bonn. Sie ist mit Zwillingen niedergekommen und braucht seine großväterliche Hilfe.« Thea schnaubte verächtlich.

»Da wolltest du nicht mit?«

»Bin ich denn bekloppt? Was habe ich mit seinen Enkeln zu schaffen? Bei dem Wetter!«

Island grinste. Sie erinnerte sich nur zu gut an die Reaktion von Thea, als sie ihr erzählt hatte, dass sie ein Kind erwartete. »Von diesem Künstler?«, hatte sie entsetzt gefragt. »Muss das sein? Du denkst aber bitte nicht im Entferntesten daran, dass ich auf deine Blagen aufpasse, ja?«

Hilfe bei der Kindesaufzucht brauchte Olga von dieser Seite also nicht zu erwarten, so viel war klar. Auch nicht, wenn sie, wie sie insgeheim hoffte, nach erfolgreichem Abschluss des Gerichtsprozesses gegen ihren Erzfeind Piotr, den baltischen Mafiaboss, endlich nach Berlin zurückkehren konnte.

»Und was hast du vor, statt Spreewald?«, fragte sie, während sie einen bunt bemalten Kleinbus mit Surfbrettern auf dem Dach überholte.

»Ich dachte, ich fahr nach Kiel. Im Sommer gibt es doch nichts Schöneres als die Ostsee.«

»Soll ich dir ein Hotel besorgen?«

»Bemüh dich nicht. Die sind alle ausgebucht, bei dem Wetter. Ich komme zu dir! Ich hab ja deine Wohnung auch noch gar nicht gesehen. Du kannst doch sicher Unterstützung gebrauchen. Oder ist etwa dein Künstler da?«

Island überhörte die Frage. »Ich wohne mitten in der Stadt. Und ich habe weder Terrasse noch Garten. Nur einen kleinen Balkon.«

Thea ließ sie gar nicht ausreden.

»Habe ich mir alles schon im Internet angesehen. Deine Wohnung liegt wunderbar. Ich kann von da aus jeden Morgen runterlaufen zur Seebadeanstalt. Da soll es jetzt eine tolle Bar geben. Da kann man sicher auch frühstücken.«

»Wenn man Zeit hat«, erwiderte Island tonlos.

»Dass *du* keine Zeit hast, ist mir klar! Aber *ich* geh auch auf den Wochenmarkt. Und wenn du von der Arbeit kommst, hab ich uns was Gutes gekocht. Du brauchst jetzt gesundes Essen, vor allem Vitamine. Isst du denn überhaupt genug?«

»Doch, schon …«

Olga Island brauchte keinen Besuch. Abends lag sie meist auf ihrem alten Sofa, aß Apfelstücke und Kartoffelchips und sah fern oder schlief. Sie hatte kein Verlangen nach einer hyperaktiven Rentnerin, die sie ständig auf Trab hielt, denn sie war von der normalen Arbeit schon erschöpft genug. Andererseits ließ der Gedanke an Theas gutbürgerliche Kochkünste ihr das Wasser im Mund zusammenlaufen.

»Wann wolltest du denn kommen?«, fragte sie vorsichtig. »Zurzeit habe ich sehr viel zu tun, aber in ein paar Wochen …«

»Weißt du, ich fahr heute mit dem Zug um sechzehn Uhr dreißig, dann bin ich so gegen zwanzig Uhr da. Du holst mich doch vom Bahnhof ab?«

»Wenn nichts dazwischenkommt.« Olga spürte eine leichte Verzweiflung in sich aufkeimen.

Doch Thea hatte kein Gespür für die Stimmung ihrer Nichte. »Bestens«, stellte sie zufrieden fest, »dann bis heute Abend.«

10

Gegen ein Uhr erreichte Island die Blumenstraße. Schwitzend stellte sie die Kühltasche mit dem Fundstück beim Pförtner ab und ging in den Keller. Sie zog sich eine Flasche Apfelsaftschorle aus dem Getränkeautomaten, nahm einen tiefen Schluck und spazierte den kühlen Gang entlang zu den Laborräumen der kriminaltechnischen Untersuchungsabteilung. Im hintersten Zimmer fand sie Hans-Hagen Hansen, den Leiter der Spurensicherung. Er hatte seine langen Beine unter den Schreibtisch geklemmt und war tief über ein Schriftstück gebeugt.

»Beim Pförtner steht eine Kühltasche«, sagte Island und sah ihm über die Schulter. Obwohl er offensichtlich nur Kreuzchen auf ein Formular setzte, wirkte er sehr vertieft in seine Arbeit. »Ich möchte gern wissen, was mit dem Handtuch passiert ist, das sich in der Tasche befindet. Und ob menschliches Blut daran klebt«, sagte sie.

»Wie aufregend«, brummte Hansen. »Gehört das zu den Fällen im Ostuferhafen? Ich habe dich heute Nacht gar nicht gesehen.«

»Nee, hatte Hafenverbot.«

Hansen blinzelte mit schweren Lidern. »Ach so, entschuldige«, sagte er, »Wie geht es dir denn?«

»Gut.« An die ständige Fragerei zu ihrem Zustand wollte sie sich einfach nicht gewöhnen. Sie hatte überhaupt keine Lust, über ihre Schwangerschaft zu sprechen. Wen ging es etwas an, dass sie das Gefühl hatte, von einer fremden Macht besetzt worden zu sein? Es war wie ein Programm, das sich in ihr fortlaufend installierte. Ein Programm, das dafür sorgte, dass sie zwischen relaxter Trägheit, Hysterie, weinerlicher Gerührtheit und guter Laune hin und her schwankte. Manchmal fühlte sie sich von ihrer Übelkeit und ihrer Müdigkeit gänzlich ausgebremst und doch gleichzeitig in völliger Übereinstimmung mit sich selbst. Von diesen Sachen konnte sie Hansen nichts erzählen. Stattdessen erklärte sie lieber, woher der Inhalt der Kühltasche stammte.

»Mich interessiert, ob du feststellen kannst, wie es zu dem Fleck gekommen sein könnte. Bin gespannt, was du herausfindest.«

»Schon klar«, sagte Hans-Hagen Hansen. »Und am liebsten wie immer sofort.«

»Ach was, lass dir Zeit, die dazugehörige Leiche ist sowieso verschwunden.«

Hans-Hagen Hansen blickte sie irritiert an, lächelte müde und zog ihr einen Stuhl heran.

»Okay, Olga, erzähl, was ist passiert?«

Später an ihrem Schreibtisch packte Island ihre Brotdose aus. Bis zur Besprechung um vierzehn Uhr war noch Zeit. Während sie Schmalzbrot mit Röstzwiebeln aß und mit dem Rest der mittlerweile warmen Apfelschorle hinunterspülte, stöberte sie im Internet. Sie fand Webseiten über den Flemhuder See und ein paar dürre Informationen über das Gut Kreihorst. Die äußerst mageren Einträge stammten offenbar alle aus der Zeit, bevor die Tüxens das Anwesen erworben hatten.

Die einzige Abbildung, die sie aufspüren konnte, war eine Zeichnung von 1790 und befand sich auf der Homepage eines Heimatvereins mit dem Namen »Rund um den Westensee«. Darauf war ein weißes, schlossähnliches Gebäude zu sehen, das von reetgedeckten Scheunen eingerahmt war. Vorne im Bild stand ein Grüppchen vornehm gekleideter Menschen. Unter ihnen befand sich ein schwarzer Diener, der einen Sonnenschirm über zwei kleine, blonde Kinder hielt, die wie Erwachsene gekleidet waren. Alle auf dem Bild zeigten einen ernsten, feierlichen Gesichtsausdruck.

Fotos vom Gutshof fand sie keine. Zwar gab es eine im Aufbau begriffene Website vom Biohof Kreihorst, doch auch hier war nur ein einziges Foto zu sehen: eine nichtssagende grüne Wiese mit einem langweiligen Apfelbaum.

Je spärlicher die Informationen waren, die sie finden konnte, desto mehr begann sie, sich für das Gut zu interessieren. Was waren das für Leute, die da wohnten?

Das Internet fand bei der Suche nach »Dr. Theodor Tüx« hunderttausend Einträge. Olga Island wischte sich den Schweiß aus dem Nacken. Eigentlich war es verrückt, diesen Dingen nachzugehen, eine reine Freizeitbeschäftigung. Aber sie hatte schließlich Mittagspause, und was konnte schlecht daran sein, sich für Land und Leute zu interessieren?

Sie schaute sich Satellitenbilder der Gegend an. Schnell fand sie die Spülfelder, dann die Bunkerreste des Öllagers. Hier war der Nord-Ostsee-Kanal, dort der Flemhuder See.

Die Gewässer umschlossen eine Halbinsel, und dort, inmitten von Wiesen, Feldern und kleineren Waldstücken, lag der Gutshof. Langsam zoomte sie sich näher an die Gebäude heran. Scheunen, Hallen, ein Reitplatz, umzäunte Koppeln. Es schien sich um ein sehr großes Anwesen zu handeln, das sich dort mitten in der weiten schleswig-holsteinischen Landschaft vor den Blicken der Welt versteckte.

Pünktlich um vierzehn Uhr ging sie hinüber in den Besprechungsraum. Sie begrüßte die Mitarbeiter des K 11, die das Team der Mordkommission verstärkten, und die Heimkehrer Karen Nissen und Falk Taulow, die sich bei ihrem Eintreffen angeregt unterhielten.

»Auf Fehmarn hat es seit Wochen nicht geregnet«, erzählte Karen Nissen gerade. »Alles, was sonst grün wäre, ist total vertrocknet. Im Garten meiner Schwiegermutter sah es aus wie auf Kreta.«

»In Hennestrand hat die Nordsee zweiundzwanzig Grad«, antwortete Falk Taulow. »Da kriegt man die Kinder den ganzen Tag nicht aus dem Wasser.«

»Zum Campen ist es in diesem Jahr wirklich ideal.«

»Na ja, eigentlich fast schon zu heiß.« Karen Nissen sah zum angekippten Fenster, durch das die ersten Strahlen der Nachmittagssonne wie durch ein Brennglas drangen. »Wo ist eigentlich die Pflanze?«

»Hab ich mit nach Hause genommen«, sagte Island. »Hier gießt sie ja keiner, wenn du nicht da bist.«

»Olgas neuer Nestbautrieb!« Ihre jüngere Kollegin Henna Franzen bugsierte zwei Bürostuhle zur Tür herein und schob Island einen davon hin.

»Klar, die Hormone«, sagte die, setzte sich aber dankbar.

Sobald Thoralf Bruns und Jan Dutzen das Zimmer betreten hatten, verstummten die Gespräche.

»Den Hafenbereich um das Terminal haben wir trotz mehrfacher Nachfrage vonseiten der Reederei bislang noch nicht freigeben können«, sagte Bruns mit Bedauern. »Die Spezialisten vom LKA untersuchen noch, wann, wie und in welchen Mengen das Toluol ausgelaufen ist. Wir hoffen, dass die Fähre gegen achtzehn Uhr ablegen kann.«

Die Pressesprecherin Susanne Kretsch, eine Frau von dreißig Jahren mit hellblonden, ordentlich gekämmten Haaren, nickte und machte sich Notizen.

»Gibt es inzwischen Erkenntnisse, ob das Ventil am Gefahrgutcontainer defekt war?«, fragte sie.

»Es sieht leider so aus, als habe sich jemand mit Werkzeug daran zu schaffen gemacht«, antwortete Bruns.

»Sabotage?« Karen Nissen klang entsetzt.

Bruns machte eine beschwichtigende Handbewegung. »Das versuchen wir gerade noch herauszufinden. Der Lkw, der den Tank transportierte, kam aus Brunsbüttel. Dort wurde er auf dem Gelände der Firma Pantolon-Chemie beladen. Pantolon ist eine Import- und Exportfirma, die chemische Stoffe umschlägt. Die meisten ihrer Chemikalien werden per Schiff in Brunsbüttel angelandet. Im dortigen Werk werden die Substanzen in Transportbehälter umgefüllt, um sie auf Schiene oder Straße weiterzubefördern. Die Kripo Stormarn ist mit der Staatsanwaltschaft vor Ort und durchsucht den Betrieb. Bisher soll es dort keine Unregelmäßigkeiten gegeben haben. Wir fahren heute auch noch rüber und sehen uns die Verladepraxis genauer an.«

Die Zuhörer nickten. Die rotwangige Karen Nissen fächelte sich mit ihrem Notizbuch Luft zu.

»Kommen wir zu unseren aktuellen Aufgaben«, fuhr Bruns fort. »Seit heute Morgen haben wir es mit drei Toten zu tun. Dazu kann uns Jan Dutzen etwas sagen.«

Dutzen stand auf und trat vor das Flipchart. Seine Haare waren sommerblond, strandblond, weizenblond. Ganz so, als würde er immer nach Feierabend schwimmen gehen, in der Ostsee oder drüben in Katzheide, dem Freibad auf dem Ostufer. Island fiel ein, dass sie ihn außerhalb ihres Dienstes noch nie zufällig irgendwo getroffen hatte. Ihre Interessen und Aktivitäten waren wohl zu verschieden. Sollte sie ihn mal fragen, ob er Lust hätte, mit ihr schwimmen zu gehen? Schon der Gedanke daran brachte ihren Herzschlag aus dem Takt.

Dutzen nahm einen Stift und schrieb drei Namen auf den obersten Bogen des Flipcharts: Xaver Breuer, Knut Gebbert, Carlos Petruschki.

»Die Obduktion hat vorläufig Folgendes ergeben«, begann er. »Xaver Breuer, achtunddreißig Jahre alt, Fahrer der Firma Pantolon, wohnhaft in Wedel, war mit dem Gefahrguttransporter der Firma Cargo Tramp unterwegs von Brunsbüttel via Finnland nach Russland. Vermutlich wurde ihm mit dem Griff eines recht großen, massiven Eiskratzers, den wir in der Nähe seiner Leiche gefunden haben, der Schädel eingeschlagen. Die beiden anderen Toten sind Knut Gebbert, einundzwanzig Jahre alt, Mathestudent und bei der Fährlinie als Einweiser tätig, aus Kiel, und Carlos Petruschki, einundfünfzig Jahre alt, Lkw-Fahrer aus Danzig, unterwegs über Finnland nach Russland mit tiefgefrorenen Schweinehälften. Die beiden haben bis auf geringfügige Hämatome keine offensichtlichen Verletzungen. Sehr wahrscheinlich, aber noch nicht abschließend nachgewiesen, befindet sich eine hohe Konzentration des ausgelaufenen Giftes im Blut. Vermutlich haben sie es über die Atemwege aufgenommen, in geringeren Mengen mag es auch über die Haut in den Körper eingedrungen sein. Alle drei waren bei der Prügelei in der Pfütze mit der ausgelaufenen Lösung ausgerutscht. Wir können davon ausgehen, dass es durch das Gift zu Atemlähmungen kam und sie in bewusstlosem Zustand erstickt sind.«

»Und die übrigen Verletzten?«, wollte Island wissen.

»In der Klinik wurden vier weitere Fahrer mit Gesundheitsproblemen behandelt. Sie sind vorläufig über den Berg. Langzeitschäden sind aber nicht ausgeschlossen.«

»Fieses Zeug.«

»Du sagst es.«

»Habt ihr etwa auch was davon abgekriegt?«, fragte Karen Nissen mütterlich.

»Quatsch«, sagte Jan Dutzen. »Natürlich nicht.«

Es entstand eine Pause, in der manche der Anwesenden betroffen dreinschauten, andere nicht.

»Und sonst?«, erkundigte sich Falk Taulow.

»Wir konnten bislang etwa hundert Zeugenaussagen aufnehmen«, berichtete Henna Franzen und zwirbelte eine ihrer roten Haarsträhnen. »Es sind so viele, weil sich neben dem normalen Frachtverkehr zurzeit auch viele Urlauber nach Finnland einschiffen. Die Aussagen sind natürlich noch nicht alle ausgewertet und verglichen.«

»Gut, morgen zur Frühbesprechung möchte ich, dass du uns die ersten Ergebnisse der Auswertungen vorstellst«, meinte Bruns.

Franzen nickte.

»Zusammen mit Island und Nissen.«

Island sah, dass die junge Polizistin Jan Dutzen einen

verstohlenen Blick zuwarf, so als überlege sie, ob sie nicht viel lieber ihn in ihrem Team gehabt hätte.

»Wenn ihr Zwischenergebnisse habt, lasst es mich bitte wissen.«

Damit löste Bruns die Versammlung auf.

11

Nach der Besprechung machte sich Bruns mit Taulow auf den Weg nach Brunsbüttel, um den Geschäftsführer der Pantolon AG zu befragen, der ohne seine Anwälte nicht zur kleinsten Auskunft bereit war. Island ging in Franzens Büro und holte sich einen Packen DIN-A4-Kopien. Damit setzte sie sich an ihren Schreibtisch und begann zu lesen.

Die Beobachtungen der Zeugen am Fährterminal und an der Wartespur Nummer 5 waren sehr heterogen. Manche Zeugen hatten ausführliche Beobachtungen gemacht, andere hatten angeblich gar nichts gesehen oder gehört, weder von einer Schlägerei noch von auslaufender Flüssigkeit aus einem der Lkws. Einer der Zeugen, ein estnischer Kleinbusfahrer mit guten Deutschkenntnissen, meinte, eine Frau gesehen zu haben, die aus der Richtung des betreffenden Gefahrguttransporters gekommen sei. Sie habe sich auffällig schnell in Richtung Terminal entfernt. Genauer beschreiben konnte er die Frau aber nicht. Auf Nachfrage hatte er zugegeben, dass es sich auch um eine ganz normale Urlauberin gehandelt haben könnte, die eine Toilette gesucht und sich zwischen den Fahrzeugen verlaufen hatte.

Etwa zwanzig Lkw-Fahrer hatten ihre Beobachtungen

über den Hergang der Prügelei zu Protokoll gegeben. Bei etlichen Aufzeichnungen hatte Island den Eindruck, dass die Männer absichtlich vage geantwortet hatten, wahrscheinlich, um möglichst schnell und unbehelligt aus der Sache herauszukommen. Man sagte gegenüber der deutschen Polizei einfach nichts Schlechtes über andere Fahrer. Außerdem wollte keiner von ihnen in Kiel aufgehalten werden. Zeit war Geld. Da war es schon schlimm genug, dass sich die Abfahrt der Fähre um Stunden verzögert hatte.

Trotz aller Widersprüche und Ungereimtheiten, die immer auftreten, wenn viele Menschen als Zeugen befragt werden, entstand vor Islands innerem Auge nach und nach ein etwas genaueres Bild vom möglichen Ablauf der Ereignisse. Sie machte sich Notizen und stellte später mit Franzen und Nissen im Besprechungsraum eine Tabelle zusammen. In einer großflächigen Skizze am Flipchart zeichneten sie alle Positionen ein. Anschließend glichen sie diese noch einmal miteinander ab und kennzeichneten widersprüchliche Aussagen mit Textmarkern. Mit dieser Aufgabe waren sie den ganzen sommerheißen Nachmittag beschäftigt.

Gegen siebzehn Uhr stand Island auf und ging in ihr Dienstzimmer, um ihre Handtasche zu holen. Eigentlich war sie nie der Handtaschentyp gewesen, aber nun, wo ihr Körper ständig nach etwas zu essen oder zu trinken verlangte und sie sich viel zerstreuter fühlte als sonst, hatte sie die Tasche fast immer dabei. Sie enthielt neben Portemonnaie und Dienstausweis saure Fruchtgummis, ihren Schwangerschaftspass mit dem allerersten Ultraschallbild des Kindes, Taschentücher, ein verknicktes, vollgeschriebenes Notizbuch, einen MP-3-Player und weiteren Krimskrams, der gerade noch hineinpasste.

»Muss los zum Babycheck«, sagte sie. »Wenn es nicht zu lange dauert, komm ich noch mal wieder.«

Karen Nissen schüttelte verständnislos den Kopf.

»Weißt du eigentlich, dass Nachtarbeit für Schwangere verboten ist? Vielleicht gehst du ausnahmsweise einfach mal nach Hause? Wir kriegen das hier schon gewuppt.«

Island verzog das Gesicht. Nissen hatte recht, sie konnte den ausklingenden Sommertag auch anders verbringen als mit dem Zuordnen und Abgleichen von Zeugenaussagen. Was ihr aber wirklich missfiel, war der mitleidige Hätschelblick, den ihre Kollegin ihr zuwarf. Karen Nissen hatte selbst zwei Kinder auf die Welt gebracht, da konnte sie sich diese Mitleidsnummer doch eigentlich sparen. Freute sie sich etwa insgeheim, dass Island bald »eine Weile aussetzen« würde? Schließlich kursierte seit einiger Zeit das Gerücht, dass über kurz oder lang eine Planstelle bei der Mordkommission eingespart werden sollte. Hoffte Nissen gar, dass die Kollegin nach der Niederkunft gar nicht mehr in den Dienst zurückkehren würde? Oder gehörten solche Gedanken in den Bereich der Schwangerschaftsparanoia?

Die Praxis von Frau Dr. Markmann befand sich in der Innenstadt in der Nähe des Rathauses. Island ließ ihr Fahrrad an der Bezirkskriminalinspektion zurück und ging zu Fuß zum Kleinen Kiel hinunter. Im Wartezimmer war es trotz des geöffneten Fensters stickig. Draußen rauschte der Verkehr vorbei. Zwischen Wiegen, Blutdruckmessen und Urinprobe blätterte Island in einer Illustrierten und las einen Artikel über Schönheitsoperationen. Der Autor behauptete, dass jede Frau die Chance ergreifen sollte, durch eine gezielte Operation ihr Aussehen zu optimieren und das sichtbare Altern hinauszuzögern. Island schüttelte den Kopf über so viel Schwachsinn. Dann wurde sie endlich ins Sprechzimmer gerufen.

»Sie sehen mitgenommen aus«, sagte Frau Dr. Markmann zur Begrüßung.

»Mir geht's gut«, erwiderte Island. »Nur manchmal bin ich etwas kurzatmig.«

Die Ärztin sah auf ihren Bildschirm. »Sie sind Kriminalbeamtin?«

»Seit zwanzig Jahren.«

»Und Sie arbeiten Vollzeit?«

»Jetzt im Sommer ist nicht so viel los ...«

»Sie sollten daran denken, sich etwas mehr zu schonen. Gönnen Sie sich Ruhe und frische Luft. Und versuchen Sie doch bitte nicht ganz so viel zu essen. Sie werden die Pfunde später schlecht wieder los, das kann ich Ihnen aus eigener Erfahrung versichern.«

Wie soll das gehen bei dem Hunger?, dachte Island, sparte sich aber den Kommentar. Sie konnte einfach nicht an später denken. Im Moment gab es nur das Jetzt.

Nach der Ultraschalluntersuchung, während der Island glaubte, eine winzige Faust zu erkennen, die sich ihr entgegenreckte, sagte Frau Dr. Markmann: »Alles in bester Ordnung. Das Kind ist recht rege. Da ist nur eine Sache, um die Sie jetzt nicht mehr herumkommen.«

»Und die wäre?« Sie hatte überhaupt keine Lust auf weitere Untersuchungen ihres Körpers oder ihres Kindes. Am liebsten hätte sie jetzt geduscht, einen extragroßen Döner gegessen und ferngesehen.

»Ihre Füße schwellen an. Sie könnten leicht eine Thrombose bekommen. Deshalb müssen Sie von nun an bis zur Geburt Kompressionsstrümpfe tragen.«

»Was?«, fragte Island entsetzt. »Bei diesem Wetter?«

Täuschte sie sich, oder lächelte die Ärztin maliziös, während sie das Rezept ausschrieb? Kann sie sich sparen, dachte Island, so was ziehe ich nicht an.

Doch die Ärztin konnte offenbar Gedanken lesen.

»Denken Sie an Ihr Kind. Wenn Sie nicht kürzertreten, muss ich Sie krankschreiben.«

»Schon gut«, sagte Island. »Ich tue ja alles, was Sie wollen.«

Als sie das Sanitätsgeschäft verließ, in dem man ihre Beine vermessen und zur Anprobe in lachsfarbene Gummistrümpfe gezwängt hatte, fühlte Island sich wie durchs Wasser gezogen. In einer Tüte trug sie die hautfarbenen Strümpfe mit Spitzenbordüre, für die sie sich schließlich entschieden hatte. Von nun an würde sie nur noch in bodenlanger Kleidung zur Arbeit gehen können, so viel war klar. Stützstrümpfe im Hochsommer, dachte sie, was für eine Zumutung! Sie stellte sich bei der nächstgelegenen Eisbude an und verlangte drei Kugeln Zitroneneis. Das Eis verbesserte ihre Stimmung, und als sie die Bezirkskriminalinspektion erreicht hatte, hatte sie die Sache mit den Strümpfen auch schon fast wieder vergessen.

Im Flur der Mordkommission war es still wie in einer Kirche. Sie ging in ihr Büro und schaltete den PC ein. Auf der Schreibunterlage lag ein Zettel: »Ruf mich an. Gruß Hans-Hagen.«

Sie wählte Hansens Handynummer, aber es meldete sich niemand. Auf dem Flur waren Schritte zu hören, und Henna Franzen steckte den Kopf zur Tür herein.

»Du bist zurück? Alles in Ordnung mit dem Baby?«

»Bestens«, antwortete Island.

»Dutzen hat nach dir gefragt.«

»Warum?«

»Er interessiert sich für dich, schon gemerkt?«

Island schnaubte gereizt.

Franzen setzte sich ungefragt auf den Besucherstuhl vor ihrem Schreibtisch. »Doch, wirklich«, sagte sie. »Er trinkt seit Monaten immer aus demselben Becher.«

»Na und?«

»Ich meine ja nur. Du warst doch letztes Jahr mit ihm auf dem Weihnachtsmarkt, oder?«

»Nach der Weihnachtsfeier, aber das war nur ...«

»Stell dir vor, er trinkt noch immer aus der Glühweintasse.«

Island errötete und hoffte, dass ihre Kollegin das nicht sah. Was dachte sich dieser Jan Dutzen eigentlich? Es war zum Haareraufen.

»Sind die anderen schon weg?«, fragte sie.

»Ja, und ich mach auch Schluss für heute. Morgen früh geht's weiter. Wollte noch mal raus nach Schilksee an den Strand und eine Runde schwimmen. Willst du mit?«

»Ich würde liebend gern, aber ich kriege Besuch. Meine Tante aus Berlin ist im Anmarsch.«

»Wie nett!«

»Geht so.«

»Mann, Olga, du bist ja nicht sehr gesprächig. Was war das für eine Sache, die du heute Morgen zu erledigen hattest?«

Island berichtete in knappen Worten von ihrem Ausflug an den Flemhuder See, von der Leiche, die eine Hausfrau aus Groß Nordsee gesehen haben wollte und die seitdem verschwunden war, und von dem Gespräch mit den Dorfpolizisten.

»Hast du schon mal etwas von einem Gut Kreihorst gehört?«

Franzen schüttelte nachdenklich den Kopf. »Nein. Aber da draußen gibt es ja auch Güter wie Sand am Meer. Hat der Hof etwas mit dem angeblichen Toten zu tun?«

»Keine Leiche, keine Ermittlungen«, sagte Island achselzuckend. »Aber ist es nicht merkwürdig, wenn sich Leute auf so einem Gelände völlig von der Welt abschotten? Mit Natodraht und allem Drum und Dran?«

»Na ja, je reicher die Leute sind, desto größer ist ihr Sicherheitsbedürfnis. Hans-Hagen hat dir übrigens was auf den Schreibtisch gelegt.«

Damit verabschiedete sich Franzen und verschwand mit einer Strandtasche unterm Arm in den Sommerabend.

12

Island erreichte den Kieler Hauptbahnhof um zehn nach acht. Glücklicherweise fand sie am äußersten Rand des Bahnhofsvorplatzes einen Kurzzeitparkplatz. Kurzatmig hastete sie die Kaisertreppe hinauf.

Tante Thea stand an einem Stehtisch vor einer Espressobar, vor sich ein leeres Latte-macchiato-Glas, neben sich einen Rollkoffer. Sie trug einen kurzen geblümten Rock, himmelblaue Pumps sowie eine verknitterte, helle Leinenjacke. Dem Rauchverbot zum Trotz hielt sie einen Zigarillo zwischen ihren schlanken Fingern und gestikulierte mit beiden Händen. Gegenüber stand ein großer, weißhaariger Mann in Jeans und Sommerhemd, ebenfalls mit einem Rollkoffer, und schien ihr andächtig zu lauschen. Thea bemerkte ihre Nichte erst, als diese an den Tisch trat.

»Kindchen, wie siehst du denn aus? Ich hätte ja nie gedacht, dass du einmal so dick werden würdest! Meine Nichte aus Kiel«, stelle Thea vor. »Und das ist Herr Dr. Bodenfels. Wir haben uns im Zug sehr nett unterhalten. Er will sich morgen früh nach Oslo einschiffen.«

»Minikreuzfahrt«, erklärte Dr. Bodenfels und lächelte das zerknautschte, aber nicht unangenehme Lächeln eines Lebemanns.

»Wenn er wieder in Kiel ist, wird er sich bei mir melden«, flötete Thea und strahlte ihn an, »dann unternehmen wir was zusammen, Rudolf, ja?«

»Mit größtem Vergnügen«, sagte der Mann und deutete eine Verbeugung an.

»Dann auf Wiedersehen!« Tante Thea drückte ihren Zigarillo auf der Untertasse aus. Damenhaft winkte sie ihrer Reisebekanntschaft zu, hakte sich bei Olga ein und stakste neben ihr auf klackernden Sohlen in Richtung Ausgang, während sie den Rollkoffer hinter sich herzog.

»Schön, mal wieder in Kiel zu sein«, sagte Thea, als sie per Fahrstuhl hinunterfuhren. Das Abendlicht lag über der Förde, alle großen Fähren hatten den Hafen für diesen Tag bereits verlassen. Über dem Werftkran am gegenüberliegenden Ufer schwebte ein Heißluftballon. »Hier hat sich ja nicht viel verändert.«

»Woher willst du das wissen?«

»Das Meer ist immer noch blau.«

Sie lachten beide.

»Hast du eigentlich Hunger?«, fragte Olga.

»Kein bisschen«, entgegnete die Tante. »Ich möchte am liebsten gleich an den Strand. Du siehst übrigens auch so aus, als ob ein Bad jetzt das Richtige für dich wäre.«

Gemeinsam wuchteten sie den Rollkoffer ins Auto.

»Und wo darf ich dich hinkutschieren? Etwa nach Laboe?«, fragte Olga.

Aber da wollte Thea nicht hin. »Vielleicht am Wochenende, mit Rudolf«, sagte sie mit einem gurrenden Ton in der Stimme. »Dann nehmen wir aber den Fördedampfer, das macht Eindruck auf die Binnenländer.«

Nach längerem Hin und Her machte Olga einen Vorschlag: »Wollen wir zum Sunset nach Surendorf?«

Die Tante war einverstanden.

Hinter einer an Land gezogenen Jolle zogen sie sich um. Tante Thea war als Erste im Wasser.

»Herrrlich!«, schrie sie verzückt und schwamm sofort los.

Das Meer war kühl und flaschengrün.

Olga brauchte ein bisschen länger, bis sie das erste Mal untertauchte. Dann watete sie gemächlich hinaus bis zur ersten Sandbank. Im tieferen Wasser schwamm sie ein paar Mal hin und her und fühlte sich rund und zufrieden wie eine Seekuh. Sie genoss das seit Kindheitstagen vertraute Gefühl von Salzwasser in der Nase und die unscharfen Lichtflecken auf dem sandigen Grund. Ein paar Minuten lang dachte sie einfach an gar nichts und gab sich ganz den Bewegungen der Wellen hin. Dann fiel ihr plötzlich das Schreiben von Hans-Hagen Hansen wieder ein. Sie verließ das Wasser, trocknete sich ab und wählte Hansens Nummer.

Diesmal hatte sie mehr Glück.

»Olga hier, ich sollte dich anrufen.«

»Hallo, ich wollte dir das vorläufige Ergebnis der Blutuntersuchung mitteilen.«

»Sprich.« Island sah sich nach ihrer Tante um, die so

weit hinausgeschwommen war, dass ihr Kopf nur noch ein kleiner Punkt draußen in den Wellen war.

»Es handelt sich um menschliches Blut der Blutgruppe A, Rhesusfaktor positiv. Dieser Blutgruppe werden weltweit vierunddreißig Prozent aller Menschen zugerechnet.«

»Also nichts Besonderes?«

»Bis jetzt weiß ich noch nicht mehr. Aber ich melde mich, sobald ich etwas habe.«

Island bedankte sich und zog sich an. Nach einiger Zeit kehrte auch Thea von ihrem waghalsigen Schwimmausflug zurück.

»Wunderbar«, sagte sie immer wieder, während sie sich abtrocknete. »Ganz wunderbar.«

Nach dem Bad ergatterten sie einen Platz in einem Strandkorb vor einer Bar mit dem klingenden Namen »Anima e Corpo«. Olga bestellte sich einen großen Tapasteller, während Thea einen Liter Rotwein und Oliven orderte. Das erste Glas Wein leerte sie in einem Zug. Sie erzählte von Berlin, von ihrem Wohnprojekt im Wedding, von ihrer Theatergruppe, die bis Oktober Sommerpause machte, und von Manfred, ihrem letzten Verehrer, den sie, seinem frisch geborenen Enkel sei Dank, gerade zum Teufel geschickt hatte.

»Er hat wirklich eine unmögliche Tochter«, zeterte sie. »Und außerdem ist er jedem Konflikt aus dem Weg gegangen. Na bitte, soll er doch, aber ohne mich.« Sie steckte sich wieder einen Zigarillo an und paffte wütende Wölkchen.

Einen Moment lang schwiegen beide und sahen über das Dünengras hinweg einem Segelboot zu, das in der Abendflaute in der Nähe des Ufers vor sich hin dümpelte.

»Was ist denn eigentlich aus der Sache mit deinem Kollegen geworden, von dem du erzählt hattest, als wir in Berlin zusammen gezecht haben?«, fragte Thea, als sie sich nach ein paar weiteren Schlucken Rotwein wieder etwas beruhigt hatte.

Olgas Herz tat einen kleinen verräterischen Satz. Hatte sie Thea gegenüber bei ihrem Weihnachtsbesuch in Berlin wirklich diesen vermaledeiten Absturz erwähnt? Sie konnte sich gar nicht erinnern, irgendetwas von dieser Nacht erzählt zu haben. So lässig wie möglich zuckte sie die Schultern.

»Was soll mit dem sein?«

»Ich mein ja nur, so ein Polizeibeamter ist doch wenigstens was Reelles. Nicht wie so ein Künstler. Wie heißt er noch mal, dein Künstler?«

»Lorenz.«

»Wo steckt er überhaupt? Wenn ich dich treffe, ist er nie da.«

»Er arbeitet gerade in Italien. Aber nach dem Sommer zieht er nach Kiel.«

»Wer's glaubt, wird selig«, meinte Thea verächtlich und schnaubte laut. »Nu guck mich nicht so an. Wenn du meinst, dass er der Richtige ist, kann man nichts machen.«

»Er ist der Vater«, sagte Olga und strich sich über den Bauch.

»Besonders engagiert erscheint er mir bis jetzt aber nicht zu sein.«

»Doch, schon ... Das kommt noch.«

Thea seufzte. »Du weißt ja selbst am besten, wie es ist, ohne Vater aufzuwachsen.«

»Danke für die Blumen«, sagte Olga und kaute missmutig auf einer Erbsenschote in Knoblauchöl.

Während die Sonne sich senkte und Wasser, Strandkörbe

und Dünen in ein flammendes Goldrot tauchte, fanden sie glücklicherweise noch erfreulichere Gesprächsthemen als Männer. Thea berichtete von weiteren Kreativitäten, die sie im Frühjahr in den Bann gezogen hatten, und ging, als die Weinflasche leer war, über zu Anekdoten aus der Vergangenheit.

Gegen elf Uhr fuhren sie nach Kiel zurück. Olga ließ Thea samt Rollkoffer und Wohnungsschlüssel vor ihrem Haus aussteigen und drehte auf der Suche nach einem Parkplatz ihre Runden. Es war fast wie in Berlin. Alles war komplett zugeparkt. Als sie endlich zu Hause ankam, hatte Thea sich schon häuslich eingerichtet. Sie hatte eine weitere Flasche Rotwein entkorkt und diese schon wieder halb geleert. Gegen Mitternacht lagen sie endlich beide in den Federn. Tante Thea im frisch bezogenen Bett im Schlafzimmer, Olga auf dem buckligen Sofa im Wohnzimmer. Sie war so müde und erschöpft, dass sie trotzdem sofort einschlief.

13

Es war noch dunkel, als sich gegen halb drei nachts das Handy auf dem Wohnzimmertisch meldete. Island schaffte es, die Melodie von »When I'm Sixty-Four« noch eine Weile in ihren Traum einzubauen. Sie fuhr auf einem Motorrad eine schmale, gewundene Straße entlang. Jan Dutzen saß hinter ihr, hatte die Arme um ihre Hüften gelegt und schmiegte sich an sie. Sie trugen beide keinen Helm, und sie fühlte die Wärme seines Atems an ihrem Hals. Als er ihren Nacken küsste, spürte sie seine Bartstoppeln auf der Haut. Sie wollte alles, nur nicht aufwachen.

»Was ist los?«, fragte sie schlaftrunken.

»Ich muss Ihnen etwas sagen.« Die Stimme klang verzweifelt.

»Mit wem spreche ich?« Island fuhr sich mit der Hand über Augen und Stirn, ihr Kopf funktionierte noch nicht richtig.

Am anderen Ende der Leitung war es totenstill.

»Worum geht es denn?«

»Es ist wegen dem Mann am See ...« Es war eine Frauenstimme, undeutlich, verwaschen. Plötzlich war Island hellwach. Eine Vermutung schoss ihr durch den Kopf.

»Frau Marxen?«

»Nein, das bin ich nicht.«

»Was ist mit dem Mann?«, fragte Island ungeduldig.

»Wir wollten uns treffen.«

»Mit wem wollten Sie sich treffen?«

Ein Schnaufen war zu hören. »Ich glaube, ihm ist was Schreckliches passiert.«

»Wem denn? Sagen Sie mir doch bitte, was ich für Sie tun kann.«

»Der Gutshof, ich meine, Kreihorst ...«

»Was ist damit?«

»Er ... er ist da nicht mehr.«

»Wer denn, verdammt noch mal?«

»Sie haben ihn umgebracht.«

Ein Schluchzen war zu hören, dann ein Klicken. Die Frau am anderen Ende der Leitung hatte aufgelegt.

Olga Island lag auf dem Sofa und starrte in die Morgendämmerung, die langsam durch den bunten Ikea-Vorhang vor dem Fenster zu sickern begann und die Nacht vertrieb. War die Anruferin betrunken gewesen? Wie war sie an ihre Nummer gelangt? Zurückrufen konnte sie sie nicht, die Nummer der Fremden war nicht angezeigt worden.

Island schloss die Augen und sah vor sich den See, die Spülfelder und den Kanal. Sie dachte an die Sache mit dem Öllager, an das Munitionsräumkommando – ein gefährlicher Job. Sie hatte das bohrende Gefühl, dass sie sich auf dem Gutshof einmal genau umsehen sollte. Denn sie konnte es nur schlecht ertragen, wenn jemand einfach so verschwand. Vielleicht lag das daran, dass auch ihre Mutter verschwunden war, als sie ein kleines Kind gewesen war. Anfang der Siebzigerjahre war Inga Island von einer Reise nach Südamerika nicht zurückgekehrt.

Olga Island lag wach und konnte nicht wieder einschlafen. Sie hörte ihre Tante im Schlafzimmer schnarchen. Wie lange wollte Thea eigentlich bleiben? Sie hoffte inständig, dass dieser Rudolf sich bald melden würde, dann hätte ihre Tante Gesellschaft und wäre beschäftigt.

Gegen halb fünf stand sie auf, schaltete ihren Laptop ein und las die Nachrichten der Nacht. In der Online-Ausgabe der Kieler Tageszeitung wurde über das Geschehen im Ostuferhafen berichtet, undramatisch und knapp. Island öffnete ihr Mailprogramm und schrieb ein paar Zeilen an Lorenz. Eigentlich war sie viel zu müde, und alles, was sie tippte, erschien ihr unpassend. Aber sie wollte nicht immer nur auf seine Anrufe warten.

Um kurz vor sechs duschte sie und zog sich an. Sie wusste, dass sie die Thrombosestrümpfe anziehen sollte, entschied dann aber, dass es auf einen Tag mehr oder weniger nun auch nicht ankam. Stattdessen schlüpfte sie ohne Strümpfe in ihre Flipflops mit der Sonnenblume zwischen den Zehen. Sie ging in die Küche und versuchte, so leise wie möglich einen Tee aufzubrühen. Aber schon wenig später stand Thea putzmunter im Türrahmen und verlangte nach Kaffee und Toastbrot. Ihre Nordic-Walking-Stöcke, die sich teleskopartig entfalten ließen und so in jeden Koffer passten, hatte sie schon im Flur bereitgestellt. Sie trug ein ärmelloses T-Shirt und kurze, enge Radlerhosen.

»Nach dem Frühstück werde ich erst mal eine Runde walken«, sagte sie und sah zu, wie Olga zwei Scheiben in den Toaster steckte und Kaffee aufgoss. »Ich will fit sein, wenn Rudolf am Wochenende kommt. Er wird im Maritim wohnen, das ist ja nicht weit.«

Olga nippte an ihrem Ingwertee. »Meinst du denn, er meldet sich?«

»Wenn nicht: Ich habe seine Handynummer!«

»Wie kannst du dir so sicher sein, dass er dich wiedersehen möchte?«

»Weibliche Intuition.« Thea grinste. »Wir waren beide im Speisewagen, und er hat immer so zu mir rübergeguckt. Aber er hat sich nicht getraut, mich anzusprechen. Da bin ich ihm zuvorgekommen. Seine Frau hat sich vor einem Jahr von ihm getrennt. Er ist total schüchtern.«

»Auf dem Schiff kann er doch schon gleich wieder jemanden kennenlernen.«

»In der Ferienzeit sind doch sowieso nur Familien an Bord. Und überhaupt. Wer hat *dich* denn mitten in der Nacht angerufen?«

»Das war dienstlich.«

»Aha. Aber sofort los musstest du offenbar nicht.«

»Es war ein merkwürdiger Anruf.« Olga schüttete Müsli in ein Schälchen, goss Milch dazu und rührte um. »Von einer Frau, die ihren Namen nicht sagen wollte. Hat wohl etwas mit einem Fall zu tun, der mich gerade beschäftigt. Aber bisher ist gar nicht klar, ob es überhaupt ein Fall ist.«

»Tatsächlich? Wie aufregend! Erzähl.«

»Ich möchte nicht über meine Arbeit sprechen.«

Thea schmierte sich ihre zweite Scheibe Toast. Sie bestrich sie mit Biohimbeermarmelade, die sie eigens aus Berlin mitgebracht hatte.

»Wenn es gar kein Fall ist, kannst du doch eine Ausnahme machen. Du weißt ja, reden hilft, die Gedanken zu sortieren.«

Island seufzte und begann zu erzählen. Als sie geendet hatte, wiegte Thea den Kopf.

»Gut Kreihorst am Flemhuder See«, sagte sie nachdenklich. »Du wirst lachen, aber da kannte ich mal jemanden.«

Olga schnaubte spöttisch. »Das wundert mich nicht. Du kennst ja Gott und die Welt.«

»In Berlin noch nicht. Aber auf Kreihorst, da wohnte früher Luise Lembke. Vor fünf Jahren habe ich das letzte Mal mit ihr gesprochen.«

»Lembke. Das hört sich ja nicht gerade nach altem Adel an.«

»Luises Mann war früher Verwalter auf dem Gutshof. Die Lembkes haben das alte Inspektorenhaus bewohnt und Zimmer an Feriengäste vermietet. So wie ich damals in Laboe. Wir haben uns bei einem Seminar der Touristinformation Kiel kennengelernt. Marketing für Privatvermieter der Region. Luise war immer sehr nett. Eigentlich schade, dass wir uns aus den Augen verloren haben.«

»Warst du denn mal bei ihr auf dem Hof?«

»Sie hat mich in Laboe besucht, und einmal habe ich sie abgeholt, um mit ihr zur Landesgartenschau nach Schleswig zu fahren. Bei der Gelegenheit hatte sie mir ihren eigenen Garten am Haus gezeigt. Ganz entzückend war der angelegt!«

Olga schob die leere Müslischale von sich.

»War das Anwesen damals auch schon so gesichert, mit hohen Zäunen und Natodraht?«

Thea musste nicht lange überlegen. »Überhaupt nicht. Bis auf Luises Garten hat damals alles eher verlottert ausgesehen. Die Wildschweine der Umgebung zogen in Rotten durch die Allee. Keiner hat sie bejagt. Alles wirkte ein bisschen verfallen.« Thea blickte versonnen aus dem Fenster. »Wenn dich das Ganze so brennend interessiert, dann sollte ich Luise vielleicht mal anrufen, ob du bei ihr vorbeikommen kannst. Da hat sie sicher nichts dagegen.«

Olga fingerte ein paar Rosinen aus der Müslipackung und steckte sie in den Mund. »Super, ich hätte große Lust, mir das Gut näher anzusehen.« Da kam ihr ein Gedanke. Er erschien ihr schon ein bisschen verrückt, aber warum eigentlich nicht? »Oder frag Luise doch mal, ob bei ihr zufällig gerade ein Zimmer frei ist.«

»Wieso? Für wen?«

Olga blickte ihrer Tante in die für die frühe Morgenstunde erstaunlich wachen Augen. Faszinierenderweise hatte der Rotwein vom Vorabend keine erkennbaren Spuren bei ihr hinterlassen. Wenn Thea ihr das nur vererbt hätte.

»Ich könnte so tun, als ob ich Urlaub mache, und mir die ganze merkwürdige Gegend mal ansehen. Die Spülfelder und das alte Öllager. Vielleicht ergibt sich ein Zusammenhang mit dem verschwundenen Mann. Würde es dir etwas ausmachen, ein paar Tage meine Wohnung zu hüten?«

Thea schüttelte den Kopf und lächelte breit. »Im Gegenteil. Wir hätten dann viel weniger Gelegenheit, uns gegenseitig auf den Wecker zu gehen. Und ich könnte während deiner Abwesenheit deine Blume gießen.«

Island musste lachen. Es gab in der ganzen Wohnung wirklich nur die einsame Dieffenbachie aus der Dienststelle. Ansonsten besaß sie nichts Grünes. Sie hatte alle Pflanzen in Berlin zurückgelassen, zusammen mit ihrem früheren Leben.

»Dann hoffe ich, dass Luise da noch wohnt«, sagte ihre Tante belustigt und suchte nach ihrem Adressbuch.

14

Er erwachte schweißgebadet. Schon wieder hatte er diesen Traum gehabt. Er war einen Strand entlanggelaufen, auf den dunkle Wellen schlugen. Eine Woge war emporgeschwappt, hatte ihn erfasst und ins Meer gerissen. Das schwarze Wasser zog ihn unaufhaltsam in die bodenlose Tiefe hinab. Er hatte wieder angefangen, von seinem Untergang zu träumen. Bevor er sich an den Strand verirrt hatte, war Lissy da gewesen. Ihr Körper war seinem sehr nahe gekommen, die Wärme ihrer Haut, ihr Geruch nach Heu und staubiger Straße. Aber viel zu schnell hatte sich alles aufgelöst in wutrotem, bitterem Zorn. Er wollte nicht mehr daran denken, was geschehen war, nie mehr.

Paul-Walter Tüx blinzelte und verfluchte den Denkmalschutz. Viel zu hell drang die Sonne durch die geschlossenen Vorhänge. Der Denkmalschutz und der unmögliche Geschmack seines Vaters hatten dafür gesorgt, dass die automatischen Jalousien, die es früher vor den Fenstern gegeben hatte, durch diese völlig unpraktischen Staubfänger ersetzt worden waren. Um das Schlafzimmer tagsüber einigermaßen verdunkeln zu können, waren die hässlichen Dinger aber nun einmal total ungeeignet. Sie waren über zweihundert Jahre alt, in Flandern gewebt und in Polen restauriert worden. Als das Gutshaus gebaut wurde, hatte man ein Faible für manierierte Vogel- und Pflanzendarstellungen gehabt und damit nicht nur die Vorhänge, sondern auch Tapeten und Polsterbezüge geschmückt.

Aus dem Nebenzimmer hörte er leise Stimmen und Gekicher. Seine Cousine Grit und Marthe, deren Freundin, waren also auch schon wach. Von Tom, seinem Freund, der auf der anderen Seite im alten Ankleidezimmer schlief, war noch nichts zu vernehmen. Und Cyrano im Zimmer über dem Gang tat ebenfalls noch keinen Mucks. Vielleicht war er schon längst wieder draußen unterwegs, paddelte mit einem der Kajaks auf der Eider herum oder lief durch den Wald. Er war schon zwanzig, also zwei Jahre älter als die anderen, und hatte einfach viel mehr Energie.

Paul-Walter drehte sich auf die Seite und schloss erneut die Augen. Die »Hütte«, wie sie ihr Sommerhaus scherzhaft zu nennen pflegten, in der er seit ein paar Jahren mit seinen Eltern die Ferien verbrachte, war bis auf ein paar Unannehmlichkeiten, die dem Alter des Hauses und den baulichen Gegebenheiten geschuldet waren, eigentlich ganz okay. Es gab genug Platz, sodass man sich aus dem Weg gehen konnte, auch und gerade, wenn Gäste da waren. Schon früh war ihm klar geworden, dass das Haus und die Umgebung viele Leute begeisterten, und eben auch seine Freunde. »Fährst du wieder ins Familienschloss?«, wurde er im Internat gefragt, wenn die Ferien näher rückten. Aber hier war es eben einfach besser als in dem langweiligen Chalet von Toms Eltern im Engadin oder dem absolut öde gelegenen Landhaus seiner Cousine Grit, draußen in den Bergen vor Vancouver. Um hierherzukommen, brauchte man außerdem nicht ewige Zeit im Flieger zu sitzen.

Nur die Sache mit der Landwirtschaft, die bei diesem Anwesen leider dazugehörte und die seinen Vater so begeisterte, langweilte ihn vollkommen. Wenn Dad aus Frankfurt herkam, zog er sich als Erstes seine alte Cordjacke über und ging in den Stall. Dann sprach er mit seinen Pferden oder ließ gleich Dude, seinen Wallach, satteln, bevor er mit ihm über die Felder verschwand.

Paul-Walter konnte die Leidenschaft seiner Eltern für Pferde und Landwirtschaft beim besten Willen nicht verstehen. Die einzigen Lebewesen, die ihn vielleicht noch interessierten, waren Fische. Man hatte ihn nur mühsam dazu gebracht, Reiten zu lernen. Er hatte es immer gehasst. Zu seinem siebenten Geburtstag hatten sie ihm ein Pony geschenkt. Er war so enttäuscht gewesen.

Nun war er froh, dass Dad endlich aufgehört hatte, ihn mit dem Pferdekram zu quälen. Auch Mum ließ ihn damit in Ruhe. Für die Sommerferien ließ sie extra ihre Lieblingspferde aus ihrer Gestütsdependance im Taunus herbringen. Sie achtete immer sehr darauf, dass es den Pferden gut ging. Salzige Seeluft und würzige Weiden sind wie eine Verjüngungskur für die Tiere, pflegte sie zu sagen.

Die Uhr im Turm des Torhauses schlug zwölf Mal. Nebenan kicherten Grit und Marthe noch immer. Das konnten Mädchen, ewig im Bett liegen, lachen und rumquatschen. Lissy hatte auch viel gelacht. Das schönste Lachen der Welt. Wieder sah er sie vor sich. Ihre Gestalt, die knabenhaften Knie unter dem kurzen Rock. Im Gegenlicht kam sie den Weg entlang, die Sonne schien auf ihr Haar, es leuchtete auf, dass es schmerzte. Er durfte einfach nicht mehr an sie denken.

Unvermittelt hielt er sich die Ohren zu und starrte das Bild an, das an der Wand über seinem Bett hing. Vasco da Gama, eine Reproduktion aus dem National Maritime Museum in London. Es zeigte den berühmten Entdecker und Weltreisenden in jungen Jahren. Mit durchdringend stechendem Blick schien er jeden, der ihn betrachtete, zu beobachten. Seine Augen folgten jeder Bewegung, wohin man auch ging. Niemand konnte ihm entkommen.

Arrogant sollte dieser Mann gewesen sein, grausam, aber er hatte seine Mannschaft immer im Griff gehabt und seine Seeleute zu Leistungen getrieben, an die man sich Jahrhunderte später noch erinnerte.

Der Seeweg nach Indien. Vasco da Gama, der Entdecker. Das Bild hing schon über dem Bett, als Paul-Walter das erste Mal darin übernachtet hatte. Der Mann war so etwas wie ein Freund geworden, jemand, der seine Träume kannte. Seit diesem Sommer aber schmückte er sich selbst mit diesem Namen.

Es war nicht so, dass er sonst keine Freunde hatte. Er hatte verdammt gute Freunde, die besten, die man sich vorstellen konnte: Tom und Cyrano, seine Cousine Grit und deren Freundin Marthe. In diesen Ferien waren sie zusammen hierhergekommen, um an ihrem Projekt zu arbeiten. Großartige Dinge schaffte man eben nicht allein. Schon bei dem Gedanken daran klopfte sein Herz schneller. Es war ihr geheimes Ding. Weder Mum noch Dad hatten bisher davon etwas mitbekommen. Sollten sie doch glauben, dass sie sich wie immer ein paar schöne Ferientage auf dem Hof machten: Schwimmen, Golfen, Surfen, Segeln. Die Alten hatten keine Ahnung.

Dad war in diesem Sommer sowieso noch gestresster als sonst. Irgendeine Krise in irgendeinem Teil des Unternehmens. Er war schon zweimal nach Frankfurt geflogen und einmal nach Rotterdam. Ansonsten saß er stundenlang in seinem Arbeitszimmer und telefonierte. Und Mum? Beim Gedanken an seine Mutter verzog er bitter den Mund. Die hatte ihre Zimmer im Seitenflügel. Dort durfte man sie nicht stören. Sollte sie doch machen, was sie wollte. Sie war gut drauf in diesen Ferien. Viel zu gut. Es war so peinlich mit ihr.

Hätten sie nicht ihr Projekt gehabt, wäre dieser Sommer wieder einmal unerträglich geworden. Aber so, wie es gerade aussah, hatten sie perfekte Bedingungen, um alles durchzuziehen. Er war sich ganz sicher, dass sie es schaffen würden. Alle würden Augen machen. Denn so etwas hatte es noch nicht gegeben. Und darauf konnten sie stolz sein.

Er würde alles dafür tun.

Nur an Lissy denken durfte er nicht mehr.

15

Am Donnerstagmorgen schob Olga Island ihr Fahrrad über den Wochenmarkt auf dem Blücherplatz und kaufte Brot und Äpfel bei einem Biobauern und Frikadellen vom Galloway-Rind an einem Fleischerstand.

Als sie so für den Tag gerüstet in der Bezirkskriminalinspektion ankam, hatte die Sitzung zwar noch nicht begonnen, aber alle saßen schon im Besprechungsraum. Bruns nickte, als sie hereinkam, und begann zu referieren.

»Zusammen mit Spezialisten von der Feuerwehr haben wir in der Pantalon AG in Brunsbüttel die Verladepraxis bei den Chemietransporten unter die Lupe genommen.« Er übergab das Wort an Jan Dutzen.

»Der betreffende Gefahrguttank ist, wie eine Videoaufnahme dokumentiert, offenbar ordnungsgemäß beladen worden«, fuhr Dutzen fort. »Die Aufnahmen sind allerdings teilweise unscharf. Alle Wagen auf dem Gelände werden von verschiedenen Kameras aufgenommen, bis sie durch das Haupttor hinausfahren. Der betreffende Lkw sieht auf dem aufgezeichneten Film völlig normal aus. Der Betreiber der Anlage schließt aus, dass der Tank bei der Ausfahrt defekt war.«

»Ist ja klar, dass die das sagen«, meinte Karen Nissen.

»Wir müssen trotzdem bis zum Beweis des Gegenteils davon ausgehen, dass der Transporter das Werk in einwandfreiem Zustand verlassen hat.«

»Dann ist unterwegs am Einfüllstutzen manipuliert worden?«

»Das können wir bisher nicht nachweisen. Wir wissen auch nicht, ob der Fahrer Xaver Breuer auf dem Weg nach Kiel irgendwo längere Zeit gehalten hat.«

Bruns nickte Franzen zu. »Könntest du uns bitte den Ablauf der Ereignisse im Ostuferhafen skizzieren, so wie sie sich aktuell darstellen?«

Henna Franzen klickte sich in eine Datei auf ihrem Netbook. »Der Gefahrgut-Lkw der Speditionsfirma Groll und Co. erreicht den Check-in-Bereich des Hafens am Dienstagabend gegen achtzehn Uhr. Am Steuer sitzt Xaver Breuer. Er wird vom Einweiser Knut Gebbert in die Wartespur Nr. 2 eingewiesen. Bis zum Beladen der Fähre sind es noch fünfundvierzig Minuten. Der Fahrer verbringt diese Zeit, wie viele seiner Kollegen, in seinem klimatisierten Führerhaus. Gegen achtzehn Uhr fünfzehn klopft der Fahrer des Lkw hinter ihm, Carlos Petruschki, an das Fenster von Breuers Kabine. Er ruft Breuer etwas zu, der aber reagiert nicht, öffnet weder die Kabinentür, noch lässt er ein Fenster herunter. Nach Aussage mehrerer Zeugen fängt Petruschki daraufhin an, den Seitenspiegel des Lkw zu traktieren. Xaver Breuer hat Petruschki aber sehr wohl bemerkt. Er verlässt die Fahrerkabine auf der Beifahrerseite, geht vorn um den Truck herum und versucht, Petruschki vom Fahrzeug wegzuziehen. Es kommt zu Handgreiflichkeiten, die in körperliche Übergriffe und schließlich in eine heftige Prügelei ausarten. Knut Gebert, der Einweiser, will den Streit schlichten, wird aber von Xaver Breuer mit einem Tritt zu Boden gebracht. Weitere Lkw-Fahrer steigen aus ihren Wagen, umringen die Streithähne und ergreifen Partei für die eine oder die andere Seite. Es kommt zu einer Schlägerei, an der etwa zehn Männer beteiligt sind.«

»Hatte Breuer eine Frau in der Kabine?«, fragte Jan Dutzen interessiert.

»Warum?«

»Vielleicht war er anderweitig beschäftigt, als Petruschki bei ihm klopfte?«

»Auf den Überwachungsvideos der Hafengesellschaft ist niemand zu sehen, der den Wagen besteigt oder verlässt«, sagte Franzen. »Und es hat sich auch keine Frau bei uns gemeldet.«

Allgemeines Nicken. Im Jahr 2010 war eine Fähre auf ihrer Fahrt nach Klaipeda mitten auf der Ostsee in Brand geraten. Damals waren von dem brennenden Schiff mehr Menschen gerettet worden, als sich laut Passagierlisten an Bord hätten befinden sollen. Man fand schließlich heraus, dass einige Lkw-Fahrer Frauen, Freundinnen oder Prostituierte illegal in ihren Fahrerkabinen mitgenommen hatten.

»Gibt es schon Hinweise, worum es bei dem Streit zwischen den Fahrern ging?«

Henna Franzen zuckte die Achseln. »Diejenigen, die die Prügelei angefangen haben, sind beide tot. Wird schwer werden, das herauszufinden.«

»Könnte es denn um eine Frau gegangen sein?«

»Möglich ist alles.«

»Wir behalten das mal im Hinterkopf«, sagte Thoralf Bruns, »aber bitte versucht, noch mehr über die beiden herauszufinden. Haben sich Breuer und Petruschki gekannt? Hatten sie einen persönlichen Konflikt, der schon länger köchelte? Waren sie verwandt, verschwistert, verschwägert? Was könnte ein Grund sein, dass sie so sehr aneinandergeraten sind?«

»Dem gehen wir natürlich weiter nach.«

»Wie konnte das eigentlich passieren mit dem auslaufenden Toluol? Kann man das auf den Kameraaufzeichnungen im Ostuferhafen sehen?«, wollte Dutzen wissen.

»Die Kollegen vom LKA haben uns mitgeteilt, dass der Winkel der nächstgelegenen Kamera in diesem Fall ungünstig war«, erklärte Franzen. »Leider kann man nicht erkennen, ob bei der Einfahrt in den Hafenbereich schon Flüssigkeit ausläuft.«

»Was sagen die Experten der Feuerwehr?«

»Sie halten es für ausgeschlossen, dass sich das Ventil von selbst geöffnet hat.«

Später an diesem Vormittag ordnete Island die Papiere auf ihrem Schreibtisch. Sie fragte sich, was sie mit den

Untersuchungsergebnissen zum Blutfleck machen sollte, die sie von Hans-Hagen Hansen erhalten hatte. Solange die Sache am See weder ein Mord- noch ein richtiger Vermisstenfall war, konnte sie kein Aktenzeichen vergeben, um das Schreiben in der Tiefe der Registratur zu versenken. Unentschlossen schob sie das Schriftstück hin und her und legte es dann in die Aktenschale mit den unerledigten Schreiben. In dem Moment klingelte das Telefon. Sie erkannte Hauptmeister Stark sofort an seiner nasalen Sprechweise.

»Was kann ich für Sie tun?«

»Also«, begann er umständlich. »Normalerweise würden wir den Quatsch ja nicht ernst nehmen. Aber wo Sie nun schon gerade bei uns waren, dachte ich, ich rufe Sie noch mal an.« Er räusperte sich. »Im Briefkasten der Amtsverwaltung hat heute Morgen ein grüner Zettel gelegen. Es scheint eine Art Flugblatt zu sein.«

»Und was steht darauf?«

»Ich könnte es Ihnen schicken, wenn Sie wollen.«

»Gern, aber sagen Sie mir doch erst mal, worum es geht, wenn Sie es für so wichtig halten.«

Stark las langsam vor und betonte dabei alle Hauptwörter: »Theodor Tüx – du Scheißkapitalist! Der Plastikmüll, den du produzierst, überschwemmt die Weltmeere. Millionen Seetiere sterben auf grausamste Weise an dem ganzen Plastikschrott in ihren Mägen. Oder sie verenden qualvoll durch Strangulation mit Plastikschnüren oder in alten Fischernetzen aus Kunststoff. Eines Tages wirst du dafür büßen. Und auch für alles, was auf deinem Gut passiert. Sei froh, dass niemand weiß, was da abgeht. Rache ist süß.«

»Interessant. Einen Absender gibt es wohl nicht?«

»Kein Name, nichts.«

»Haben Sie gehört, ob das Flugblatt auch noch andere Stellen in der Gemeinde erhalten haben?«

»Bei der Freiwilligen Feuerwehr war auch so was im Kasten.«

»Faxen Sie mir das Schreiben bitte durch, und bewahren Sie das Original auf, falls wir noch mal Fingerabdrücke brauchen sollten.«

»Wenn ich den Scherzkeks zu fassen kriege, kann der was erleben.«

»Abwarten. Wenn Herr Tüx nicht dagegen vorgehen will, können wir nichts machen.«

Island legte auf. Auch wenn sie immer noch kein Aktenzeichen vergeben konnte, sollte sie vielleicht doch einmal vorläufig eine Mappe anlegen. Sie wusste aber noch nicht, wie sie sie nennen sollte.

Später telefonierte sie mit Henna Franzen und dann mit verschiedenen Kollegen des Landeskriminalamtes wegen der Videoaufzeichnungen im Hafen. Bis zum Mittag traten dabei aber keine neuen Erkenntnisse zutage.

16

Gegen halb eins klopfte es an Islands Tür, und Jan Dutzen steckte den Kopf herein. Warum sah er eigentlich gerade so verdammt gut aus? Lag das an seiner leichten Sonnenbräune, oder ging es ihm einfach gerade so blendend, dass er vor Glück und Energie strahlte? Er schwenkte ein Blatt Papier.

»Das ist bei mir gelandet. Scheint so eine Art Drohbrief zu sein. Kannst du damit etwas anfangen?«

Island nahm das Fax, warf einen Blick darauf und stopfte es in die Aktenablage. »Das kommt von meinen neuen Freunden von der Landgendarmerie in Achterwehr.«

»Während wir uns hier unter höchster Gefahr abarbeiten, treibst du dich also draußen in der Sommerfrische herum.«

Sie funkelte ihn an. »Keine schlechte Idee. Vielleicht sollte ich das wirklich tun.«

»Was genau?«

»Urlaub auf dem Land machen.«

»Du eingefleischte Großstadtpflanze?« Er musterte sie mit echtem Erstaunen. »Wie wäre es, wenn wir erst mal was essen gingen? Oder hast du schon gegessen?«

»Ich dachte an Picknick am Schreibtisch.«

»Du brauchst was Richtiges! Oder besser gesagt: ihr beiden.«

»Da lassen wir uns doch nicht lange bitten.«

»Denn mal los.«

Die Pizzeria am Dreiecksplatz war noch fast leer. Ein paar Kollegen von der Polizeidirektion saßen hinten in einer Ecke und unterhielten sich leise. Island und Dutzen nahmen einen Tisch am Eingang und bestellten beide dasselbe: Steak, Kroketten und Salat vom Büfett.

Zuerst sprachen sie über den Fall am Ostuferhafen, dann unterhielten sie sich über die »landeskundliche Studienfahrt«, den jährlichen Betriebsausflug von Mordkommission und Spurensicherung, der im August stattfinden sollte. Bisher hatte sich die Belegschaft noch nicht auf ein Ziel geeinigt. Es gab interessante Möglichkeiten. Die Waffenfabrik von Sauer und Sohn in Eckernförde war im

Gespräch oder der Munitionsräumdienst in Groß Nordsee.

»Das sind richtig toughe Jungs da«, sagte Dutzen.

»Bei dem Job weißt du morgens nicht, ob abends noch alle Körperteile dran sind«, meinte Island.

»Wissen wir aber auch nicht.«

»Die sind schon superfit, da passiert doch praktisch nie ein ernsthafter Zwischenfall.«

»Solche Nerven hätte ich auch gern.«

»Wahrscheinlich haben sie einfach keine«, bemerkte Island.

Dutzen lachte.

Als sich Island das zweite Mal Salat vom Büfett holte, klingelte ihr Handy. Es war Tante Thea.

»Olga, wo bist du?«

»Im San Remo, wenn du dich noch erinnern kannst, wo das ist.«

»Da bin ich ja ganz in deiner Nähe!«, rief Thea erfreut. »Ich komme gleich vorbei.« Sie legte auf.

Island schüttelte den Kopf und kehrte mit einem Teller Tomatensalat an ihren Platz zurück. Dutzen schob sich ein weiteres Stück Steak in den Mund und kaute vergnügt.

»Was machst du eigentlich nach Feierabend?«, fragte sie. »Du siehst so durchtrainiert aus.«

Er lächelte, sichtlich geschmeichelt. »Schwimmen, in Katzheide. Wir üben für den Fördetriathlon, Henna Franzen und ich.«

Island verschluckte sich an einem Stück Zwiebel und kämpfte mit dem Hustenreiz. Davon hatte ihre Kollegin gar nichts erzählt.

»Ach so«, sagte sie betont gleichgültig.

»Und was machst du so, wenn du abends freihast?«

Es war irgendwas in seinen Augen, die Art und Weise, wie er sie ansah, die sie manchmal irritierte. Es war ein aufrichtiges und für seine Verhältnisse viel zu spürbares Interesse an dem, was sie sagte. Wann hatte das angefangen? Sie hätte es nicht sagen können.

Es war so wie mit diesen Matratzen aus viskoelastischem Schaum. Wenn man sich drauflegte, fühlte man sich von ihnen angesaugt, angezogen, verschluckt. Nicht nur, wenn sie mit Jan Dutzen allein war, hatte sie das Gefühl, dass er über magnetische Kräfte verfügte. Gerade wenn er nicht da war, empfand sie manchmal beinahe etwas wie Sehnsucht. Aber sicher doch nicht nach dem wirklichen Jan, dachte sie verwirrt, wahrscheinlich eher nach einem männlichen Wesen im Allgemeinen. Wenn der dusselige Lorenz nicht bald nach Kiel kam, würde sie noch anfangen, Dummheiten zu machen – Schwangerschaft hin oder her. Mann, Mann, Mann, dachte sie, wann hatte ich eigentlich zuletzt so chaotische Gefühle?

»Ich geh auch gern mal ein bisschen planschen, aber lieber im Meer«, sagte sie jetzt leichthin. »Im Wasser hab ich ja Auftrieb. Ungefähr wie ein Walross.«

Sie grinsten sich an.

Dann sah er auf seinen Teller und schob die übrig gebliebenen Salatblätter zur Seite. »Wenn du Lust hast, könnten wir vielleicht mal zusammen an den Strand oder so …«

Sie nickte, aber dann dachte sie daran, wie toll es wohl aussah, wenn sie dort ihre Stützstrümpfe auszog und ihren Walrossbauch freilegte. »Zurzeit habe ich Besuch aus Berlin«, erklärte sie. Sie sah das Zucken seiner linken Augenbraue und fügte schnell hinzu: »Von meiner Tante. Sie ist ziemlich spontan, da weißt du nie, was du abends vorhast.«

»Klar.«

Wie auf Kommando wurde die Tür aufgerissen, und Tante Thea stürmte in das Lokal. Sie winkte wild mit den Armen, an denen jede Menge große Einkaufstüten hingen.

»Wenn man vom Teufel spricht.«

Thea stürzte auf Olga zu und küsste sie auf beide Wangen. Dann nickte sie zu Dutzen hinüber und strahlte wie ein Honigkuchenpferd. »Guten Tag. Sehr erfreut!«

Sie hatte die sportliche Nordic-Walking-Garderobe gegen ein kurzes Sommerkleid getauscht und trug dazu ein seltsames Strohhütchen.

»Ich bin gerade die Holtenauer entlanggegangen«, schnatterte sie. »In den meisten Boutiquen ist schon Schlussverkauf.«

»Man sieht es. Wie willst du denn mit dem ganzen Kram nach Hause kommen?«, fragte Olga.

»Mit dem Taxi!«

Früher, bevor Tante Thea nach Berlin gezogen war, hätte sie sich den Luxus einer Taxifahrt nie und nimmer geleistet. Der Umzug hatte sie verändert, sie war geradezu mondän geworden.

Dutzen tupfte sich wohlerzogen den Mund mit einer Serviette ab, etwas, was man sehr selten bei ihm sah.

»Muss leider schon wieder«, sagte er entschuldigend. »Die Pflicht ruft.«

Er zwinkerte Olga zu und schenkte Thea ein liebenswürdiges Lächeln. Leicht verbittert dachte Olga daran, dass er mit Henna Franzen schwimmen ging und die es ihr gegenüber nicht ein Mal erwähnt hatte. Fördetriathlon, das war ja lächerlich.

Kaum war Dutzen verschwunden, beugte Thea sich auch schon neugierig über den Tisch.

»Wer war der junge Mann?«

Island nippte an ihrem Milchshake. »Mein Kollege Jan Dutzen.«

»Ach, *der* Jan?«

»Thea, lass den Quatsch«, sagte Island verstimmt. »Was hast du so Wichtiges auf dem Herzen, dass du hier in meiner Mittagspause aufkreuzt?«

»Erst mal brauche ich was zu essen.«

Thea durchforstete die Speisekarte. Nachdem sie den Kellner ausführlich mit Nachfragen zu den einzelnen Speisen beschäftigt und schließlich doch nur eine Pizza Margherita bestellt hatte, sah sie ihre Nichte triumphierend an.

»Ich war heute Vormittag nicht untätig. Ich habe alles erledigt, was du mir aufgetragen hast. Meine alte Bekannte Luise wohnt leider nicht mehr auf Kreihorst. Stell dir vor, der neue Eigentümer des Hofes, so ein stinkereicher Sack, hat Luises Mann einfach rausgeschmissen. Dabei hatte der über dreißig Jahre auf dem Hof als Verwalter gearbeitet. Herbert und Luise hätten nicht mehr auf den Hof gepasst, hat der arrogante Typ behauptet. Sie mussten auch sofort aus dem Haus ausziehen, in dem sie schon so viele Jahre gewohnt haben. Stattdessen hat jetzt ein Biolandwirt mit seiner Familie die Verwaltung von Gutshof und Ländereien übernommen. Luise kommt gar nicht darüber hinweg, so abgefertigt worden zu sein.«

»Nett ist das nicht.«

»Aber Luise hat mir erzählt, dass die neue Verwaltersfrau auch wieder privat Zimmer vermietet. Sie heißt Lena von Dünen und steht im Telefonbuch von Achterwehr. Man kann sie also anrufen.«

Olga holte sich einen Apfelstrudel mit Vanillesoße vom

Büfett und überlegte, ob sie schon satt war. Ein kleines Sahnehäubchen hätte auch noch reingepasst.

Thea bekam die Pizza serviert und begann, sie in kleine Stücke zu zerschneiden.

»Genau das habe ich natürlich getan«, fuhr sie fort. »Und ich muss sagen, dass sie sich am Telefon ganz nett angehört hat. Und stell dir vor: Zufällig ist bei ihr gerade ein Ferienzimmer frei geworden!«

»Toll.«

»Nicht wahr? Ich habe ihr erzählt, dass du schwanger bist und dringend noch mal ausspannen musst vor der Niederkunft. Natürlich unbedingt auf einem Biohof! Dafür hatte sie größtes Verständnis. Die Zimmer sind übrigens für Allergiker geeignet, haben alle einen Internetanschluss und sind trotzdem frei von Elektrosmog.«

»Puh«, sagte Island.

»Man kann den Strom im Zimmer nachts komplett abschalten.«

»Super. Und was kostet der Spaß?«

Thea nannte den Preis für eine Woche. Olga pfiff durch die Zähne. Für das Geld fuhren andere Leute für drei Wochen nach Mallorca. Gehobene Preisklasse für Urlaub in der Region, dachte Island. Dafür ist die Anfahrt nicht so weit.

»Du bekommst Vollpension mit Bioessen, auf Wunsch ein Leihfahrrad, und wenn du möchtest, kannst du rudern oder dir ein Kajak ausleihen. Und übrigens, Frau von Dünen war Köchin in einem Nobelhotel in Hamburg, bevor sie mit ihrem Gatten und den drei Kindern aufs Land gezogen ist. Nun bereitet sie das Essen für die Herrschaften Tüx zu und für ihre eigenen, bescheidenen Feriengäste.«

»Da werde ich gleich noch mal fünf Kilo zulegen.«

»Wenn du so weiterfutterst, habe ich nicht den geringsten Zweifel daran.« Thea lachte schallend.

Nach dem Essen füllte Island einen Urlaubsantrag aus und begab sich damit zu ihrem Vorgesetzten. Thoralf Bruns las das Schreiben, sah auf und musterte sie leicht besorgt.

»Alles in Ordnung bei dir?«

»Bestens.«

»Eine Woche Urlaub?«

»Hab Besuch aus Berlin.«

Er nickte und unterschrieb ohne weitere Fragen.

»Viel Spaß und gute Erholung«, sagte er.

»Danke«, entgegnete Island. »Ich hätte aber noch eine Bitte. Wenn es Neuigkeiten aus Achterwehr geben sollte, lässt du es mich dann bitte trotzdem wissen?«

Er schien in Gedanken schon wieder ganz woanders zu sein.

»Sind dir die Kollegen da so ans Herz gewachsen?«, fragte er und reichte ihr den Urlaubszettel. »Spann noch mal richtig aus, das wird dir guttun.«

17

Am Sonntag stand Olga Island mit ihrem Wagen vor dem abweisenden grünen Tor, das den Gutshof Kreihorst von der übrigen Welt trennte. Sie stieg aus, um nach einer Klingel zu suchen. Noch während sie die Stützstrümpfe zurechtzupfte, schob sich das Tor wie von Geisterhand zur Seite. Island kniff die Augen zusammen und sah sich nach einer Kamera um, konnte aber beim besten Willen keine entdecken. Langsam rollte sie durch die Einfahrt in die Allee hinein.

Ihr bot sich ein herrlicher Anblick: eine Straße aus buckligem Kopfsteinpflaster, auf der die Schatten der uralten Linden tanzten, Bäume in ihrer ganzen sommerlichen Pracht. Die Fahrt durch die Allee, die dicht am Flemhuder See entlangführte, war lang. Der Schilfgürtel lag reglos in der Nachmittagssonne. Schließlich erreichte sie das Torhaus des Gutes, einen lang gestreckten Backsteinbau mit einem Turm über der Einfahrt. Die Dächer zu beiden Seiten des Turmes waren strohgedeckt und von beeindruckenden Dimensionen. Den gekalkten Giebel über der Toreinfahrt zierte ein Wappen. Zwei Krähen über einem Wellenbalken, die sich zankhaft die Schnäbel entgegenstreckten. *Anno 1789* war in den Bogenstein über der Einfahrt gemeißelt.

Island warf einen Blick auf den Zettel, den sie aufs Armaturenbrett geklemmt hatte: vor dem Torhaus links und dem Weg rechts folgen. Sie fuhr an großen, mit hellem Stroh gedeckten Scheunen entlang, über eine schmale Brücke mit rostigem Geländer und durch einen verwilderten Obstgarten, bis sie schließlich vor einem weiß getünchten Haus landete. Die Ziegel auf dem Dach waren dunkelrot und glänzten in der Sonne. An der Giebelseite führte eine Sandsteintreppe zu einer grün-weiß gestrichenen, mit klassizistischen Ornamenten geschmückten Eingangstür. Die Rasenstücke links und rechts der Treppe waren mit Buchsbaumhecken eingefasst, die schmalen Spazierwege, die hindurchführten, mit hellem Kies bestreut. Unter den Fenstern des Hauses blühten Stockrosen in Rot, Weiß und Rosa. Knallblauer Rittersporn und eine gelbliche Margaritenart strahlten mit ihnen um die Wette.

Alles sah so gehegt und gepflegt und doch gleichzeitig auf eine lässige Art verlottert aus, dass Olga sich sofort nach einem Liegestuhl und einem guten Buch sehnte. Leider hatte sie keins eingepackt. Wenn sie ehrlich war, hatte sie seit Jahren außer Reiseführern und Illustrierten überhaupt nichts mehr gelesen. Wenn sie Zeit hatte, entspannte sie sich lieber vor dem Fernseher oder schaute DVDs. Hier allerdings wäre ein Buch in der Hand sicher die perfekte Tarnung gewesen. Wenn man herumschleichen und Leute belauschen wollte, leistete ein Buch sicher gute Dienste. Eine schwangere Lesende auf der Terrasse wirkte auf jeden Fall vollkommen unverdächtig. Vielleicht konnte sie ja irgendwo eins ausleihen.

Sie stieg die Eingangstreppe hinauf. Im Inneren des Hauses hörte sie laute Stimmen. Offenbar stritten zwei Frauen lautstark, ohne dass sie verstehen konnte, worum es bei der Auseinandersetzung ging. Nach kurzem Zögern drückte Island die Messingklingel. Drinnen ertönte eine helle Glocke, und das Geschrei verstummte sofort. Die Tür wurde geöffnet, und eine stämmige blonde Mittdreißigerin schaute heraus. Sie trug einen langen, blauen Rock über lilafarbenen Clogs und eine weiße Baumwollbluse. Ihr Dekolleté über dem üppigen Busen zierte ein Sternenhimmel von Leberflecken. Der Händedruck war energisch.

»Mein Name ist Lena von Dünen. Sie müssen Frau Island sein. Kommen Sie herein. Hatten Sie eine gute Anreise?«

»Danke, ja«, erwiderte Island und trat in die dunkle Diele.

Eine schlanke Frau mit langem Haar, in Reithose, Reitstiefeln und Poloshirt, stand an eine Holztruhe gelehnt und blickte streng.

»Dann wäre das also geklärt, Frau von Dünen«, sagte sie zur Verwaltersfrau. »Und sagen Sie Ihrem Mann, dass die Stute in einer Stunde auf dem Hänger zu sein hat.«

Damit knallte sie die Haustür hinter sich zu und verschwand die Stufen hinab.

Das ist die Herrin des Hofes, dachte Island. Eine hübsche Regentin. Sie hat es natürlich nicht nötig, sich niederen Sommergästen vorzustellen.

Nach der Helligkeit draußen war es drinnen so finster, dass man die Einrichtung nur schemenhaft erkennen konnte. Weiter hinten führte eine Treppe ins obere Stockwerk. In der Diele roch es schwach nach Leinöl und Bienenwachs. Ökos, dachte Island, bei denen riecht es immer ein bisschen heilig, gerne auch nach Schaf.

»Ich hole den Schlüssel und zeige Ihnen das Zimmer«, sagte die Verwalterin und verschwand in einem Raum, dessen Wände mit weiß-blauen Kacheln bedeckt waren. Als sie näher trat, sah Island, dass es eine als Esszimmer genutzte Stube war, in der drei Tische standen. Ein schmaler Ofen und ein dunkles Büfett vervollständigten die antike Einrichtung. Die Vermieterin nahm einen Schlüssel aus einer Schublade und reichte ihn Island.

»Ihr Zimmer liegt im Seitenflügel«, sagte sie, »da sind Sie ungestört. Ihre Tante hat mir erzählt, dass Sie sich noch ein bisschen Ruhe gönnen wollen, bevor das Kind kommt. Wann ist es denn so weit?«

»Im September.«

Frau von Dünen lächelte und entblößte dabei eine Reihe von breiten, weißen Zähnen. Wahrscheinlich hat sie ihr Leben lang nur korrektes ökologisches Essen zu sich genommen, dachte Island. Und die Zähne mit pazifischem Meersalz gebürstet. Sie selbst hatte Kaffee und schwarzen

Tee immer literweise getrunken. Auch ihr Rotweinkonsum und der weit zurückliegende Nikotinmissbrauch hatten sicher zu ihrer leicht bräunlichen Zahnfarbe beigetragen. Wann würde sie endlich wieder ein Glas trinken können? Feierabend und Rotwein passten einfach zu gut zusammen.

»Bei der Zubereitung des Essens achte ich auf beste Zutaten«, sagte Frau von Dünen, als könnte sie Gedanken lesen. »Frühstück gibt es bei uns von acht bis neun. Mittags steht immer eine Suppe in der Küche bereit, die Sie sich warm machen können, wenn ich mal nicht da sein sollte. Abends koche ich ein kleines Menü für meine Gäste, das ab achtzehn Uhr serviert wird.«

»Freut mich«, sagte Island. »Essen ist gerade eine meiner Lieblingsbeschäftigungen. Wie viele Gäste haben Sie denn?«

»Ich vermiete drei Doppelzimmer, von denen zwei belegt sind. Das Ehepaar Huber und Frau Dormann werden Sie spätestens beim Essen kennenlernen. Es geht bei uns sehr familiär zu.«

»Schön, dass Sie noch etwas frei hatten. Das ist im Hochsommer ja bestimmt nicht selbstverständlich.«

Eine Standuhr tickte von der Diele her. Vor den offenen Fenstern bewegten sich Sonnenblumen sacht im Wind.

»Ein Gast ist überraschend abgereist«, sagte Frau von Dünen schnell.

»Warum denn das?«, fragte Island. »Wo es hier doch so nett ist.«

»Ich genieße es auch, auf Kreihorst zu sein«, antwortete Lena von Dünen, ohne Islands Frage zu beantworten. Geistesabwesend strich sie an ihrem Rock entlang. »Für die Kinder ist es so gut, auf dem Land aufzuwachsen. Man muss nicht die ganze Zeit auf sie aufpassen. Sie können sich frei entfalten.«

Ein kleines Mädchen kam die Treppe hinab.

»Meine Tochter«, sagte Frau von Dünen nicht ohne Stolz.

Das Kind war etwa sieben Jahre alt, blond und seiner Mutter wie aus dem Gesicht geschnitten. Die Kleine trug ein grünes Sommerkleid und war offenbar viel in der Sonne herumgelaufen, denn sie war auffällig braun gebrannt. Beim Herabsteigen hielt sie sich am Treppengeländer fest und zog das linke Bein, das in einer Schiene steckte, etwas nach. Ohne ein Wort verschwand sie in der Küche, die gegenüber vom Speiseraum lag.

»Kommen Sie, ich zeige Ihnen Ihr Zimmer«, sagte Frau von Dünen. Sie verließen das Haus durch die Eingangstür und liefen über einen Kiesweg zum Seitenflügel des Hauses. Vor einer grün gestrichenen Stalltür blieb die Verwalterin stehen.

»Es liegt unter dem Dach.«

Eine Holzstiege führte hinauf. Das Zimmer war ein länglicher Raum mit offen liegenden Dachbalken. Es gab ein breites, einfaches Holzbett, einen alten restaurierten Holzschrank sowie einen Tisch mit zwei Sesseln. In einer Abseite befand sich ein Bad mit Toilette, Waschbecken und einer Sitzbadewanne.

»Sieht sehr nett aus«, sagte Island.

»Ich bringe Ihnen schnell Ihr Gepäck hinauf«, entgegnete Frau von Dünen. »Wenn Sie noch etwas brauchen, melden Sie sich bitte. Ich bin dann in der Küche und bereite das Essen vor.«

Island stellte sich ans Gaubenfenster. Von hier aus konnte sie über den verwilderten Obstgarten blicken. Über den Wipfeln sah sie die großen Scheunen und das Herrenhaus, das ihren Blicken bislang verborgen geblieben war. Es sah kaum anders aus als auf der historischen Zeichnung, die sie im Internet gefunden hatte. Es war ein weiß gestrichenes, dreigeschossiges Gebäude mit Seitenflügeln, die, ähnlich wie beim Verwalterhaus, einen weitläufigen Innenhof bildeten.

»Wow«, sagte Island leise, »ein Schloss.«

Sie folgte Frau von Dünen hinunter zu ihrem Wagen und ließ sich von ihr mit der Reisetasche und dem Rucksack helfen. Zurück auf dem Zimmer, packte sie ihre Sachen aus, hängte die Kleider in den Schrank und stellte die Kulturtasche ins Bad. Sie öffnete das halbrunde Badezimmerfenster und sah in den rückwärtigen Garten des Verwalterhauses, ein verwildertes, wildromantisches Gelände mit ungemähtem Rasen. Zwei Jungen von zehn oder elf Jahren waren gerade damit beschäftigt, mit Zwillen und Kieselsteinen nach den Krähennestern zu zielen, die sich im Wipfel einer Birke befanden.

Lümmel, dachte Island. Vielleicht sollte mal jemand auf euch aufpassen.

18

Um die Eigenschaften der Matratze auszuprobieren, legte sich Island der Länge nach aufs Bett. Es lag sich gut mit dem Kopf auf den bequemen Kissen, die nach frischer, im Wind getrockneter Wäsche rochen. Durch die offenen Fenster strömte warme Sommerluft herein. Sie lauschte dem beruhigenden Zwitschern der Vögel und dem Säuseln des Windes.

Als sie erwachte, war es kurz vor achtzehn Uhr. Sie ging ins Bad und wusch sich das Gesicht. Beim Blick durch das Badezimmerfenster stellte sie fest, dass inzwischen jemand Wäsche aufgehängt hatte. Es sah idyllisch aus, wie sich die helle Bettwäsche vor dem satten Grün von Gras und Bäumen bewegte, fast wie ein kleines Kunstwerk. Lorenz hätte sicher ein Foto davon gemacht. Aber er war ja so verdammt weit weg.

Sie hatte das Gefühl, dass es nicht mehr nur die räumliche Distanz war, die sie trennte. Er war ihr in den letzten Wochen immer fremder geworden. Nur Telefonieren und ab und zu eine E-Mail reichten nicht. Sie hätte ihn gern bei sich gehabt. Es gab so vieles, was sie mit ihm teilen wollte. Beim Gedanken daran bekam sie schlechte Laune. Wie würde ihm ein Ausflug aufs Land gefallen? Würde er es schön finden, oder würde er es mit seiner Berliner Großstadtarroganz, die ihr selbst ja nicht fremd war, als öde und provinziell bezeichnen?

Während sie noch darüber nachgrübelte, fiel ihr unten im Garten wieder etwas auf. Sie kniff die Augen zusammen. Auf der Wäscheleine hingen neben Bettbezügen, Kissenbezügen und Laken auch Handtücher. Sie waren grün, genauer gesagt mintgrün. Was sie unwillkürlich an das blutbefleckte Beweisstück vom See erinnerte. Sie sollte sich die Handtücher da unten auf der Leine unbedingt aus der Nähe ansehen. Aber jetzt knurrte ihr Magen. Zeit fürs Abendessen.

Sie zog sich ein frisches T-Shirt an und machte sich auf den Weg. Im Speisezimmer waren zwei Tische gedeckt. An dem einen saß ein Paar mittleren Alters, vermutlich die Hubers. Sie waren dabei, eine klare Suppe zu löffeln, und grüßten höflich. Am Tisch daneben, noch vor leerem Teller, saß eine zierliche Dame mit einer beeindruckenden Hochsteckfrisur. Sie streichelte einen kleinen, weißen Hund, der sich mit den Vorderpfoten an ihren Knien hochstemmte. Das war wohl Frau Dormann. Da an ihrem Tisch für zwei Gäste gedeckt war, durfte Olga Island wohl davon ausgehen, dass hier ein Platz für sie vorgesehen war. Doch die Frau sah sie nicht gerade begeistert an.

»Darf ich?«, fragte Island.

»Setzen Sie sich ruhig«, sagte Frau Dormann trocken, »mein Tischnachbar ist leider abgereist.«

»Oh. Das tut mir leid«, sagte Island. »Ich werde ihn wohl kaum ersetzen können.«

»Er war sehr nett, nicht wahr, Rita?«

Frau Huber nickte ihr freundlich zu und löffelte unbeirrt weiter, während ihr Gatte säuerlich den Mund verzog.

»Wir vermissen unseren Herrn Theissen wirklich sehr«, gab Frau Dormann unumwunden zu. »So plötzlich, wie er verschwunden ist.«

Island horchte auf.

Die Verwalterin kam herein und stellte eine Suppenterrine auf die gestärkte weiße Tischdecke. Frau Dormann zog die Schüssel zu sich und füllte ihren Teller.

»Hühnerbrühe vom Biohuhn. Ich esse ja nur wenig Fleisch, aber so eine Brühe hat etwas sehr Stärkendes.«

»Der Gockel ist heute Morgen noch im Garten herumgelaufen«, sagte Herr Huber gut gelaunt, während jetzt wiederum seine Frau den Mund verzog.

»Wenn ich eine Erkältung bekomme, mache ich mir immer eine Hühnerbrühe«, fuhr Frau Dormann unbeirrt fort. Es stellte sich heraus, dass sie zum Thema einiges zu sagen hatte, und schon entwickelte sich zwischen den drei

Altgästen eine lebhafte Diskussion über die heilsame Wirkung von Hühnerfleisch auf den menschlichen Organismus. Island hörte interessiert zu, mischte sich aber nicht ein. Sie wartete auf den Hauptgang, denn die dünne Suppe hatte sie noch lange nicht satt gemacht.

Die Hauptspeise bestand aus gefüllten vegetarischen Teigtaschen mit Honig-Senf-Soße und Salat mit säuerlichem Dressing. Island schmeckte es, und sie langte ordentlich zu. Schon bald war sie über das Essen mit den anderen ins Gespräch gekommen. Rita und Hermann Huber kamen aus Heidelberg, während Charlotte Dormann, genannt Lotti, eine waschechte Hamburgerin war. Aktuell wohnte sie in Blankenese, genauer gesagt: an der Elbchaussee. Sie hatte etwas gekünstelt Gepflegtes an sich, wenngleich sie sprachlich gelegentlich in einen proletarischen Ton verfiel. Einen verschlossenen Eindruck machte die Dame inzwischen nicht mehr.

»Und woher stammen Sie?«, wollte Rita Huber wissen.

»Eigentlich aus Berlin«, sagte Island. »Aber nun wohne ich in Kiel.«

»Ach, so dicht? Und was machen Sie da?«

»Ich arbeite in der Landesverwaltung.«

»Was verwalten Sie denn?«, fragte Hermann Huber, der, wie seine Frau wichtig berichtet hatte, bei einer Heidelberger Bank in gehobener Position tätig war.

»Liegenschaften«, antwortete Island. Es war nur eine hilflose, spontane Eingebung. Normalerweise fragten Leute, denen sie erzählte, sie sei in der Landesverwaltung tätig, nicht weiter nach. Es klang offenbar so langweilig, dass die meisten gar nicht mehr wissen wollten. Auch jetzt hoffte sie, dass die Fragerei damit beendet war.

»Da bleibt wohl immer mal was liegen«, sagte Hermann Huber augenzwinkernd, und alle, Island eingeschlossen, lachten.

»Aber nun kommt ja bald ein Kind.« Rita Huber tat sehr gerührt.

»Das erste?«, wollte Lotti Dormann wissen.

Island nickte.

»Kommt Ihr Mann denn in den Urlaub nach?«

»Er hat leider keine Zeit.«

Mitleidige Blicke trafen sie.

»Einer muss ja das Geld verdienen«, sagte Rita Huber mit verständnisvoll zerknautschtem Gesicht.

Wenn ihr wüsstet, dachte Island und unterdrückte das Lachen, das in ihrer Brust aufsteigen wollte.

»Dann ist es sicher gut, wenn Sie sich noch mal so richtig erholen«, meinte Lotti Dormann fürsorglich.

»Das werde ich bestimmt. Was kann man denn hier Nettes unternehmen?«

Es klirrte leise. Lena von Dünen balancierte auf einem Tablett den Nachtisch herein. Frische Himbeeren mit Sahne.

»Wenn das Wetter gut ist, machen wir immer ganz tolle Radtouren«, sagte Frau Huber. »Meistens am Nord-Ostsee-Kanal. Für meinen Mann ist das immer so spannend. Er ist Ship-Spotter.«

»Was ist er?«

»Er fotografiert alle Schiffe, die er noch nicht in seiner Sammlung hat. Darüber tauscht er sich mit anderen Spottern im Internet aus.«

»Ich mache Jagd auf Kreuzfahrtschiffe!« Hermann Huber fuhr mit dem Dessertlöffel in einer furchterregenden Geste durch die Luft. »Inzwischen habe ich die meisten

Schiffe beisammen, die in den letzten zehn Jahren hier durchgefahren sind.«

Island nickte beeindruckt.

»Und ich male die schönsten davon in Öl«, sagte Rita Huber nicht ohne Stolz. »Das ist meine Leidenschaft. Die Bilder verkaufen sich super, wenn mein Mann mir eine Ausstellung in seiner Bank organisiert. Nicht wahr, Hubi?«

Herrmann Huber löffelte sich Himbeeren in den Mund und antwortete nicht.

»Faszinierend«, sagte Island. Bei den Hobbys fremder Leute kann man immer noch dazulernen, dachte sie. Man lernt sozusagen nie aus.

»Ich bin eigentlich wegen meinem Hund da«, übernahm Lotti Dormann das Wort. »Er kann hier völlig frei herumlaufen. Und bei mir bewirkt ein Aufenthalt in dieser Landschaft immer wahre Wunder an Inspiration.«

Für Kinder und Hunde ist dieses Gut offenbar der Inbegriff der Freiheit, dachte Island. Die Lieblinge sollten nur dem Natodraht nicht zu nahe kommen.

»Frau Dormann schreibt nämlich Bücher«, sagte Rita Huber spitz.

»Tatsächlich?« Island täuschte Ergriffenheit vor. Solch eine illustre Gesellschaft hatte nun wirklich nicht jede beliebige Frühstückspension zu bieten. Am liebsten hätte sie schon wieder losgekichert.

Frau Dormann winkte ab, sah aber sehr geschmeichelt aus.

»Reiseführer?«, fragte Island. Das war die einzige Literatur, mit der sie sich einigermaßen auskannte.

»Nein, Liebesromane.«

»Kann man davon leben?« Island wusste nicht, warum ihr diese Frage herausgerutscht war. Aber was sollte sie eine Autorin fragen, deren Werke sie nicht kannte, ja, von der sie noch nie etwas gehört hatte? Konnte der zukünftige Kindsvater Lorenz etwa von seiner Kunst leben? Würde er das jemals können? Auch bei Frau Dormann war zu vermuten, dass sie nicht vom Schreiben, sondern von irgendwelchem irgendwie angehäuften Geld zehrte.

»Ich habe eine kleine Erbschaft gemacht«, bestätigte Lotti Dormann offenherzig. »Das gibt mir den nötigen Freiraum.«

Vielleicht erbt Lorenz ja auch mal was, dachte Island bitter. Sie sollte ihn bald anrufen und fragen, warum er sich nicht meldete.

»Was haben Sie denn für Hobbys, Frau Island?«, wechselte Rita Huber das Thema und schien nicht zu bemerken, dass Frau Dormann ihr einen wütenden Blick zuwarf.

»Meine Hobbys im Moment sind essen und schlafen«, antwortete Island. »Aber sagen Sie mal, womit kann man sich denn hier im Urlaub sonst noch beschäftigen?«

Lena von Dünen war in die Tür getreten. Sie hatte dem Gespräch ihrer Gäste schon eine Zeit lang interessiert, aber schweigend zugehört. Ein melancholischer Zug lag auf ihrem Gesicht. Jetzt schien sie nervös zu werden.

»Hat es Ihnen geschmeckt?«, fragte sie schnell.

Allgemeines Nicken.

Sie drehte sich um und verschwand in der Küche.

»Also, Ihr Vorgänger an diesem Tisch, Jon Theissen, war hier, um seine Vorfahren zu erforschen«, sagte Lotti Dormann mit gesenkter Stimme.

»Ein Heimatforscher?«, fragte Island überrascht. Irgendetwas klingelte in ihrem Kopf, aber ihr fiel auf die Schnelle nicht ein, was ihr diese Information sagen sollte.

»Familienforschung nennt man das wohl«, stellte Herrmann Huber klar. »Er war deswegen oft im Gutshof drüben bei den Herrschaften.«

Der kleine Hund von Lotti Dormann wurde unruhig. Sie hob ihn auf ihren Schoß und streichelte ihn beruhigend, aber das Tier fing an zu zappeln. Wahrscheinlich wartete er dringend auf seinen Abendspaziergang und musste nun auch noch die Liebkosungen durch sein Frauchen ertragen. Schließlich begann er zu winseln.

»Die haben da eine tolle alte Bibliothek im Herrenhaus«, sagte Rita Huber. »Wir haben das Anwesen neulich erst besichtigt.«

»Ach, kann man das?«

»Jeder Gast in diesem Haus darf sich einmal das Gutshaus ansehen. Da ist die Familie Tüx total großzügig. Wenn man Glück hat, bekommt man sogar eine richtige Schlossführung. Alles tipptopp in Schuss.« Und schon schwärmte Frau Huber von der einmaligen Besichtigung, die sie vor Kurzem erlebt hatte.

»Haben Sie eigentlich auch das berühmte Archiv gesehen?«, wollte Lotti Dormann wissen und schob als Letzte ihre Kompottschale von sich. »Das ist ja sonst nicht zugänglich. Darin sollte es doch einen ganz berühmten Briefwechsel zwischen Kaiser Wilhelm und Bismarck geben.«

»Kurz reingeschaut«, nickte Rita Huber. »Aber da gab es nur lauter langweilige Pappkartons und bröselige Papierstapel, die in Stahlregalen lagen. Nur die Holzdecke der Archivkammer war ganz wunderschön mit Rosen bemalt.«

»Aber was war drin in den Kartons?«, bohrte Frau Dormann nach. »Hat man Ihnen das nicht gezeigt?«

»Keine Ahnung«, sagte Frau Huber, »nur altes Zeug. Es sah wirklich nicht besonders spannend aus.«

Wenig später standen die Hubers vom Tisch auf.

»Bitte entschuldigen Sie, wir wollen heute Abend noch ein bisschen Kultur genießen«, sagte Herr Huber.

»In der Scheune von Gut Emkendorf ist ein sogenanntes Musikfest auf dem Land. Es spielt das Landesjugendorchester im Rahmen des Schleswig-Holstein-Musikfestivals«, erklärte seine Frau.

»Ganz wunderbar«, sagte er. »Man kann vor dem Gutshaus auf dem Rasen picknicken. Wir werden einen Prosecco trinken. Einmalige Stimmung. Das sollten Sie mal machen. Ein tolles Erlebnis.«

»Danke für den Tipp«, sagte Island.

Frau Dormann erhob sich ebenfalls. Ihr Hund tanzte wie wild im Kreis, das arme Tier musste offenbar furchtbar dringend.

»Ich geh mal eine Runde.«

»Darf ich Sie begleiten?«, fragte Island.

Lotti Dormann sah Island überrascht an, aber dann nickte sie erfreut.

19

Vor dem Torhaus bogen Island und Frau Dormann auf die unbefestigte Straße ein, die weiter am See entlangführte. Ein Schwarm Krähen versammelte sich wild krächzend auf den knorrigen Weiden. Nach einem halben Kilometer Fußmarsch erreichten die beiden Spaziergängerinnen weitere Gebäude, die, versteckt hinter hohen Pappeln, in den blauen Himmel ragten. Olga Island staunte nicht schlecht, dass ihre Begleiterin auf ihren recht hohen Stöckelschuhen so gut vorankam.

»Das ist der neue Wirtschaftshof des Gutes«, erklärte Frau Dormann.

»Und was wirtschaftet man genau?«

»Frau Rubi-Tüx züchtet Pferde. Andalusier, wenn Ihnen das was sagt. Das Gestüt soll einen exzellenten Ruf haben. Ansonsten wird Obst angebaut: Äpfel, Quitten, Birnen, alles alte Sorten. Für besonders erlesene Biosäfte. Die kriegt man natürlich nur in ausgesuchten Feinkostgeschäften.«

Island deutete auf ein großes, offenbar neu errichtetes Gebäude aus hellem Holz.

»Die Reithalle«, erklärte ihre Begleiterin. »Ihr Boden ist nach den allerneuesten pferdephysiologischen Erkenntnissen zusammengesetzt.«

Die Halle hatte hohe Glasfenster und eine Solaranlage auf dem Dach.

»Sieht fast aus wie eine Kirche.«

»Ja, die Tiere werden hier sehr verehrt. Das dort drüben sind die Ställe.«

Hinter der Reithalle öffnete sich ein großzügiger Platz, der von weiteren Gebäuden umringt war. Auch die Stallungen waren ganz neu. Jedes Pferd hatte die Möglichkeit, einen großzügigen individuellen Auslauf draußen zu benutzen. Schimmel und Schecken standen friedlich in kleinen Gruppen beieinander und dösten in der Abendsonne. Es roch nach frischem Heu und den Ausdünstungen der Tiere. Vertrauter Pferdegeruch.

Zwei junge Frauen waren damit beschäftigt, in einem der Gebäude die Stallgasse zu fegen. Sonnenstrahlen fielen durch das Stalltor und ließen ihre Haare aufleuchten.

Pferdemädchen, dachte Island. Das war ich auch einmal. Es ist schon so viele Jahre her, fast ein halbes Leben. Tante

Thea war jedes Mal froh gewesen, wenn ihre Nichte für die Sommerferien auf den Ponyhof zog. Sie hatte sich dann um ihre eigenen Feriengäste gekümmert. In manchen Jahren war es vorgekommen, dass ihre Tante wegen der großen Nachfrage an Ferienbetten Olgas Zimmer auch gleich noch mit vermietet hatte. Irgendwann war Olga aber die mädchenhafte Leidenschaft für Pferde und das Reiten abhandengekommen, sie wusste gar nicht mehr genau, warum eigentlich.

Hufgetrappel riss sie aus ihren Erinnerungen. Zwischen den Stallungen erschien ein weißes Tier, gut gebaut und mit kräftigem Hals. Schaum tropfte aus dem Maul. Im Sattel saß die schlanke, dunkelhaarige Frau, die Island bei ihrer Ankunft im Verwalterhaus gesehen hatte. Die Gutsherrin höchstpersönlich. Vor der Reithalle hielt sie das Pferd an und schwang sich vom Sattel. Sofort und ohne den leisesten Wink eilte eines der Mädchen herbei, nahm das Tier am Zügel und führte es zum Anbindeplatz vor einem der Ställe. Dort begann sie damit, die Hufe auszukratzen. Die Reiterin ging zu einem cremefarbenen Geländewagen, der seitlich der Reithalle stand, stieg ein und fuhr vom Platz.

»Wer war das?«, fragte Island.

»Stefanie Rubi-Tüx. Die Besitzerin.«

»Ihr gehört das alles? Bildhüsche Frau.«

»Sie ist Argentinierin mit deutschen Wurzeln. Übrigens ist sie genauso alt wie ich. Hätten Sie das gedacht?«

Island hütete sich, darauf zu antworten. Sie schätzte Frau Dormann trotz ihres alterslosen Gesichts und ihrer zierlichen Figur auf Mitte fünfzig.

»Wie alt ist Frau Rubi-Tüx denn?«

»Neunundvierzig.«

»Ach?«

Olga hatte die Frau nur flüchtig in der dunklen Diele gesehen. Sie hatte drahtig gewirkt, sportlich und forsch. Über ihr Alter hatte sie nicht weiter nachgedacht. Schwerreiche Frauen konnten schon mal jünger aussehen, als sie waren. Sie ernährten sich gut, pflegten Geist und Seele und konnten es sich leisten, mit allen zur Verfügung stehenden Mitteln nachzuhelfen.

»Sehen Sie, das hätten Sie jetzt nicht gedacht, stimmt's?«

Island sah betreten zur Seite.

»Das da hinten«, fuhr Frau Dormann fort und deutete auf ein weiß gestrichenes Gebäude, »ist die Kühlhalle. Dort wird die Obsternte gelagert.«

»Konserviert«, rutschte es Island heraus.

»Sie sagen es.«

Frau Dormann kannte sich gut auf dem Hof aus. Sie redete und erzählte mit solchem Besitzerstolz, als besäße sie selbst Aktien an dem Betrieb.

»Sagen Sie mal«, unterbrach Island nach einer Weile den Redefluss ihrer Begleiterin. »Sagten Sie nicht, der andere Gast ist verschwunden?«

Lotti Dormann streifte Island mit einem nachdenklichen Blick. »Na ja. Plötzlich war er einfach weg. Abgereist, ohne sich zu verabschieden. Eigentlich passte das ganz und gar nicht zu ihm.«

»Wo kam er denn her?«

»Aus Hamburg, wie ich.«

»Ist denn etwas vorgefallen? Hatte er Streit?«

»Darüber habe ich auch schon nachgegrübelt.« Versonnen sah die Frau zum Reitplatz hinüber.

»Ich habe nämlich unter dem Bett ein Buch gefunden«, sagte Island. »Vielleicht ist es ja seines.« Es war eine glatte

Lüge, aber sie kam ohne Zögern über ihre Lippen. »Dann sollte man ihm das nachschicken.«

»Was für ein Buch denn?«

Lotti Dormanns Augen waren neugierige Schlitze.

»Adelsfamilien in Norddeutschland oder so ähnlich.« Etwas Klügeres fiel Island auf die Schnelle nicht ein.

Frau Dormann zuckte mit den Achseln. »Geben Sie das Buch Frau von Dünen, die erledigt das bestimmt gern. Sie war ganz vernarrt in ihn.«

»Tatsächlich?«

»Sah ganz so aus. Aber ehrlich gesagt, wenn ich jünger wäre, hätte ich mich auch an ihn rangeschmissen. So ein bildhübscher Mann, auch wenn er ein halber Neger war.«

»Ach?«

»Ein paar seiner Vorfahren stammten aus Afrika.«

»Interessant.«

Das Stallmädchen hatte zu Ende gefegt und trat, den Besen geschultert, aus dem Stall. Ihr langes Haar war zu einem Zopf geflochten. Sie trug T-Shirt, Jeans und australische Farmerboots. Ihre Unterlippe schmückte ein Piercing, und unter dem kurzen Ärmel ihres T-Shirts lugte ein tätowierter Engelsflügel hervor. Frau Dormann grüßte freundlich, aber die junge Frau nickte nur und beeilte sich weiterzukommen.

»Die haben einfach kein Benehmen«, murmelte Frau Dormann.

Wie verstohlen die junge Frau sie angesehen hatte. Island kannte diesen Blick. Stolz und getreten zugleich, bedürftig nach Zuneigung und doch auf der Hut vor allem und jedem. Wahrscheinlich hatte das Mädchen längst die Polizistin in ihr erkannt.

»Straffällige Jugendliche?«

»Manchmal stellen sie welche ein.« Lotti Dormann klang verächtlich. »Zum Glück nur selten.«

»Wohnen die Mädchen denn hier auch?«

»Alle Angestellten wohnen in der Alten Mühle. Das Haus liegt drüben auf halbem Weg zum Verwalterhaus. Manche von denen sollte man lieber nicht frei herumlaufen lassen.«

Island runzelte die Stirn. »Sie halten wohl nichts davon, dass jeder Mensch eine zweite Chance verdient?«

»Wissen Sie eigentlich, wie oft bei mir in Blankenese schon eingebrochen worden ist?«, schnaubte Frau Dormann wütend. »Nur weil ich Fritzi habe, ist mir selbst noch nichts Schlimmes passiert.«

Der Hund hörte seinen Namen und kam angesprungen. Island beugte sich zu ihm herunter und streichelte seinen Rücken, doch Frau Dormann pfiff das Tier zurück.

»Komm, Fritzi, wir gehen.« An Island gewandt, sagte sie: »Wenn Sie sich noch weiter umsehen wollen, tun Sie sich keinen Zwang an.«

Sie ergriff ihren Hund am Halsband, das mit Strasssteinchen verziert war, und befestigte daran eine schmale, vergoldete Lederleine. Viel schneller, als Island es ihr zugetraut hätte, lief sie mit trippelnden Schritten an der Reithalle entlang in Richtung See, bis sie mit beachtlichem Hüftschwung zwischen den Bäumen der Allee verschwand.

20

Olga Island schlenderte noch etwas zwischen den Stallungen umher. Sie streichelte ein graues Pferd, das ihr gutmütig die Nase über ein Gatter entgegenstreckte, und genoss die Wärme seines Fells und den Pferdegeruch. Dann bog sie auf den Pfad ein, der am Kühlhaus entlang und an einem Wäldchen vorbeiführte. Als sie es fast umrundet hatte, sah sie das Fachwerkhaus mit dem Mühlrad. Die erwähnte Wassermühle, das Wohnhaus der Angestellten. Das Haus hatte zwei Stockwerke und ausgebaute Dachgauben. Auf der offenen Holzveranda standen weiße Plastikstühle. Weit und breit war kein Mensch zu sehen, aber Island hatte das Gefühl, dass sie beobachtet wurde, und zwar nicht nur von den schwarzen Krähen, die in den Bäumen hockten.

An der Seite des Hauses, an der sich das Mühlrad befand, floss ein verkrauteter Bach. Auf der anderen Seite begrenzte eine Mauer den Weg. Die Mauer war gerade so hoch, dass man nicht hinüberblicken konnte. Während Island daran entlangging, zog sie ihr Handy aus der Tasche und wählte die Nummer von Henna Franzen.

»Hi«, sagte Franzen. »Wie geht's?«

Im Hintergrund war lautes Kindergekreische zu hören. Was ist denn bei der los?, dachte Island.

»Bist du noch im Dienst?«

»Nein«, sagte Franzen. »Wir sind in Katzheide und essen gerade Pommes am Kiosk.«

Eine männliche Stimme brummte etwas Unverständliches im Hintergrund.

»Und Dutzen trinkt Bier.«

»Schönen Gruß«, sagte Island möglichst beiläufig. »Könntest du trotzdem etwas für mich herausfinden? Ich hätte gern Informationen über einen Mann namens Jon Theissen. Er soll in Hamburg wohnen.«

»Was ist mit ihm? Ich denke, du machst Urlaub.«

»Ich wüsste einfach gern, wo Herr Theissen sich gerade aufhält.«

»Okay«, seufzte Franzen. »Reicht es morgen im Laufe des Tages?«

»Sicher.«

»Hast du es ansonsten nett in deinem Urlaub?«

»Ja, alles gut. Ich mache gerade einen Verdauungsspaziergang.«

»Dann weiterhin gute Erholung!«

Im Hintergrund erklang Jan Dutzens heisere Lache.

Die Mauer war lang. Kurz bevor sie endete, blieb Island stehen und schöpfte Atem. Die Backsteine hatten die Hitze des Tages gespeichert. Es roch berauschend nach Lindenblüten, süßlich und schwer, fast wurde ihr übel davon. Ich sollte das Kind vielleicht Linde nennen, dachte sie, das ist ein schöner Name, auch wenn mir vom Lindengeruch so schwummrig wird.

Ihre Fähigkeit, Gerüche wahrzunehmen, hatte sich in den vergangenen Wochen immer mehr verfeinert. Die Welt bestand aus Duftmolekülen, geordnet nach angenehmen und unangenehmen. Das ist ein Wunder des brütenden Körpers, dachte sie, dass ich riechen kann wie ein Urmensch. Und während sie, die Nase gekräuselt, dem Weg weiter folgte, nahm sie neben den Düften von Blüten und Blattwerk auch noch etwas anderes wahr: Marihuana. Am Ende der Mauer sah sie feinen, bläulichen Rauch. Weiter hinten, dort, wo die Mauer einen Knick machte und in wildes, buschiges Gelände hineinführte, hockte ein Mann in blauer Arbeitskleidung. Er hatte den Rücken an die Backsteine gelehnt, die Augen geschlossen und rauchte. Island lief weiter. Als sie sich kurz darauf noch einmal umwandte, war er nicht mehr da.

Um halb neun war sie wieder am Verwalterhaus. Es war so herrlich an der frischen Luft, dass sie noch nicht in ihr Zimmer gehen mochte. Da fiel ihr die Wäsche im Garten wieder ein. Sie umrundete den Seitenflügel und kam in den Teil des Gartens, den sie von ihrem Badezimmerfenster aus gesehen hatte. Noch immer hingen die Wäschestücke zum Trocknen auf der Leine. Sie trat vorsichtig näher und inspizierte möglichst unauffällig die mintgrünen Handtücher aus dicker, weicher Baumwolle. Mit dem Rücken zum Haus, zog sie möglichst unauffällig ihr Handy hervor und machte ein Foto. Erst als sie sich umdrehte, bemerkte sie, dass sich die Gardine im Erdgeschoss leicht bewegte, so als habe jemand am Fenster gestanden und ihr zugesehen.

Zurück in ihrem Zimmer, setzte sie sich in einen der beiden Sessel und blickte sich um. Gab es nicht doch noch Spuren des Vorbewohners? Nachdem sie jedoch in alle Ecken und Winkel und unter das Bett gespäht hatte, kam sie zu dem Schluss, dass in dem Raum äußerst gründlich geputzt worden war.

Gegen halb zehn streifte sie ihre Stützstrümpfe ab, zwängte sich und den Bauch in die Sitzbadewanne und ließ das Wasser aus der Brause über ihren Kopf laufen. Dann zog sie das Nachthemd über und legte sich ins Bett. Draußen war es taghell. Sie betrachtete die Deckenbalken und dachte nach. Morgen würde sie einen Ausflug machen.

Als sie erwachte, war es stockdunkel. Das Kind drückte auf ihre Blase. Unwillig drehte sie sich zur anderen Seite, aber der Druck ließ nicht nach. Es war so still, dass sie das Blut in ihren Ohren sausen hörte. Sie streifte das dünne Laken zurück, mit dem sie sich zugedeckt hatte, stand auf und tappte ins Bad. Als sie die Spülung betätigte, rauschte das nachlaufende Wasser so laut, als würde ein kleines Düsenflugzeug über das Dach fliegen. Jeder im Haus musste es hören.

Sie ging wieder ins Zimmer hinüber und stellte sich ans Fenster. Das Rauschen hörte endlich auf. Wie still es nun war und wie dunkel. Als Stadtbewohnerin war sie es gewöhnt, fast immer und überall Geräuschen ausgesetzt zu sein. Nun bereitete ihr diese absolute, nächtliche Ruhe Unbehagen. Sie schnipste mit den Fingern, um sicherzugehen, dass ihre Ohren noch funktionierten. Draußen sah sie schemenhaft die Dächer der Scheunen. Darüber leuchteten nebeneinander zwei kleine, helle Vierecke in die Nacht. Sie kniff die Augen zusammen. Im Herrenhaus war noch Licht.

Neugierig ging sie zum Schrank und holte ihr kleines Reisefernglas aus dem Rucksack. Sie richtete das Glas auf die hellen Flecken und konnte ungehindert in die Fenster hineinspähen. In einem großen Raum waren Menschen um einen Tisch versammelt. Es sah aus, als würden sie etwas auf dem Tisch Liegendes sehr angestrengt betrachten. Eine Person ging gestikulierend vor den Fenstern auf und ab und schien etwas zu erklären. Ab und zu nickten die Leute am Tisch. Plötzlich löste sich die Versammlung auf. Alle verließen das Zimmer. Das Licht ging aus.

Island stand noch eine Weile am Fenster, das Nachbild der erleuchteten Fensteröffnungen auf der Netzhaut. Sie rieb sich die Augen und tastete nach ihrem Handy auf dem Nachttisch, um nach der Uhrzeit zu sehen. Zwei Uhr fünfzehn. Was hatten diese Leute im Herrenhaus tief in der Nacht Wichtiges zu besprechen? Mitten in einer Sonntagnacht? Sie gähnte und stützte sich nachdenklich am Fenster ab.

Plötzlich flammte drüben hinter dem Dach der nächstgelegenen Scheune wieder Licht auf. Wahrscheinlich war einer der Bewegungsmelder aktiviert worden. Hatte man im Herrenhaus späte Gäste gehabt, die jetzt mitten in der Nacht aufbrachen? Island öffnete das Fenster, konnte aber keine Motorengeräusche von abfahrenden Autos hören. Waren es Angehörige oder Gäste der Familie Tüx gewesen?

Island legte sich wieder hin und starrte in die Dunkelheit. Doch bis auf das Rufen eines Käuzchens, das ihr durch Mark und Bein ging, war nichts mehr zu hören.

21

Heiner Mahlsen, seit drei Jahren angestellt bei der Firma Diekmann und Klamm, stoppte wie gewohnt den Motor seiner Caterpillar-Planierraupe. Es war zwei Minuten nach neun, und die Sonne brannte schon seit Stunden vom wolkenfreien Himmel. Mahlsen öffnete das Kippfenster, zog seine Stullenbox hervor und goss sich, den Plastikbecher auf den Knien balancierend, einen gekühlten Eistee aus seiner Thermoskanne ein. Er biss in ein Stück Graubrot mit Käse, dann saß er kauend da, trank ab und zu aus dem Becher und genoss die Stille. Er frühstückte jeden Morgen um die gleiche Zeit, die kurze Ruhepause tat nicht nur seinen Ohren gut, es war auch eine kleine Auszeit vom ständigen Vibrieren der schweren Maschine.

Nun war es endlich still draußen auf dem aufgewühlten Acker zwischen Landwehr und Schinkel. Die beiden Abraum-Lkws, die er heute bereits mit Lehm, Sand und Mergelboden beladen hatte, waren fort, der nächste der schweren Transporter noch nicht auf der Baustelle eingetroffen. Mahlsen sah zu Bellmann hinüber, der drüben auf dem Lehmwall in seinem Kleinbagger saß, sich eine Zigarette anzündete und unter Missachtung aller Vorschriften seine enge Kabine vollqualmte. Das war Bellmanns Art zu frühstücken.

Die Stille fiel Heiner Mahlsen heute besonders auf. Ob das am Wetter lag? Auf der letzten Baustelle, auf der eine Seniorenwohnanlage in der Kieler Innenstadt entstehen sollte, hatten frühmorgens schon Vollzeit-, Tages- oder Großmütter mit Kindern am Bauzaun gestanden und ihn und seinen Bagger bestaunt, eine Tatsache, die ihn manchmal mit einem gewissen Stolz erfüllt, manchmal aber auch total genervt hatte.

Jeder Zweijährige wollte Baggerfahrer werden. Mahlsen wusste es besser. Das war kein leichter Job, und der Spaß hielt sich in Grenzen, schon allein weil es immer einen sehr engen Terminplan gab, den es einzuhalten galt. Früher war Mahlsen Lokführer gewesen. Doch nach dem zweiten Selbstmörder, der ihm bei voller Fahrt auf die Schienen gesprungen war, hatte er den Dienst quittieren müssen.

Seine Psyche hatte nicht mehr mitgespielt, sein Körper rebelliert.

Mittlerweile ging es ihm besser. Er konnte wieder arbeiten, und er musste sich vorläufig keine Sorgen um seinen Arbeitsplatz machen. Allein die Baustelle am Kanal würde ihn noch eine Weile beschäftigen. Es war ja nicht nur die Uferböschung zu erneuern. Ein ganzer Abschnitt des Nord-Ostsee-Kanals wurde ausgebaut. Zwischen Kiel und Königsförde veränderte man Breite, Tiefe und Kurvenradius der Wasserstraße. Man riss sogar die alte Hochbrücke ab, um sie durch eine größere, modernere zu ersetzen. Und baute für die Zukunft – was in diesem Land nicht mehr selbstverständlich war. Das Verkehrsaufkommen auf dem Kanal wuchs, und man musste für die immer größeren Kreuzfahrt- und Containerschiffe planen. Für die Tiefbaufirma, für die er tätig war, bedeutete das Arbeit für Monate, vielleicht sogar für Jahre.

Um neun Uhr vierzehn startete Heiner Mahlsen den Motor. Bellmann schnippte seine zweite Kippe aus dem Fenster und schmiss ebenfalls seine Maschine wieder an. Bis zum Eintreffen des Lkws würde Mahlsen sich mit einer Kiesaufschüttung beschäftigen, die oberhalb der Kanalböschung lag. Ein junger Kieswagenfahrer hatte die Anweisungen falsch verstanden und feinsten Baukies an einer Stelle abgekippt, an der die Planierungsarbeiten noch gar nicht abgeschlossen waren. Das war Anfang letzter Woche gewesen.

Mahlsen steuerte auf die weichen Sandberge zu. Der Wind war darübergeweht, und ihre Konturen flossen bereits ineinander. Trotzdem sahen die Haufen ein bisschen so aus wie das Spritzgebäck, das seine Noch-Ehefrau so oft gebacken hatte. Sie hatte ihn vor wenigen Monaten verlassen, und beim Gedanken an sie spürte er noch immer Wut und Traurigkeit in sich aufsteigen.

Die Oberfläche des Sandes war bereits getrocknet, und es staubte, als er mit der Schaufel tief in den Haufen hineinstieß. Der schwere Boden unter dem Sand war durch die Arbeit der Kettenfahrzeuge schon sehr verdichtet und enthielt gelegentlich größere Feldsteine. Aber Mahlsen kannte sich aus. Die Schaufel fuhr in den Kies und kam gut gefüllt in die Höhe. Er betätigte den Rückwärtsantrieb blickte in den Rückspiegel und setzte nach hinten. Als er wieder nach vorne auf seine Schaufel sah, bemerkte er, dass etwas nicht stimmte. In der Schaufel befand sich außer dem hellen Kies auch loser dunkler Mutterboden. Aber das war nicht das Einzige, was er aufgeladen hatte. Es schienen auch mehrere unförmige Steine dabei zu sein. Merkwürdig war nur, dass er gar keine Geräusche bemerkt hatte.

Heiner Mahlsen sah ratlos auf die Brocken in der Baggerschaufel. Plötzlich glaubte er eine Kontur zu erkennen. Er kniff die Augen zusammen und erstarrte. Ihm wurde schwindlig. Der Boden der Kabine schien unter ihm zu schwanken, dann wurde ihm übel. Speichel floss in seinem Mund zusammen. Er beugte sich zur Seite, und noch bevor er die Tür öffnen konnte, übergab er sich. Mit zitternden Händen stoppte er den Motor. Er bemerkte nicht, dass Bellmann irritiert zu ihm hinübersah und ein paarmal laut hupte. Es gab keinen Zweifel: Auf der Baggerschaufel, halb verborgen im sandigen Kies, lag der Körper eines Toten.

22

Am Montagmorgen schlief Island tief und fest. Das Fenster stand offen. Langsam, aber unaufhaltsam wanderten die Strahlen der Morgensonne über das Kopfkissen und begannen, sie am Kinn wach zu kitzeln. Gerade hatte sie im Traum noch mit Lorenz in einem feinen Restaurant am Berliner Gendarmenmarkt gesessen, vor sich eine Platte voll mit köstlichen, brandenburgischen Süßwasserfischen, während Lorenz ihr mit der Gabel ein Stück Kohlroulade zum Probieren herübergereicht hatte. Ein schöner Traum, denn schon fiel ihr ein, dass Lorenz beides, Süßwasserspeisefische wie Kohlrouladen, verabscheute.

Ihr Magen knurrte, und ihr war übel. Sie wuchtete sich aus dem Bett und durchwühlte ihren Rucksack. Zum Glück fand sie in der Seitentasche einen Apfel. Sie machte es sich wieder im Bett gemütlich und verputzte ihn auf der Stelle. Er half fürs Erste gegen das flaue Gefühl im Magen. Wie kann einem schlecht sein, während man gleichzeitig Hunger hat?, fragte sie sich zum wiederholten Mal. Ob das jemals wieder aufhörte?

Draußen krächzte eine Krähe in voller Morgenlautstärke. Trotz Helligkeit und Vogellärm hatte sie fast elf Stunden geschlafen – etwas, was sie bis vor einem halben Jahr für undenkbar gehalten hatte. Sechs Stunden Schlaf pro Nacht hatten sonst immer gereicht.

Sie fingerte nach den verhassten Kompressionsstrümpfen und zwängte ihre Beine hinein. Elender Quälkram, dachte sie, und schöner machen sie einen auch nicht.

Um neun Uhr betrat sie das Speisezimmer. Die Hubers hatten ihr Frühstück beendet, unterhielten sich aber noch mit Frau Dormann, die gerade mit spitzen Fingern ein Ei pellte.

Auf den Tischen standen je zwei Thermoskannen, eine mit Kaffee, eine mit heißem Wasser. Auf der Anrichte gab es eine Auswahl an Teesorten. Island hatte sich einen Beutel Ingwertee selbst mitgebracht und goss ihn sich mit heißem Wasser auf.

»Aha«, sagte Frau Dormann, »Sie haben einen ganz erlesenen Geschmack.«

Island hatte keine Lust auf Erklärungen am frühen Morgen. Deshalb nickte sie nur und nahm sich zwei Brötchen. In den nächsten Minuten war sie ausschließlich mit Essen beschäftigt. Butter, Marmelade, Käse und die Brötchen, alles schien selbst gemacht, und es schmeckte ihr so gut, dass sie sich noch ein weiteres Brötchen schmierte und heimlich in ihrer Rocktasche verschwinden ließ.

»Also, ich für meinen Teil möchte mir heute oder morgen gern das Gutshaus ansehen.« Frau Dormann goss sich Kaffee nach.

»Da würde ich glatt mitkommen«, sagte Island kauend.

»Warum nicht? Wann passt es Ihnen denn?«

»Ich müsste noch etwas einkaufen fahren. Ansonsten habe ich nichts weiter vor.«

»Kaum angekommen, schon gleich wieder shoppen?«, fragte Frau Huber neugierig.

»Ingwertee gegen die Übelkeit«, erklärte Island.

»So etwas bauen die hier nicht an.« Herr Huber lächelte, als er sich vom Tisch erhob.

»Aber sonst ja fast alles.« Frau Huber kicherte, während sie ihrem Mann folgte.

»Was haben die denn damit gemeint?«, fragte Island, nachdem das Paar gegangen war.

Lotti Dormann zwinkerte vertraulich. »Sagen Sie mal, Frau Island, wollen wir uns nicht duzen? Ich bin Lotti.«

»Olga.«

Sie gaben sich feierlich die Hand.

Dann senkte Lotti Dormann ihre Stimme.

»Letzte Woche«, sagte sie leise, »haben die Hubers auf einer Radtour eine Hanfplantage auf einem der gutseigenen Äcker entdeckt. Sie haben eine große Sache daraus machen wollen. Aber der Verwalter hat gleich reagiert und das ganze Zeug umgemäht. Angeblich hat er nicht herausfinden können, wer die Pflanzen dort angebaut hat. Aber mal ganz ehrlich, es muss doch eins von den Pferdemädchen gewesen sein oder dieser Stallknecht, Petersen heißt er. Von Dünen hat jedenfalls alles untergepflügt, damit war die Sache erst mal erledigt. Hätte bloß gefehlt, dass die Polizei davon Wind kriegt. Ich denke, von Dünen hat den Tüx gar nicht erzählt, was man Schlimmes auf ihrem Gelände gefunden hat.«

»Dann war es hoffentlich nicht deren Plantage«, sagte Island trocken.

»Was denkst du denn?«, fragte Frau Dormann entrüstet.

Olga Island sah durchs Fenster. Draußen vor dem Haus stand Lena von Dünen und unterhielt sich mit den Hubers. Sie hatten bunte Fahrradhelme auf dem Kopf und ihre Fahrräder schon dabei.

»Frau von Dünen hat ihren Laden gut im Griff«, meinte Island. »Das Essen schmeckt jedenfalls vorzüglich. Aber sie sieht manchmal so ein bisschen unglücklich aus.«

»Tja, ehrlich gesagt, kenne ich sie noch nicht so lange.

Vorher war hier ein älteres Ehepaar für die Verwaltung zuständig. Mit denen war ich so gut wie befreundet. Jedenfalls hat Lena von Dünen im letzten Sommer wesentlich fröhlicher gewirkt als jetzt. Sie hat es aber auch nicht leicht. So viel Arbeit, und dann das kranke Kind.«

»Was ist denn mit dem Mädchen?«

»Die Familie von Dünen hatte wohl mal einen schweren Unfall, als ihre Tochter fast noch ein Baby war. Das Kind wurde dabei im Autositz eingeklemmt. Die Frau, die ihnen die Vorfahrt genommen hatte, besaß nicht mal einen Führerschein. Zum Glück ist den restlichen Insassen im Wagen damals nichts Schlimmeres passiert.«

»Furchtbar.«

»Ja, das Mädchen muss immer noch behandelt werden. Jon Theissen hat immer ganz süß mit ihr im Garten gespielt.« Frau Dormann seufzte bei dem Gedanken.

»Warum sind denn die alten Verwalter nicht mehr da? Hatten Sie sich mit dem Gutsbesitzer überworfen?«, fragte Island.

»Keine Ahnung. Vor drei Jahren hat ja der Besitzer gewechselt. Peter von Dünen ist gelernter Biobauer. Das schien den Tüx wohl wichtig zu sein.«

»Gab es denn schon immer diesen Zaun, der um das ganze Gelände herumführt?«

Die Frau schüttelte den Kopf. »Die Tüx sind so reich. Sie wollen sich einfach sicher fühlen, wenn sie Urlaub machen. Das kann man schon verstehen. Es sollen eben keine Unholde hereinkommen.«

Und keine hinaus, dachte Island und trank stumm ihren restlichen Tee.

23

Paul-Walter Tüx saß auf der Terrasse und rührte in seinem Milchkaffee. Er beobachtete Petersen, der unten auf dem Rasen hin und her lief und den Pool schrubbte. Nicht, dass in diesem Jahr schon irgendeiner von ihnen darin gebadet hätte, nicht mal seine Mutter hatte dort ihre Bahnen gezogen. Der Pool war nur eine ihrer Launen gewesen. Sie hatte ihn anlegen lassen, weil alle ihre Freundinnen auch einen hatten. Nun lag er da, neonblau und still, und wenn der Wind darüberstrich, trug er den schwachen Geruch von Chlor bis auf die Terrasse.

Paul-Walter nahm sich eine Zimtschnecke und biss hinein. Die neue Köchin war ganz okay, auch wenn ihr Mann, der Verwalter, ein wortkarger Typ war, der leider die Eigenschaft besaß, überall auf dem Grundstück plötzlich wie aus dem Nichts aufzutauchen. Es wäre besser gewesen, wenn sein Vater den alten Verwalter nicht ausgetauscht hätte. Der Neue passte nicht hierher, er war ehrgeizig und überengagiert.

Von seinen Freunden war noch nichts zu sehen. Sie alle waren wieder erst gegen Morgen ins Bett gekommen, da war es kein Wunder, dass sie noch schliefen. Das war gerade das Entspannte an einem Urlaub mit seinen Eltern: Sie achteten nicht besonders darauf, was ihre Gäste trieben, denn sie waren mit sich selbst und ihren Angelegenheiten beschäftigt. Das gab allen Anwesenden den nötigen Freiraum.

Die Zimtschnecke war für eine Bioköchin erstaunlich süß. Fast als wäre sie mit normalem Industriezucker hergestellt worden. Er kaute mit Genuss und legte entspannt den Kopf in den Nacken. Nur noch wenige Tage, dann würden sie endlich loslegen, und nichts und niemand würde sie aufhalten. Da störten ihn nicht einmal mehr die Pflichten, die sein Vater ihm mal wieder aufgehalst hatte. Am Nachmittag sollte er schon wieder zwei Gäste der Verwalterin durch das Haus führen. Kontakt zum Volk halten, so nannte Dad das. »Da kannst du zeigen, was du in Geschichte draufhast.«

Paul Walter Tüx spülte die Zimtschnecke mit einem Schluck Milch hinunter. Neulich erst hatte er dem Paar, das drüben beim Verwalter Ferien machte, das Haus gezeigt. Sie hatten geglotzt wie die Fische und in vermeintlich unbeobachteten Momenten alles Mögliche heimlich angefasst. Und wie sie gestaunt hatten, über den alten Plunder und den ganzen beschissenen Reichtum.

Was sollte das wohl bringen mit den Hausführungen? Warum zeigte sein Vater den Leuten nicht selbst sein Haus, wenn es ihm so viel gab, die einfache Bevölkerung an seinen Schätzen teilhaben zu lassen? Nun, er konnte seinen Vater nicht ändern. Deshalb würde er tun, was ihm aufgetragen worden war. Er würde den Feriengästen das Haus zeigen, ihre Fragen beantworten und ihre Blicke ertragen, um sich danach sofort wieder den wichtigen Dingen des Lebens zu widmen. Dem Projekt. Ihrem Projekt. Seinem Projekt.

Er lächelte. Es war nicht schwer gewesen, die anderen zum Mitmachen zu überreden. Denn genau wie er selbst sehnten sie sich nach etwas Besonderem. Surfen, Segeln, Wasserski, Ballonfahren, Segelfliegen, das konnte jeder. Und fast alle hatten es schon gemacht. Was sie aber jetzt planten, war etwas völlig anderes. Manche Leute seilten sich von Hochhäusern ab, sprangen von Fernsehtürmen oder von Brücken. Wieder andere fuhren mit Baumaschinen auf Bauplätzen herum und spielten Baggerfahrer. Da durfte jeder, der ein bisschen Geld hinblätterte, mal die schweren Maschinen bedienen und sich als Bauarbeiter fühlen. Man konnte Vulkane besteigen oder im Kajak die Magellanstraße überqueren, in der Antarktis wandern, auf den Osterinseln Motorrad fahren, auf Schrottplätzen alte Autos zertrümmern und weiß der Geier. Doch was *sie* vorhatten, hatte noch niemand gewagt.

Es hatte eben nicht jeder die Möglichkeiten, die sich ihm, Paul-Walter, durch die glücklichen Umstände seiner Herkunft boten. Wenn er seinen Vater gefragt hätte, ob er das Ding benutzen durfte, er hätte es ihm natürlich niemals erlaubt. Aber Dad war diesen Sommer mit seinen Gedanken weit weg, er ging nicht mal reiten, geschweige denn, dass er sich um seine Sammlungen kümmerte, die er in den Scheunen, Ställen und Boothäusern verwahrte. Er hätte es seinem Sohn nicht mal gestattet, das gute Stück überhaupt anzufassen. Aber wenn er von der Expedition erführe, wäre er stolz auf seinen Filius. Er würde ihn endlich einmal ernst nehmen.

Schon beim Gedanken daran spürte Paul-Walter Tüx, wie sein Herz vor Freude und Beklemmung schneller schlug. Er würde es schaffen. Er war auserwählt, es zu tun. Es war ein verrückter Plan, gefährlich, aber durchführbar. Vielleicht würden sie alle dabei draufgehen. Doch so war es eben, wenn man etwas Besonderes wagte, etwas, was vorher noch niemand gewagt hatte. Ein weißer Fleck auf der Landkarte der Möglichkeiten.

So wie Vasco da Gama einst etwas gewagt und schließlich den Seeweg nach Indien entdeckt hatte.

24

Mittags um halb zwölf parkte Olga Island ihren Wagen in Groß Nordsee in der Nähe von Frau Marxens Einfamilienhaus. Durch das Seitenfenster betrachtete sie die weißen Wolkenberge, die sich am Himmel zusammenschoben wie riesige Wattebäusche. Waren sie vielleicht Vorboten einer Wetteränderung? Noch herrschte Sommer im Land zwischen den Meeren, ein Bombensommer, der einen ausnahmsweise mal nicht daran denken ließ, dass man jetzt vielleicht besser in Italien oder Griechenland oder auf einer spanischen Insel wäre.

Island zog das eingeheimste Frühstücksbrötchen aus der Rocktasche und verspeiste es. Danach verdrückte sie ein paar von den Dinkelkeksen, die Lena von Dünen ihr, als sie sich vom Mittagessen abgemeldet hatte, in einer schlichten, braunen Papiertüte mitgegeben hatte. Währenddessen dachte sie darüber nach, was sie die Marxen eigentlich fragen wollte. Warum hatte die Dame einen ganzen Tag verstreichen lassen, bevor sie sich bei der Polizei gemeldet hatte? Ob sie dazu noch etwas herausfinden konnte?

Sie beobachtete, wie ein weißer Ford Focus mit einem Plastikschild auf dem Dach die Dorfstraße entlangfuhr. Er passierte das Haus von Frau Marxen, wendete und hielt vor der Garageneinfahrt. Bei ausgeschaltetem Motor blieb der Fahrer im Wagen sitzen und blätterte in einem Hefter mit Papieren. *Fahrschule Dirksen* stand auf dem Aufkleber am Heck des Autos. Island stopfte die Tüte mit den restlichen Keksen ins Handschuhfach und stieg aus. In diesem Moment trat Hedda Marxen aus der Haustür und schloss hinter sich ab. In gelbem Sommerkleid und weißen Turnschuhen eilte sie die Stufen hinunter.

»Hallo, Frau Marxen!«

Die Angesprochene blieb überrascht stehen.

»Ich habe eine kurze Bitte«, begann Island, »würden Sie sich einmal dieses Foto ansehen?« Sie zog ihr Handy hervor und zeigte das Bild, das sie am Vorabend im Garten des Verwalterhauses aufgenommen hatte.

Hedda Marxen blinzelte irritiert. »Was ist damit?«

»Kommt Ihnen irgendetwas auf dem Foto bekannt vor?«

»Ich habe meine Lesebrille nicht dabei.«

Island vergrößerte den Ausschnitt auf dem Display, bis man fast nur noch grüne Flusen sah.

Hedda Marxen nahm das Handy und streckte den Arm. Die Brille, die sie trug, schien zum Lesen wirklich nicht geeignet.

»Ein mintgrünes Handtuch«, sagte sie ausdruckslos.

»Hat der Mann, den Sie am See gesehen haben, auf so einem Tuch gelegen?«

Die Frau schüttelte den Kopf. »Ich erinnere mich nur an eine Wolldecke, mit der er bis zur Brust zugedeckt war.« Die dünnen Silberarmreifen an ihren Handgelenken klirrten, als sie Island das Handy zurückgab.

»Glauben Sie nun etwa doch, dass ich jemanden gesehen habe?«

»Ich hatte das doch gar nicht ausgeschlossen.«

»Ihre Kollegen aus Achterwehr schienen aber ganz anderer Meinung.«

»Sagen Sie mal«, meinte Island und blickte der Frau fest in die Augen. »Kann es sein, dass Sie mich neulich nachts mal angerufen haben?«

»Warum sollte ich?«

»Vielleicht weil Ihnen in der Zwischenzeit noch etwas eingefallen ist, was Sie mir berichten wollten?«

Hedda Marxen schüttelte den Kopf. »Nein«, sagte sie bedauernd. »Aber jetzt entschuldigen Sie mich bitte. Meine Fahrstunde fängt an.«

Der Fahrer des Ford Focus war inzwischen ausgestiegen und hatte auf dem Beifahrersitz Platz genommen. Hedda Marxen ging um den Wagen herum und setzte sich hinter das Steuer. Sie startete den Motor und fuhr mit einem Ruck an. Der Fahrlehrer, ein Mann mit Glatze, legte eine Hand auf ihren Unterarm und redete auf sie ein. Langsam rollte der Wagen die Straße entlang außer Sichtweite.

Auf ihrem Weg zur Polizeistation in Achterwehr hielt Island Ausschau nach einem Supermarkt. Aber in dem Dorf fand sie nicht einmal eine Bäckerei.

»Fahren Sie nach Felde«, empfahl ihr eine Fußgängerin, die eine rosa Sportkarre mit einem bonbonrosafarben gekleideten Kleinkind schob. »Da finden Sie fast alles, was Sie brauchen.«

Auf dem Parkplatz an der Amtsverwaltung zog Island einen weiteren Dinkelkeks aus der Tüte und wählte die Nummer von Hans-Hagen Hansen, doch sie erreichte ihn weder an seinem Arbeitsplatz im Labor, noch ging er an sein Handy. Deshalb schickte sie ihm die Aufnahme von der Wäsche auf der Leine per MMS, mit der Frage, ob es außer der Farbe Mint weitere Übereinstimmungen mit dem Handtuch gab, das er untersucht hatte.

Als sie das Gebäude der Amtsverwaltung betrat, war Mittagszeit, und wie bei ihrem letzten Besuch war die Tür der Polizeistation verschlossen.

Im Vorzimmer der Kämmerei saß Bettina Stark an ihrem Schreibtisch und löffelte Joghurt aus einem Plastikbecher, neben ihr lag eine aufgeschlagene Illustrierte.

»Guten Appetit«, sagte Island.

»Mahlzeit«, antwortete Frau Stark und klappte das Heft zu. Sie schien wenig erfreut, die Kriminalhauptkommissarin zu sehen.

»Wo sind meine lieben Kollegen diesmal hin?«

»Klaus und Kevin nehmen mal wieder einen Einbruch in Felde auf. So was passiert hier in der letzten Zeit in Serie. Schon beängstigend.«

Island wartete nicht darauf, bis die Sekretärin sie aufforderte, sich zu setzen, sondern machte es sich mit ihrem Bauch auf einem der Besucherstühle bequem.

»Sagt Ihnen der Name Theissen etwas?«, fragte sie ohne weitere Umschweife.

»Nein«, antwortete die Sekretärin und schüttelte den Kopf. Aber da war ein Unterton in ihrer Stimme, der Island aufhorchen ließ.

»Wirklich nicht?«

»Jedenfalls ist das kein Name aus unserer Gegend«, fügte Frau Stark eilig hinzu. »Klingt eher dänisch.«

»In diesem Zusammenhang interessiert es mich, wie viele Heimatforscher wohl den Sommer über den Weg in Ihr Amtsarchiv finden.«

»Das kann ich nicht genau sagen. Mal mehr, mal weniger.«

»War in den letzten Wochen ein Herr Theissen darunter?«

Frau Starks Gesicht bekam einen rötlichen Schimmer, während sie aufstand, mit betont langsamen Schritten zum Schrank ging und einen grauen Karteikasten hervorholte.

»Muss ich nachsehen.« Sie klappte den Deckel des Kästchens auf und blätterte die Karteikarten durch.

»Sie haben die Daten Ihrer Kunden nicht im Computer?«

»Unsere Archivbenutzer führen wir immer noch in der alten Kartei. Weil es nicht so viele sind.«

»Wie praktisch«, scherzte Island.

Bettina Stark zog ein Kärtchen hervor und hielt es mit spitzen Fingern, als würde eine unsichtbare Gefahr davon ausgehen. »Stimmt, ein Herr Jon Theissen ist hier gewesen.«

»Wann denn?«

»Vor zwei Wochen.«

»Aha. Und was wollte er?«

»Er war auf der Suche nach seinen Vorfahren.«

»Ginge es vielleicht etwas genauer?«

»Der Datenschutz erlaubt es mir nicht ...«

»Jetzt reicht's«, sagte Island so laut und so scharf, dass die Sekretärin zusammenzuckte. »Sie werden mir auf der Stelle Auskunft erteilen.«

Die Frau war inzwischen puterrot angelaufen. »Also gut. Der Großvater des Großvaters von Jon Theissen hat früher einmal auf einem der Güter hier in der Gegend gearbeitet.«

»Auf Kreihorst?«

Die Frau nickte. »Soweit ich weiß, stammte dieser Vorfahr aus der Karibik. Herr Theissen hat nach amtlichen Unterlagen über seinen Ururgroßvater gesucht. Leider konnte ich ihm mit solchen Unterlagen kaum behilflich sein. Denn alle infrage kommenden staatlichen Akten aus dieser Zeit, also vom Ende des 18. Jahrhunderts, liegen in den Archiven in Schleswig oder Kopenhagen oder natürlich im Gutsarchiv auf Kreihorst.«

»Warum haben Sie Herrn Theissen dann überhaupt in Ihre Kartei aufgenommen?«

»Was meinen Sie damit?«

»Warum haben Sie eine Karteikarte angelegt, wenn Sie ihm doch gar nicht helfen konnten?«

Die Sekretärin fuhr sich durch die Haare. Unter ihren Achseln war Schweiß hervorgetreten. Sie antwortete mit schmalen Lippen: »Ich konnte ihm schon weiterhelfen ...«

»So? Wie denn?«

»Ich bin mit ihm rüber zur Kirchengemeinde nach Flemhude gefahren, und dort haben wir zusammen die Kirchenbücher durchgesehen.«

»Warum das?«

Die Wangen der Frau schienen zu brennen. Die schmale, gepflegte Hand, die das Kärtchen hielt, zitterte.

»Jon, ich meine, Herr Theissen, konnte die altdeutsche Schrift nicht gut lesen, da habe ich ihm geholfen.«

Fast so, als wollte es einen Kommentar dazu abgeben, machte das Kind in Islands Bauch eine schnelle, fast wütende Bewegung. Olga strich beruhigend über die Wölbung, glaubte zu erkennen, dass ein Fuß des Kindes oben lag, und lehnte sich so entspannt wie möglich im Stuhl zurück.

»Ich habe gehört, dass Herr Theissen ein sehr attraktiver Mann sein soll. Ist Ihnen das auch aufgefallen?«

Die Frau schluckte, dann nickte sie.

»Kann es sein«, bohrte Island nach, »dass Sie beide sich bei der Suche in den Kirchenbüchern nähergekommen sind?«

Bettina Stark stopfte die Karteikarte in den Kasten zurück. »Bitte«, sagte sie ernst, »da war nichts. Ich habe ihm wirklich nur die Tauf- und Sterbeeinträge in den Kirchenbüchern vorgelesen.«

»Und warum machen Sie sich dann solche Sorgen um ihn?«

»Mach ich gar nicht.«

»Sie haben mich doch Mittwochnacht angerufen.«

Es war mehr ein laut ausgesprochener Verdacht denn ein Versuch, sie aus der Reserve zu locken, aber offensichtlich traf er ins Schwarze, denn die Sekretärin ließ augenblicklich die Schultern hängen.

»Diese ganzen Gerüchte um den Toten am See«, flüsterte sie. »Ich habe solche Angst bekommen, dass es Jon gewesen sein könnte.«

»Bisher haben wir niemanden gefunden.«

»Aber irgendwas muss mit Jon passiert sein. Das spüre ich. Wir wollten uns nämlich am Donnerstag treffen, im Café Zeit in Westensee. Ich habe dort stundenlang auf ihn gewartet. Aber er ist nicht gekommen. Wissen Sie, wir wollten zusammen nach Schleswig fahren, ins Landesarchiv. Ich hätte ihm dort alle Akten vorgelesen, die für ihn wichtig waren.«

»Was hat denn Ihr Mann zu diesem Ausflug gesagt?«

»Es wäre mir wichtig, dass er möglichst nichts davon erfährt. Er ist nicht eifersüchtig oder so was, schon gar nicht auf die Heimatforscher, die hierherkommen, aber in diesem Fall …«

»Verstehe«, sagte Island. Sie sah sich suchend um. »Haben Sie hier eigentlich auch Bücher?«

»Dies ist ein Archiv und keine Gemeindebücherei. Wir haben nur Literatur zur Geschichte der Region.«

»Könnte ich mir trotzdem etwas ausleihen?«

Frau Stark schien erleichtert über den Themenwechsel.

»Was möchten Sie denn?«, fragte sie diensteifrig.

Island folgte ihr in den Nebenraum, wo ein großes Regal mit Büchern stand.

»Haben Sie was über die Gutshöfe der Umgebung?«

»Natürlich.«

»Wo Kreihorst drin vorkommt?«

Bettina Stark zog ein kleines Buch aus dem Regal und drückte es Island in die Hand. Dehio, Handbuch der Deutschen Kunstdenkmäler – Hamburg und Schleswig-Holstein, las sie.

»Das Werk ist zwar alt, aber immer noch sehr aufschlussreich«, meinte die Sekretärin.

Island sah sich selbst noch ein wenig um und entschied sich noch für einen Bildband: »Der Adel kocht. Königliche Kochrezepte aus acht Jahrhunderten.«

Als Island ihren Namen und ihre Adresse in eine Karteikarte eintrug, zögerte sie.

»Könnte ich die Karte von Jon Theissen bitte einmal sehen?«

Bettina Stark suchte sie aus dem Kasten heraus und reichte sie ihr.

Auf dem Kärtchen standen in säuberlichen, fein geschwungenen Buchstaben der Name Jon Theissen, sein Geburtsdatum – er war im Juni dreiunddreißig Jahre alt geworden – und eine Adresse in Berlin. Island stutzte.

»Hat Herr Theissen die Karte selbst ausgefüllt, so wie ich?«

»Sicher.«

»Dürfte ich sie mir ein paar Tage ausleihen?«

»Ich denke, das kann ich nicht verhindern.«

Bettina Stark blinzelte nervös.

Als Island das Amtshaus verließ, waren ihre Polizeikollegen Stark und Gloe immer noch nicht wieder eingetroffen. Mit den Büchern unter dem Arm und der Karteikarte im Portemonnaie ging Island zu ihrem Wagen zurück.

Die Sekretärin stand am Fenster des Archivraumes und blickte ihr nach.

25

Der Parkplatz vor dem Supermarkt in Felde war rappelvoll. An den Autokennzeichen sah man, dass es sich nicht nur um Touristen, sondern vor allem um Einheimische handelte, die dort ihre Wagen beluden und das zufällige Zusammentreffen mit Bekannten zum Tratsch nutzten. Auch Island schob ihren Einkaufswagen vor sich her und wuchtete den Pappkarton mit ihren Einkäufen – eine Packung Ingwertee, fünf Gläser Würstchen und zwei Liter Grapefruitsaft – in den Kofferraum.

Gerade wollte sie den Einkaufswagen zurückschieben, da entdeckte sie ein bekanntes Gesicht. Stefanie Rubi-Tüx ging in Jeans, einer Bluse im Romantik-Look und hellen Wildlederballerinas über den Parkplatz. Ein Wolfshund trottete hinter ihr her, ein hageres, graues Tier, das sich steifbeinig zur Rückseite eines cremefarbenen Geländewagens schleppte und dort zitternd verharrte. Mit Erstaunen beobachtete Island, wie sich die Frau ans Steuer setzte, sich wenig später automatisch die Heckklappe öffnete und sich das schwere Fahrzeug wie von Geisterhand nach unten absenkte. Der altersschwache Hund kletterte hinein, und die Heckklappe schloss sich hinter ihm. Rubi-Tüx fuhr davon.

Island blickte ihr hinterher. So ein Audi Q7 war schon ein schmuckes, praktisches Wägelchen, für Polizisten wie sie aber wohl unerschwinglich.

Sie schloss ihren Mazda auf, und die Hitze schlug ihr entgegen. Die alte Gurke hatte nicht einmal eine Klimaanlage. Immerhin ließ sich das Seitenfenster herunterkurbeln, und das Radio spielte »Stumblin' in« von Smokie, während sie die Landstraße entlangbrauste. Sie sang laut mit. Das Kind würde bestimmt viel musikalischer werden als sie selbst, aber sie konnte es ruhig schon mal mit den Klassikern der Popmusik vertraut machen. Den Tritt, den sie gegen den Bauchnabel erhielt, deutete sie als Begeisterung des Bauchbewohners für ihre Gesangseinlage.

Am Tor des Gutshofes angekommen, zog sie die Chipkarte, die Lena von Dünen ihr ausgehändigt hatte, durch das Lesegerät, das sich seitlich des linken Torpfeilers befand. Sie hatte die Vorrichtung beim ersten Mal nicht bemerkt, trotzdem hatte sich das Tor bei ihrer Ankunft geöffnet. Wo also waren die Kameras, die die Einfahrt überwachten? Sie vermutete, dass es weitere Überwachungseinrichtungen auf dem Hof gab, die sie ebenfalls nicht mit bloßem Auge erkennen konnte. Es war kein gutes Gefühl, ständig beobachtet zu werden. Wahrscheinlich auch gerade jetzt, während sie durch die Allee fuhr und die uralten Bäume bewunderte.

Mit dem Einkauf im Pappkarton kletterte sie die enge Treppe zum Zimmer hinauf. Auf der obersten Stufe lag ein Zettel in krakeliger Handschrift: »Besichtigung Gutshaus heute 16.30 Uhr.« Frau Dormann hatte wirklich eine Sauklaue.

Bis zur Besichtigung war noch etwas Zeit. Sie programmierte die Weckzeit ihres Handys auf sechzehn Uhr, legte sich aufs Bett und nahm sich die Bücher vor, die sie sich ausgeliehen hatte. Im Dehio las sie den Text über Kreihorst. Dann schaute sie nach, wie der heimische Adel kochte, wenn er denn mal am Herd stand. Und natürlich kriegte sie von den Bildern der Speisen und gedeckten Tische in alten Herrenhäusern schon wieder einen Mordshunger. Aber die Lektüre machte auch sehr müde, und nach kurzer Zeit fielen ihr die Augen zu.

Als das Handy sie um vier Uhr weckte, brachte sie ihren Kreislauf und ihre Laune auf Trab, indem sie sich mit kalten Würstchen und Grapefruitsaft stärkte. Dann machte sie sich auf den Weg zu ihrer Verabredung. Man sah schon auf den ersten Blick, dass alles auf dem Hof äußerst sorgfältig, ja geradezu mit pedantischer Detailtreue restauriert worden war. Über das holprige Kopfsteinpflaster zu schlendern war deshalb fast wie eine Zeitreise in ein vergangenes Jahrhundert. Man hätte hier sofort einen Historienfilm drehen können, ohne etwas verändern zu müssen. Höchstens ein bisschen Unrat und Unordnung hätten gefehlt, um die Kulisse perfekt zu machen. Nur die Fahrzeuge, die vor dem Gutshaus parkten, passten nicht so ganz in das historische Umfeld.

Der Q7-Geländewagen, den sie nun schon kannte, war dabei noch das bescheidenste Modell. Daneben standen ein Maybach 57 S, ein Bentley Mulsanne sowie ein klobiger roter Dodge Nitro. Eher bescheiden nahmen sich daneben die beiden englischen Minis in Türkis und Knallgrün aus, die bestimmt dem Auto fahrenden Familiennachwuchs gehörten.

Lotti Dormann stand bereits auf dem Treppenabsatz am Eingang und hielt ihren Hund auf dem Arm. Sie trug ihre Haare besonders elegant über dem Kopf aufgetürmt, dazu

Sommerrock und weiße Bluse. Hatte sie sich für diese läppische Besichtigung so herausgeputzt?

»Ich dachte schon, du kommst nicht mehr«, sagte sie.

»Hab ich was verpasst?«, entgegnete Island.

»Noch nicht.«

Hitze flirrte zwischen den Scheunen. Schwalben flogen hin und her und verschwanden unter Strohdächern. Die Uhr im Turm des Torhauses schlug zur halben Stunde. Da wurde die Tür des Hauses geöffnet, und ein junger Mann mit halblangen braunen Haaren und Shorts trat heraus.

»Sie möchten zur Besichtigung?«

»Sehr gern.« Lotti Dormanns Stimme klang viel höher als sonst.

»Bitte, kommen Sie doch herein.«

Sie standen in einer weitläufigen Eingangshalle, deren Boden mit großen schwarz-weißen Marmorplatten bedeckt war. Eine hellgrau lackierte Holztreppe führte seitlich in die obere Etage. Durch die hohen, ordentlich geputzten Fenster fiel gleißend hell das Nachmittagslicht. Island sah, dass Frau Dormann sich das Gesicht gepudert hatte und ihren Hund fest an die Brust presste.

»Ich heiße Paul-Walter Tüx«, sagte der Junge bemüht freundlich, »und ich begrüße Sie im Namen meiner Familie in unserem Herrenhaus hier auf Kreihorst. Ich werde Ihnen die historischen Räume zeigen. Die oberen Etagen sind bewohnt und deshalb leider nicht zugänglich.«

Frau Dormann nickte andächtig.

»Erstmals urkundlich erwähnt wurde das Gut im Jahre 1227, als Adolf von Schauenburg nach der Schlacht von Bornhöved mit der Kolonisation des Landes begann …«

Daten aus der Geschichte des Landes und des Hofes prasselten auf sie nieder. Aber Island hörte kaum zu. Sie war damit beschäftigt, den jungen Mann zu betrachten. Sie schätzte ihn auf siebzehn oder achtzehn Jahre. Er war erstaunlich souverän und brachte gekonnt und ohne Mühe Jahreszahlen und Begebenheiten in einen gefälligen Vortrag. War es nicht bemerkenswert, dass es ein Spross der Familie Tüx höchstpersönlich übernahm, einfachen Sommergästen, wie sie es waren, das Anwesen zu zeigen? Am liebsten hätte sie ihn gefragt, ob er in den Ferien, die er hier verbrachte, nichts Besseres zu tun hatte, als fremden Leuten trockene Geschichtsdaten herunterzubeten. Andererseits schien er ganz zufrieden mit dem, was er tat. Obwohl ihm Hemd und Shorts auf den Leib geschneidert waren, war er vom Äußeren her eigentlich eher unauffällig. Nur manchmal schienen sich seine Wangen zu röten, dann wirkte er schüchtern, was ihn sympathisch machte.

Nach seiner Einführung in die Geschichte des Gutshofes geleitete er die Besucherinnen zu einer Truhe mit Filzlatschen. Vergnügt stülpte Island sich die Pantoffeln über die Sandalen und beobachtete, wie Frau Dormann es nur mit Mühe schaffte, ihre eleganten Schuhe hineinzuzwängen. Allerdings waren Stützstrümpfe, Sandalen plus Filzpantoffeln eindeutig nicht das Wahre an einem Tag wie diesem. Island wünschte sich augenblicklich Wolken und Regen herbei. Es half nichts, der Schweiß lief ihr schon wieder den Nacken hinunter.

Sie gelangten von der Diele in einen großen Saal, der nach hinten zum Garten lag. Von diesem Saal aus blickte man über eine große Terrasse auf einen blau schimmernden Pool in einem gepflegten englischen Landschaftsgarten. An einem langen Holztisch auf der Terrasse saßen ein paar junge Leute. Es standen noch Reste eines offenbar späten Frühstücks herum. Island zählte zwei Frauen und drei Männer, alle etwa im Alter des jungen Schlossführers. Sie dösten im Schatten und hörten Musik.

Vom Gartensaal aus folgten sie Herrn Tüx junior durch den Speisesaal, das Spielzimmer, den roten, grünen und blauen Salon, diverse Schlafzimmer, Ankleidezimmer und einen Rauchsalon. In einigen Zimmern standen Vasen mit Blumengebinden von kaiserlichen Ausmaßen, aber als Island eine Blüte berührte, stellte sie fest, dass sie nur aus Stoff war. Das Jagdzimmer war mit Geweihen und altertümlichen Waffen geschmückt. Im gläsernen Waffenschrank hing eine beeindruckende Kollektion von Jagdgewehren. Der junge Tüx unterhielt sie mit Anekdoten und Wissenswertem aus dem Leben der verblühten Adelsfamilien, die das Haus im Lauf der Jahrhunderte in Besitz gehabt hatten.

Wahrscheinlich, so ging es Island durch den Kopf, hatte sie einen angehenden Kunsthistoriker vor sich, der in nicht allzu ferner Zukunft internationale Kunstereignisse managen oder zumindest ein bedeutender Sammler historischer Kunstgegenstände werden würde. Bestimmt hätte er keine Schwierigkeiten, alles, was er sagte, in noch mindestens drei weiteren Sprachen wiederzugeben.

Seit der junge Mann sie begrüßt hatte, machte sich im Gesicht von Frau Dormann ein seliges Lächeln breit. Sie bewegte sich tänzelnd in ihren Filzpantoffeln über das knarrende Parkett, hielt den Hund fest an ihren Busen gepresst und schien der Welt entrückt. Vollkommen glücklich aber sah sie aus, als sie die Bibliothek betraten.

Die Bücher in den Holzregalen, die bis zur Decke reichten, waren alt und verbreiteten einen muffigen Geruch. Pergamentrücken mit unleserlichen Beschriftungen drängten sich an dunkle Ledereinbände in Golddruck. Der junge Mann begann die Systematik der Büchersammlung zu erläutern, deren älteste Exemplare aus dem 17. Jahrhundert stammten.

»Hat jemand von Ihnen noch eine Frage?«, wollte Paul-Walter Tüx schließlich wissen.

»Was ist mit dem Archiv?«, fragte Lotti Dormann. »Können wir das auch noch sehen?«

Der Junge zögerte. »Nein«, sagte er dann. »Das ist zur Zeit leider nicht zugänglich.«

»Warum denn nicht?«

»Es wird neu geordnet.«

»Jon Theissen war jeden Tag im Archiv, um die alten Sachen zu sortieren!« Frau Dormann klang triumphierend. »Beim Essen hat er uns davon berichtet.«

Paul-Walter Tüx nickte.

»Aber nun ist er auf und davon. Ist das nicht merkwürdig?«

Der Junge zuckte die Achseln. »Ich schätze, er kommt bald wieder.«

Island brannte eine Frage auf der Zunge, nämlich wie Theissen das Archiv geordnet hatte, wenn er die alte deutsche Schrift nicht lesen konnte. Stattdessen fragte sie: »Stimmt es, dass er im Archiv seine Familiengeschichte erforscht hat?«

Paul-Walter Tüx musterte sie. Die Iris seiner Augen war dunkel, fast schwarz. Die Augenfarbe schien gar nicht so recht zu seiner hellen Haut und den hellbraunen Haaren zu passen.

»Möglich.«

»Und hat er was herausgefunden?«

In der Ecke stand eine schmale Standuhr, die bisher nicht

weiter aufgefallen war. Jetzt entstand eine Stille, die ihr Ticken unüberhörbar werden ließ.

»Keine Ahnung«, sagte Paul-Walter. »Da müssen Sie ihn schon selber fragen.«

In diesem Moment fand der Hund von Frau Dormann, dass er lange genug herumgetragen worden war. Es gelang ihm durch eine plötzliche Bewegung, den Armen seines Frauchens zu entkommen. Er rutschte an ihr herunter, landete auf dem Boden und flitzte los. Schlitternd kratzten seine Krallen über den Parkettboden.

»Fritzi!«, rief Frau Dormann und rutschte eilig auf ihren Filzlatschen hinter dem Hund her.

Da klingelte Islands Handy, und sie ging ran.

»Hier spricht Henna Franzen.«

»Was ist los?«

»Ich weiß, du hast Urlaub, aber wir haben einen Fall reinbekommen. Er wird dich interessieren.«

»Was denn?«

»Heute Morgen hat ein Baggerfahrer auf einer Baustelle am Kanal eine Leiche gefunden. Wir haben den Toten noch nicht identifizieren können. Offenbar ist er an der Fundstelle verscharrt worden. Ein Blick auf die Landkarte sagt mir aber, dass die Baustelle nicht weit entfernt ist von dem See, an dem du dich neulich herumgetrieben hast. Du erinnerst dich, die Sache mit der verschwundenen Leiche?«

»Sicher.«

Franzen musste das Zögern in Islands Stimme bemerkt haben. »Was ist?«, fragte sie irritiert. »Kannst du grad nicht sprechen?«

»Richtig«, bestätigte Island mit leiser Stimme. »Hast du dich um die Sache gekümmert, um die ich dich gebeten hatte?«

Sie hatte sich zum Telefonieren abgewandt, spürte aber den Blick des jungen Mannes in ihrem Nacken. Warum war es in diesen alten Gemäuern so verdammt still? Man hätte eine Stecknadel fallen hören können. Wahrscheinlich war jedes Wort zu verstehen, das Franzen sprach.

»Was denkst du?«, fragte Franzen empört. »Ich hab grad total viel zu tun. Da kann ich nicht jeder Kleinigkeit sofort nachgehen.«

»Mach es, bitte!«

»Du weißt nicht, was hier los ist! Der Ostuferhafenfall und jetzt diese Leiche ...«

»Kümmer dich drum, und ruf mich an, sobald du kannst.«

Mittlerweile hatte Frau Dormann ihren Fritzi in der Eingangshalle eingefangen und ihn wieder auf den Arm genommen. An der Tür verabschiedete sich Paul-Walter Tüx mit einer höflichen Verbeugung von seinen Gästen. Noch während sie draußen auf der Freitreppe standen, drehte sich hinter ihnen der Schlüssel im Schloss.

»Das war ja interessant«, sagte Frau Dormann, von der Hundejagd immer noch außer Atem.

Island nickte.

»Hat Jon Theissen mal mit dir darüber gesprochen, was genau er eigentlich erforschen wollte?«

»Das erzähle ich dir nach dem Abendessen. Heute gibt es Kartoffelsalat. Den möchte ich nun wirklich nicht verpassen.«

26

Zum Kartoffelsalat gab es gebratene Sojawürstchen und Tomaten aus dem Gewächshaus der Verwalterin. Island wären richtige Fleischwürste lieber gewesen, aber sie tröstete sich damit, dass sie auf ihrem Zimmer jederzeit noch ein Glas aufmachen konnte.

Während des Essens schwärmten die Hubers von der Radtour, die sie an diesem Tag gemacht hatten, einmal bis zur Levensauer Hochbrücke und zurück. Besonders toll sei der Besuch des Cafés auf Gut Warleberg auf der anderen Kanalseite gewesen. Sie hätten mitten in einem riesigen Kirschgarten gesessen, die vorbeifahrenden Schiffe beobachtet und dabei die leckersten Obsttorten gefuttert.

Trotzdem hauten die beiden Hubers auch jetzt schon wieder ordentlich rein. Auch beim Nachtisch, der aus Roter Grütze und Vanillesoße bestand.

Plötzlich klingelte Islands Handy. Auf dem Display sah sie, dass es Henna Franzen war. Schnell stand sie auf und ging nach draußen, um ungestört zu telefonieren.

»Olga«, sagte Henna Franzen ernst. »Bei dem Toten handelt es sich um Jon Theissen. Er ist in Hamburg gemeldet, zusammen mit seiner Frau, hat aber in Berlin seinen Zweitwohnsitz. Weil er dort gearbeitet hat.«

»Als was?«

»Er war beim Auswärtigen Amt.«

Island pfiff durch die Zähne. »Ein Diplomat?«

»Nein, nur Beamter im gehobenen Dienst. Wie du und ich sozusagen. Sein Spezialgebiet waren die Kultur- und Medienbeziehungen zwischen Asien und Europa.«

»Aha. Er war also verheiratet, und seine Frau hat in Hamburg gewohnt?«

»Ja. Seine Frau heißt Carolin Theissen. Sie wurde bereits informiert. Die Ehe bestand seit drei Jahren.«

»Mailst du mir bitte alles zu, was ihr über den Mann habt?«

»Klar, mach ich. Woher wusstest du eigentlich seinen Namen?«

»Ich mache Ferien auf dem Gut, auf dem er zuletzt im Urlaub war.«

»Verdammt«, sagte Franzen. »Und wo ist das?«

»Dreimal darfst du raten.«

»Doch nicht etwa dieses Kreihorst, für das du dich so interessiert hast?«

»Exakt. Und wenn ihr hier aufkreuzt, dann bitte ich darum, unerkannt bleiben zu dürfen.«

»Miss Undercover, oder was?«

»So ungefähr.«

»Wie stellst du dir das vor? Wir sind doch keine Theatertruppe. Wenn das rauskommt, sind wir in Teufels Küche.«

»Trotzdem.«

»Wie soll ich Bruns das verklickern?«

»Ich habe einen offiziell von ihm unterschriebenen Urlaubsantrag. Ansonsten: Denk dir was aus!«

»Olga, du bist echt gestörter, als ich gedacht hab.« »Halt die Klappe, sonst kannste was erleben«, antwortete Olga Island.

»Hey, wir sind hier nicht in Berlin«, meinte Franzen lachend, wurde aber gleich wieder ernst. »Was weißt du noch über den Mann?«

»Der hat in Archiven herumgestöbert und nebenbei die Frauen wild gemacht.«

»Ein Frauenschwarm?«

»Er soll sehr gut ausgesehen haben. Was ist denn die Todesursache?«

»Eine Stichwunde von circa zehn Zentimetern im Unterbauch. Der Stichkanal liegt so ungünstig, dass die Bauchschlagader verletzt wurde. Daran ist er verblutet.«

»Und die Tatwaffe?«

»Wir haben noch keine.«

»War der Tote unbekleidet?«

»Splitterfasernackt.«

»Okay, lasst euch von den Streifenbeamten aus Achterwehr die Stelle am Flemhuder See zeigen, an der Frau Marxen am Mittwoch den Mann hat liegen sehen. Und sucht alles dort noch einmal gründlich ab. Auch den Seegrund.«

»Wir brauchen Taucher?«

»Ja.«

Frau Dormann kam die Treppe herunter und schwenkte einen Zettel Recyclingpapier. Fritzi sprang um ihre Beine und kläffte.

»Dann erst mal tschüs, Tante Thea«, sagte Island laut ins Telefon.

»Was?«, fragte Franzen verwirrt, aber Island hatte schon aufgelegt.

»Ich hab das Rezept für den Kartoffelsalat gekriegt«, sagte Lotti Dormann und strahlte über das ganze Gesicht. »Wie wäre es denn mit einer kleinen Bootspartie in der lauen Abendluft?«

»Wenn ich mich nicht anstrengen muss, habe ich nichts dagegen«, antwortete Island.

»Ich rudere, und du passt auf Fritzi auf, damit er nicht ins Wasser fällt.«

»Versuchen kann ich es.«

Sie folgten dem Grasweg, der vom Verwalterhaus aus durch den Landschaftsgarten in den Wald führte, bis sie an ein Gewässer kamen.

»Der Achterwehrer Schifffahrtskanal«, erklärte Lotti Dormann.

»Schön ist es hier«, sagte Island.

»In diesem Seitenkanal wird die Eider aufgestaut«, fuhr Frau Dormann fort. »Wenn wir ihm nach Norden folgen, kommen wir zur Schleuse bei Strohbrück. Sie führt in den sechs Meter tiefer gelegenen Nord-Ostsee-Kanal. Bis vor ein paar Jahren wurde die Schleuse noch regelmäßig von Wassersportlern und kleinen Ausflugsschiffen genutzt, aber inzwischen ist sie stillgelegt.«

»Dann konnte man früher von hier aus direkt in die ganze Welt fahren?«

»Genau das hat man getan.«

»Faszinierende Vorstellung.«

Der Achterwehrer Schifffahrtskanal war ein dunkler Wasserlauf, dessen Ufer mit Erlen und Weidenbüschen bewachsen war. Sie gelangten an ein rot gestrichenes Bootshaus, vor dem ein kurzer Steg ins Wasser ragte. Mücken tanzten in den Sonnenstrahlen. Lotti Dormann zog die Bootshaustür auf, und warme, nach Holz und Ölfarbe riechende Luft drang heraus. Im Halbdunkel lagen Boote auf einem Gestänge ordentlich übereinandergestapelt.

»Das Ruderboot ist nicht da«, stellte Frau Dormann mit Bedauern fest. »Wollen wir stattdessen eines der Kanus nehmen?«

Island erinnerte sich an einen Paddelausflug mit zwei Freundinnen während der Schulzeit. Sie waren aus der Schwentinemündung hinaus auf die Förde gepaddelt. Auf

Höhe des Mönkeberger Strandes hatte sie die Fähre »Kronprins Harald« auf dem Weg von Kiel nach Oslo überholt. Sie waren in die Heckwelle des Schiffes geraten, und bevor jemand von ihnen begriffen hatte, was geschah, war das Kanu umgeschlagen und hatte sie unter sich begraben. Es war Sommer gewesen, und sie waren, das Boot an einer Leine hinter sich herziehend, an Land geschwommen. Der Schreck hatte ihnen noch lange in den Gliedern gesteckt. Aber auf einem Kanal würde es eine so starke Welle sicher nicht geben. Island nickte.

»Schone dich«, sagte Frau Dormann. »Ich mach das Boot klar. War ja meine Idee.«

Lotti entfaltete erstaunliche Kräfte, als sie sich ein Kanu schnappte und es ohne größere Anzeichen von Anstrengung auf einen der Bootswagen hievte. Am Steg ließ sie das Boot über eine Metallrolle zu Wasser. Fritzi bellte.

»Unerzogene Töle«, schimpfte sein Frauchen. »Zu Hause kommst du als Erstes in die Hundeschule.«

Lotti gefiel Olga Island immer besser. Vielleicht war sie doch nicht die Blankeneser Schreckschraube, für die sie sie gehalten hatte. Mit etwas Mühe kletterte sie vom Steg ins Boot und nahm das weiße Fellbündel entgegen, das sofort panisch versuchte, sich an ihren Knien festzukrallen. Zur Verhinderung von Kratzern waren die Stützstrümpfe jetzt ausnahmsweise mal praktisch.

Island ließ eine Hand durch das Wasser gleiten, während Lotti Dormann das Boot mit gekonnten Paddelschlägen voranbrachte. Die Dame hatte sich für diesen Ausflug wieder einmal umgezogen. Zu blauen Segeltuchschuhen trug sie eine grüne Adidas-Trainingshose und ein ärmelloses Top, das ihre braun gebrannten, erstaunlich muskulösen Oberarme zur Geltung brachte.

Sie glitten durch die grüne Dämmerung, die nach Sommerwasser roch. Islands Handy klingelte.

»Dass man nie seine Ruhe hat«, beschwerte sich Frau Dormann.

Island ging trotzdem ran.

»Hi, hier ist Lorenz.«

Sie schluckte.

»Schön, von dir zu hören.«

»Geht's gut, Olga?«

»Ich hab frei und bin auf dem Wasser unterwegs. Es ist warm und sonnig, und die Abende sind so herrlich wie sonst nur im Süden ...«

Entweder war die Verbindung nicht gut, oder Lorenz wollte gerade nicht zuhören.

»Ich habe auch ein paar Tage frei.«

»Toll! Wie lange denn? Wann kommst du her?«

»Mein nächster Kurs beginnt in fünf Tagen. Aber nach Deutschland zu fliegen ist grad viel zu teuer. Das lohnt sich nicht so richtig.«

Sie konnte es fast nicht glauben. Lorenz hatte frei, aber er zog nicht einmal in Erwägung, sie sehen zu wollen. Ihr Hals war wie zugeschnürt, und irgendwo tief unten steckten die Tränen. Sie versuchte sie runterzuschlucken.

»Stattdessen fahre ich mal nach Venedig rüber«, sagte Lorenz unbeschwert.

»Wollten wir das nicht zusammen machen?«

»Sehr gern. Aber wer, bitte schön, hat nie Zeit?«

Statt einer Antwort zog sie die Nase hoch.

»Wenn das Kind kommt, ist es sowieso erst mal vorbei mit Ausflügen«, sagte Lorenz. Als könnte sie das trösten.

Sie hätte jetzt das eine oder andere entgegnen können, aber da Frau Dormann sichtlich interessiert zuhörte, verzichtete sie darauf. Mit der freundlichsten Stimme, zu der sie noch fähig war, wünschte sie Lorenz schöne Tage und recht viel Spaß. Ihre Hand zitterte, als sie die Telefonverbindung beendete.

»Probleme?«, fragte Frau Dormann.

»Nein, nein«, sagte Island und versuchte ein verkrampftes Lächeln. »Mein Freund ist arbeitsmäßig viel unterwegs, da sieht man sich nicht so häufig.«

»Das wird mit Kind nicht einfacher.«

»Tja.«

»Männer«, sagte Frau Dormann abfällig. »Damit bin ich zum Glück durch.«

»Echt?«

»Ja, eigentlich schon.«

»Eigentlich?«

Frau Dormann zog energisch das Paddel durchs Wasser. »Na ja, bei Jon hätte ich vielleicht eine Ausnahme gemacht.«

»Wieso denn?«

Lotti Dormann ließ das Paddel sinken und sah für einen Moment aus wie eine Indianerin, die sich entschlossen einem Wildwasserstrudel entgegentreiben ließ.

»Er hat sich interessiert. Man konnte sich richtig gut mit ihm unterhalten.«

»So, worüber denn?«

»Über das Schreiben zum Beispiel.«

»Noch ein Schriftsteller also?«, fragte Island und wunderte sich über die eigenartige Häufung außergewöhnlicher Leute in dem Öko-Urlaubsquartier.

»Nein, aber er wollte eine Familienchronik verfassen. Und ich habe versucht, ihm ein bisschen dabei zu helfen.«

»Wie denn?«

»Ich habe seinen Text Korrektur gelesen.«

»Und worüber hat er geschrieben?«

»Es ging um seine Vorfahren. Besonders um einen, der früher auf diesem Gutshof gelebt hat. Er hieß Gordon Pickering und war Jons Ururgroßvater. Er kam etwa zu der Zeit nach Europa, als das Gutshaus erbaut wurde, vielleicht im Jahr 1789. Diese Jahreszahl steht zumindest auf der Einfahrt des Torhauses.«

Island erinnerte sich und nickte.

»Um diese Zeit muss Gordon etwa sechs Jahre alt gewesen sein. Er war das Kind einer schwarzen Sklavin.«

»Was?«, fragte Island verwundert. »Von Leibeigenschaft in unserem Land habe ich schon mal gehört. Aber von Sklaverei?«

Frau Dormann paddelte weiter. Das Boot nahm Fahrt auf und trieb lautlos dahin. Weiße Schönwetterwolken spiegelten sich auf dem Wasser.

»Damals gab es den sogenannten Dreieckshandel zwischen Europa, Afrika und Amerika. Europäer wie der berühmt-berüchtigte dänische Staatsbeamte und holsteinische Gutsbesitzer Heinrich Carl Schimmelmann erwarben Plantagen in der Karibik. Man lieferte Waffen und Kattun nach Afrika, von wo aus man Tausende von Sklaven auf die Karibischen Inseln brachte. Dort ließ man sie auf den Zuckerrohrplantagen schuften. Der Import von Zucker und auch der daraus hergestellte Rum brachten den Plantagenbesitzern riesige Gewinne ein. Mit dem Geld konnten die Schimmelmänner, wenn ich sie mal so nennen darf, wiederum ihre Gutshöfe ausbauen. So ungefähr lief das.«

»Und was passierte mit Gordon Pickering?«

»Die Mutter von Gordon, Lila Pickering, stammte von der afrikanischen Goldküste, dem heutigen Ghana. Sie wurde in die Karibik verschleppt und musste als Sklavin auf der Insel St. Croix arbeiten. Gordon war noch ein Kleinkind, als sie starb. Der damalige Gutsbesitzer von Kreihorst hatte wie Schimmelmann einen großen Teil seines Vermögens im Karibikhandel verdient. Er brachte Gordon Pickering hierher, als exotischen Spielkameraden für seine Kinder und zur Belustigung seiner Familie. Mit fünfzehn Jahren hat Gordon Pickering das Gut verlassen. Er schlug sich als eine Art fahrender Schauspieler durchs Leben, hatte drei Kinder und starb mit zweiundvierzig Jahren in einem Armenhaus auf Fünen.«

»Harte Zeiten, damals«, sagte Island. »Hat Jon Theissen denn etwas Neues über seine Familie herausfinden können?«

»Ich glaube, es ging ihm nicht nur um seine eigenen Wurzeln, sondern auch darum, den heutigen Menschen diesen wenig rühmlichen Teil der Geschichte bewusst zu machen. Er hat mir von Leuten in Dänemark erzählt, die ein Kolonialmuseum oder zumindest die Errichtung eines Denkmals in Kopenhagen planen.« Frau Dormanns Gesichtsausdruck wurde sehr ernst. »Die Begeisterung für das Schreiben war jedenfalls etwas, was uns beide verband.«

»Hat Jon Dänisch gesprochen?«

»Sein Vater lebt in Dänemark. Jon ist aber bei seiner Mutter in Hamburg aufgewachsen.«

»War er zum ersten Mal auf Kreihorst?«

»Ich glaube, ja. Als ich ankam, war er schon ein paar Tage hier. Jedenfalls hatte er Frau von Dünen ganz schön um den Finger gewickelt.« Sie kicherte. »Sie hat ihm Kakao gekocht und morgens auf sein Zimmer gebracht.«

»Nicht schlecht.«

»Und einmal habe ich mitbekommen, dass sie sich

wegen ihm mit ihrem Mann gestritten hat. Sehr laut, in der Küche. Ich lag nichts ahnend im Garten im Liegestuhl, da ging es los. ›Lass den Scheiß!‹, hat Peter von Dünen geschrien. ›Wir sind doch nicht von Hamburg weg, damit du dich gleich wieder an den ersten besten Mann ranschmeißt. Du hast mir versprochen, dass das aufhört.‹ Und so weiter. Mensch, habe ich gedacht. So einen Dialog hätte ich mir nicht besser ausdenken können für mein neues Buch.«

»Wovon handelt es denn?«

»Von der Liebe«, sagte Frau Dormann und klimperte mit den Lidern. Doch schon bekamen ihre Augen einen gehässigen Glanz. »Mit Lissy war er übrigens auch schon ganz dicke, als ich ankam.«

»Lissy?«

»Lissy Heinke, das eine Stallmädchen. Irgendwie sehen sie ja alle gleich aus, diese jungen Dinger. Ich kann sie jedenfalls kaum unterscheiden. Besonders die aus dem Stall. Die arbeiten ja wirklich für sehr wenig Geld. Ostern oder Weihnachten werden sie mit einer großen Tüte Kekse oder einem Ausflug mit einer der Nobelkarossen aus Tüx' Sammlung belohnt. Ansonsten sind die fürstlich im Mühlenhaus untergebracht, immer zu zweit in einer Kammer, und werden täglich mit teurem Ökoessen versorgt. Kost und Logis frei, nennt man das. Aber keins der Mädchen hat je darüber gemurrt. Anders die gute Lissy. Sie benahm sich geradezu prollig, sehr rebellisch jedenfalls und laut. Eine richtige kleine Aufrührerin. Knasti eben, das kennt man ja. Jeder, der auf den Hof kam, hat sie sofort kennengelernt. Sie war hundertfünfzig Prozent für die Pferde da, aber sie hatte so eine provokante Art, dass sie zwischen den anderen unangenehm auffiel.«

»Wo ist Lissy jetzt?«

Lotti Dormann zuckte mit den Achseln. »Schon ein paar Tage bevor Jon verschwand, war sie weg. Abgehauen. Keiner weiß, warum oder wohin. Wahrscheinlich taucht sie irgendwann wieder auf. Wie ein weggelaufener Hund, der dann wieder an der Tür kratzt.«

»Ist mit Lissy denn etwas vorgefallen?«

»Irgendwas war da mit dem Lieblingspferd von Frau Rubi-Tüx. Lissy hat es von der Weide geholt und ist mit Jon zusammen ausgeritten. Das hat Madame Stefanie tierisch aufgeregt. Sie hat den ganzen Reitplatz zusammengebrüllt, als die beiden zurückkamen. Angeblich hat das Pferd gelahmt. Mit ihren Pferden stellt die sich immer so an.«

»Und was waren das für junge Leute, die da vorhin auf der Terrasse des Herrenhauses herumgelungert haben?«

»Das sind Freunde von Paul-Walter. Er ist ja ein Einzelkind. Da darf er immer Schulfreunde einladen in den Ferien, damit er Gesellschaft hat. Eines der Mädchen ist seine Cousine Grit aus Kanada. Die anderen kenne ich nicht. Ich glaube, sie besuchen alle dasselbe Internat in der Schweiz.«

»Haben die denn Kontakt zu den Stallmädchen?«

»Nein. Wo denkst du hin?«

Das Boot glitt an Steinbrocken vorbei, die in der Uferböschung steckten. Sie sahen aus wie die Betontrümmer, die drüben bei den Spülfeldern lagen. Ein Stück weiter flussabwärts ragte ein massives graues Gebäude ins Wasser hinein. Es sah aus wie ein flacher Bunker, der sich zwischen die Pappeln am Ufer duckte, und war ganz mit Schlingknöterich bewachsen.

»Was ist das? Ein Rest aus Wehrmachtszeiten?«

»So etwas wird es wohl sein.«

Plötzlich schillerte die Wasseroberfläche in allen Farben. Ein Ölfilm waberte um die Seitenwände des Bunkers. Ein Teil des Öls war bereits bis ins Gras der Kanalböschung geschwappt. Ein schwacher Geruch nach Diesel lag in der Luft.

»Wird der Bunker noch benutzt?«, fragte Island.

»Bestimmt nicht«, sagte Frau Dormann. »Wozu denn auch?«

Auf einem überhängenden Weidenstamm sonnten sich Stockenten. Fritzi fing an zu kläffen, aber die Enten blieben ungerührt. Nachdem der Hund sich wieder beruhigt hatte, glitt das Kanu still dahin, bis hinter einer Biegung ein weiteres Bauwerk auftauchte.

»Voilà«, sagte Frau Dormann. »Die alte Schleuse.«

Baumstämme markierten die Einfahrt in die Schleusenkammer. Zwischen zwei Dalben aus Metall hing an einem quer über das Wasser gespannten Kabel ein rot-weißes Warnschild: *Durchfahrt verboten.* Ein Schild auf der gemauerten Uferböschung informierte darüber, dass die Schleuse Strohbrück aus Standsicherungsgründen vorübergehend geschlossen sei. Tatsächlich verbarrikadierte ein verrostetes Schleusentor die Weiterfahrt. Vor dem Tor trieben Blätter und Äste, Entenflott überzog das Wasser mit einer grünen Schicht. Seitlich der Schleuse, oberhalb der Böschung, stand ein Haus.

»Und wer wohnt da?«, fragte Island.

»Früher der Schleusenwärter mit seiner Familie. Heute steht das Haus leer. Eigentlich schade, dass nun alles verfällt.«

Island hatte den Druck auf ihrer Blase schon länger ignoriert, jetzt bot sich eine gute Gelegenheit, an Land zu gehen.

»Könnten wir mal aussteigen?«, fragte sie.

»Warum nicht?«

Der Himmel über dem Wald begann sich orange zu färben. Es war kurz vor zehn, als Lotti Dormann das Boot behutsam an die Holzschwelle bugsierte, die als Anlegestelle diente. Island kletterte von Bord und vertäute das Seil an einem Metallrohr. Sie war froh, sich endlich mal wieder strecken zu können. Die Grasflächen um die Schleusenkammer herum waren frisch gemäht, aber ein Bauzaun verhinderte, dass man der Schleuse zu nahe kam.

Fritzi rannte über die Wiese und verschwand hinter der verwilderten Hecke des Schleusenwärterhauses. Frau Dormann trabte hinter ihm her. Island folgte ihr durch die offen stehende Pforte. Während ihre Begleiterin zum Haus spazierte und neugierig in die dunklen Fenster schaute, hockte sich Island hinter einen blühenden Holunderbusch. Die Grillen zirpten. Der Garten war in rötliches Licht getaucht. Eine eigenartige Stimmung lag in der Luft.

»Weißt du, dass es hier nicht mit rechten Dingen zugeht?« Frau Dormann spähte durch die Fenster in das Haus hinein. Island sah ihr von hinten über die Schulter. Der Raum drinnen war fast leer geräumt. Ein einsamer Gasherd stand von der Wand abgerückt.

»Im Haus?«

»Nein, an der Schleuse.«

»Inwiefern?«

Lotti Dormann senkte die Stimme. »Am Montag vor einer Woche habe ich mit Fritzi einen langen Abendspaziergang gemacht. Wir haben das Gutsgelände durch das hintere Tor verlassen und sind am Kanal entlanggewandert. Bis hierher. Ich hatte nicht auf die Uhr gesehen, aber es muss schon weit nach elf gewesen sein, als ich auf der Brücke dort drüben stand.«

Sie deutete zum Schleusenbecken. Eine baufällig wirkende Brücke mit einem Metallgeländer führte trotz des Bauzaunes hinüber. Während Island sich umsah, meinte sie Hufschläge zu hören, die sich schnell näherten. Ein weißes Pferd mit einer grazilen Reiterin trabte vorsichtig über die Brücke. Stefanie Rubi-Tüx machte einen Abendausritt. Sobald sie die Brücke überquert hatte, trieb sie das Pferd an, das gehorsam in Galopp fiel. Sie ritt in Richtung der Gutsländereien davon.

Frau Dormann, die ihr nachblickte, fuhr fort: »Ich habe noch ein bisschen verschnaufen wollen und mich auf die Brüstung gelehnt. Und was soll ich sagen? Da waren Lichter im Wasser.«

»Lichter?«

»Ich war mir erst nicht sicher und habe mich umgesehen, weil ich dachte, dass das Licht vielleicht von einem Schiff auf dem Nord-Ostee-Kanal stammt. Positionslichter oder so was. Aber nein, es war kein Schiff in der Nähe.«

»Also waren es Geisterlichter?«

»Was kann es sonst gewesen sein?«

»Wird die Schleuse doch noch benutzt?«

»Sie ist seit Jahren außer Betrieb. Du hast doch selbst das Schild gesehen. Und alles ist abgesperrt.«

»Vielleicht hat sich ja der Mond auf dem Wasser gespiegelt?«

»Ja, vielleicht«, gab Frau Dormann zu. »Aber auf dem Rückweg hatte ich eine merkwürdige Begegnung am Achterwehrer Schifffahrtskanal. Jon ist mir entgegengekommen.«

»Er war auf dem Weg zur Schleuse?«

»Erst habe ich nur eine Taschenlampe gesehen, die sich auf mich zubewegte. Ich habe Fritzi die Schnauze zugehalten und mich in die Büsche geduckt. Es wurde schon dunkel, und mein Herz hat wie wild geklopft, das kannst du mir glauben. Ich bin sicher, dass es Jon war, denn ich habe ihn an seinem Aftershave erkannt. Aber da war er schon an mir vorbei. Ich habe mich dann ganz still verhalten, denn ich wollte ihn nicht erschrecken.«

Island schob sich nachdenklich eine Haarsträhne hinters Ohr. »Was mag der da gewollt haben?«

»Keine Ahnung.«

»Lass uns einmal auf die Brücke gehen, bevor wir zurückfahren.«

Die Nase am Boden, verfolgte Fritzi Kaninchenspuren, während sie am Bauzaun entlang über die Schleusenwiese gingen. Sie spazierten über die mit Holzplanken ausgelegte Brücke und blickten hinunter. Das Schleusentor auf dieser Seite der Kammer stand zum Nord-Ostsee-Kanal hin offen. Es war rostig und an einigen Stellen mit Moos und Flechten überzogen. Sechs oder sieben Meter unter ihnen schwappte das Wasser in die Strohbrücker Schleusenkammer hinein. In einiger Entfernung, doch mit beträchtlicher Lautstärke rauschte ein Wehr. Dort floss das aufgestaute Wasser des Seitenarms in den großen Kanal ab.

Plötzlich hörte Olga Island ein lautes Schnaufen direkt neben ihrem Ohr. Erschrocken sprang sie zur Seite. Dabei prallte sie mit dem Rücken gegen einen Körper, der sich hektisch bewegte und immer höher in den Himmel zu wachsen schien. Sie taumelte auf das Brückengeländer zu. In allerletzter Sekunde gelang es ihr, die Arme nach vorn zu reißen und einen Aufprall zu verhindern. Das Pferd hinter ihr bäumte sich auf, der Reiter brüllte und riss die

Zügel an sich. Dann rutschte er aus dem Sattel. Es knallte, als er mit dem Reithelm auf die Holzplanken der Brücke schlug.

Island schnappte nach Luft. Als sie wieder halbwegs bei Sinnen war, beugte sie sich zum Reiter hinunter. »Ist Ihnen etwas passiert?«

Der Mann rappelte sich auf. Mit gekrümmtem Rücken klopfte er sich Staub von der Kleidung. »Was machen Sie eigentlich hier?«, schimpfte er. »Sind Sie verrückt?«

»Das könnten wir ebenso gut Sie fragen!«, entgegnete Island wütend.

Frau Dormann hatte die Geistesgegenwart besessen, das Pferd am Zügel zu packen, es zu Boden zu ziehen und festzuhalten. Nun redete sie beruhigend auf das Tier ein.

»Herr Dr. Tüx«, sagte sie, »entschuldigen Sie vielmals, wir haben Sie nicht kommen hören!«

Er betastete seine Schultern, während Island sich den Bauch hielt. Sie war immer noch außer sich, dass ihr das Pferd so nahe gekommen war.

»Wieso reiten Sie harmlose Passantinnen über den Haufen?«, schrie sie ihn an.

»Sie hätten mich doch hören müssen!«, konterte er scharf.

»Das ist ja wohl eine Frechheit«, sagte Island drohend. »Haben Sie keine Augen im Kopf?«

Der Mann in der feinen Reitkleidung stemmte die Hände in dic Hüften und musterte sie streng.

»Oh«, sagte er plötzlich und sah sie besorgt an. »Sie sind ja in anderen Umständen. Geht es Ihnen gut?«

»Ich glaube, ja.«

»Soll ich einen Arzt rufen?«

»Nein. Es geht schon.«

Er nickte, wandte sich wieder dem Pferd zu und nahm die Zügel.

»Ihre Frau ist gerade vorbeigeritten«, mischte sich Frau Dormann ein. »Sind Sie nicht zusammen unterwegs?«

»Nein.« Er saß wieder auf. »Schönen Abend noch.«

Sobald er die Brücke verlassen hatte, gab er dem Pferd die Sporen.

»Geht es dir wirklich gut?«, fragte Lotti Dormann.

»Ich glaube schon«, antwortete Island. »Und das war also Herr Tüx persönlich?«

»Eigentlich ist er ein sehr netter Mensch.«

»Außer dass er meint, er könnte blind in der Gegend rumrasen mit seinem Gaul, und wer im Weg steht, hat selber schuld«, entgegnete Island. »Kennst du ihn näher?«

»Ich habe schon öfter mal ein paar Worte mit ihm gewechselt.«

»Hat er Probleme mit seiner Frau?«

»Weil sie zur selben Zeit getrennt ausreiten? Das Übliche, denke ich.«

»Das Übliche?«

»Einfach zu lange verheiratet.«

27

Auf der Rückfahrt summte Frau Dormann leise eine Melodie, während Island versuchte, nicht an die Gondeln von Venedig und an Lorenz zu denken.

»Machen wir mal wieder, so eine kleine Ausfahrt, was?«, meinte Frau Dormann, als sie sich vor dem Verwalterhaus verabschiedeten.

»Gern«, antwortete Island.

Zurück auf dem Zimmer, öffnete sie sofort ein weiteres Glas Würstchen. Noch während sie kaute, schaltete sie zum ersten Mal seit ihrer Ankunft den Laptop ein, verband ihn per Kabel mit dem Zimmeranschluss und begab sich ins Internet. Bei ihren E-Mails war wieder keine Nachricht von Lorenz. Sie suchte im Netz nach dem Namen Lissy Heinke, fand aber nichts, nicht einmal bei Facebook.

In der Nacht schlief sie unruhig. Das Dach des Hauses hatte die Hitze des Tages gespeichert, trotz der offen stehenden Fenster war es im Zimmer warm wie in einem Backofen. Sie träumte von Berlin, von einem chaotischen Einsatz in einer dunklen Gegend. Um kurz nach drei Uhr nachts wachte sie auf. Die Zunge klebte ihr am Gaumen. Sie ging ins Bad und füllte sich einen Zahnputzbecher mit Wasser. Zum Trinken setzte sie sich in den Sessel unter dem Fenster. Am östlichen Himmel war schon schwach die Dämmerung zu erahnen.

Plötzlich ging drüben auf dem Hof mit einem Schlag wieder die Beleuchtung an. Warum waren die da drüben so nachtaktiv? Waren die jungen Freunde des Sohnes nachts in irgendwelchen Dorfdiskos unterwegs? Sie hatte immer gedacht, dass High-Society-Kids doch eher in irgendwelchen Nobelklubs in angesagten Großstädten abhingen. Sie starrte auf die Scheunendächer, bis das Licht wieder erlosch. Dann wurde in der ersten Etage des Gutshauses in mehreren Zimmern die Beleuchtung angeschaltet. Island griff nach dem Fernglas, aber diesmal waren alle Vorhänge zugezogen.

Morgens um acht meldete sich das Handy.

»Moin«, grüßte Hans-Hagen Hansen fröhlich und energiegeladen. »Du wolltest doch etwas über die Handtücher wissen.«

Island rieb sich den Schlaf aus den Augen. »Stimmt.«

»Das von dir abgelieferte Handtuch befindet sich im Labor des Landeskriminalamts. Mit großer Sicherheit stammt der Blutfleck von dem Toten, der auf der Baustelle gefunden wurde.«

»Ich habe es befürchtet.«

»Ansonsten kauf dir endlich mal ein neues Handy. Das Foto von der Wäscheleine ist ja miserabel. Auf den ersten verschwommenen Blick hin würde ich sagen, die Handtücher auf der Leine könnten Onkel und Tanten von dem blutigen Lappen sein.«

»Wie bitte? Ich bin noch nicht ganz wach.«

»Das von dir abgelieferte Handtuch besteht laut Herstellerangaben aus reiner, feiner Biobaumwolle. Erzeugt und verarbeitet in der Volksrepublik China. Man kann diese Handtücher über einen Internetversandhandel für Biokleidung bestellen, das Stück für hundertfünfzig Euro. Die Tücher auf der Leine könnten von derselben Firma stammen. Ich geb dir mal die Webadresse des Händlers. Da kannst du dir die Handtücher ansehen und bei Gelegenheit checken, ob du bei deiner nächsten Exkursion zur Wäscheleine einen Einnäher der Firma findest. Ansonsten brauche ich natürlich ein paar Fasern, dann kriegen wir den Herstellernachweis gerichtsverwertbar hin. Aber gesetzlich brauchbare Beweise wie bei normalen Mordermittlungen interessieren dich im Moment ja nicht.«

»Witzbold«, sagte sie.

»Ehrlich gesagt kann ich da gar nicht drüber lachen. Ich

soll dir übrigens etwas von Bruns ausrichten. Geht gar nicht, hat er zu deinen Eigenmächtigkeiten gesagt.«

»Dann richte ihm doch bitte noch mal aus, dass ich gerade Urlaub mache und mich hier einfach nur als neugieriger Privatmensch ein bisschen umschaue«, sagte sie und legte auf.

28

Beim Frühstück fehlten die Hubers. Lotti Dormann berichtete, dass sie wieder mit den Rädern unterwegs waren. Herr Huber erwartete die Kanalpassage zweier Kreuzfahrtschiffe, die noch in seiner Sammlung fehlten. Ansonsten war die üblicherweise so gesprächige Schriftstellerin schweigsam und widmete sich ganz ihrem gekochten Ei. Selbst ihr Hund lag erschöpft unter dem Tisch und rührte sich nicht.

»Hast du heute Nacht auch so schlecht geschlafen?«, fragte Frau Dormann schließlich.

»Ja, es war sehr warm in meinem Zimmer.«

»Mich haben die Krähen gestört. Nicht nur, dass sie den ganzen Abend gekrächzt haben, die haben auch noch nachts dauernd Rabatz gemacht. Herr von Dünen sollte mal ein paar von ihnen abknallen. Ich hasse diese Viecher.«

Motorengeräusche drangen durchs Fenster. Ein silberfarbener Wagen näherte sich dem Haus. Kurz darauf ging die Türglocke, und man hörte Lena von Dünen in ihren Clogs durch die Diele laufen.

»Moin.« Es war die Stimme von Jan Dutzen. »Mordkommission Kiel. Wir haben ein paar Fragen. Lassen Sie uns bitte rein?«

»Mein Gott, warum denn?«

»Es geht um einen Ihrer Feriengäste.«

»Ach so.«

Lena von Dünen schien erleichtert. Vielleicht hatte sie gerade entsetzt die Luft angehalten und darüber nachgedacht, wo ihre Kinder und ihr Mann sich in diesem Moment aufhielten und ob ihnen etwas passiert sein könnte.

»Kommen Sie doch bitte in die Küche«, sagte sie mit gesenkter Stimme. »Da sind wir ungestört.«

»Mordkommission?« Frau Dormann knallte den Eierlöffel auf den Tisch, dass der Kaffee aus der Tasse schwappte. »Was hat das zu bedeuten?«

»Keine Ahnung.« Island zuckte mit den Achseln und setzte eine unwissende Miene auf. Aus der Küche drang Gemurmel, aber es war kein Wort zu verstehen. Neugierig schob Frau Dormann ihren Stuhl zurück und ging auf Zehenspitzen in den Flur. Island folgte ihr.

Die Küchentür war nur angelehnt. Lena von Dünen stand, die Arme vor der Brust verschränkt, an den Kühlschrank gelehnt.

»Mittwochmorgen ist er nicht zum Frühstück gekommen«, sagte sie. »Ich habe mich noch gewundert, denn er hatte mit keinem Wort erwähnt, dass er abreisen wollte. Er hat seine Sachen mitgenommen und ist weg, obwohl das Zimmer noch für eine ganze Woche bezahlt war. Ich war schon sehr erstaunt, dass er sich nicht verabschiedet hat. Aber so sind die Gäste heutzutage. Spontan. Das muss man akzeptieren. Sein Zimmerschlüssel lag auf dem Tisch im Speiseraum. Ich habe also das Zimmer geputzt und neu vermietet. Es ist Sommer, und die Nachfrage ist groß.«

»Sie sind Geschäftsfrau?«

Die Frau nickte. »Man muss sehen, wo man bleibt.«

»So? Ihr Mann ist doch Verwalter hier?«

Frau von Dünen überhörte die Frage.

»War Ihr Gast denn mit dem Auto da?« Das war Henna Franzens Stimme.

»Nein, Herr Theissen ist mit dem Zug angereist. Petersen, unser Gestütsmitarbeiter, hat ihn in Kiel vom Bahnhof abgeholt.«

»Wann?«

»Am Freitag vor zwei Wochen.«

»Und hat Petersen ihn auch zurückgefahren zum Bahnhof?«

»Nein. Herr Theissen hatte nur einen großen Rucksack als Gepäck dabei. Vielleicht hat er den Bus von Groß Nordsee aus genommen.«

»Leider haben wir Jon Theissen nicht weit von hier tot aufgefunden«, sagte Jan Dutzen. »Wir ermitteln wegen Mordes.«

Autsch, dachte Island. Dutzen war wirklich nicht gerade einfühlsam. Die Reaktion der Befragten kam prompt. Lena von Dünen beugte sich vor, als habe ihr jemand in den Magen geboxt. »Nein!«

Henna Franzen legte ihr beruhigend eine Hand auf die Schulter. »Es tut uns leid, dass wir Sie mit so einer Nachricht konfrontieren müssen. Aber Sie werden Verständnis dafür haben, dass wir Ihnen und Ihren Gästen dringend ein paar Fragen stellen müssen.«

»Sicher.« Die Wirtin schluckte.

»Ist Ihnen in der Zeit, als der Mann bei Ihnen zu Gast war, etwas Ungewöhnliches aufgefallen?«

»Hatte er Streit mit jemandem?«, fügte Dutzen ungeduldig hinzu.

Frau von Dünen zog einen Küchenstuhl heran und ließ sich darauf nieder wie ein Häufchen Elend.

»Er war ein sehr angenehmer Gast. Gut gelaunt. Locker. Zufrieden. Alle waren ihm wohl gesonnen. Da denkt man doch im Traum nicht daran, dass …« Ihre Stimme versagte.

»Wir haben bereits mit Herrn Dr. Tüx gesprochen. Er hat uns in allen Fragen, die das Anwesen betreffen, an Ihren Mann verwiesen. Wir würden jetzt gern mit ihm sprechen. Und auch mit den Gästen und Angestellten.«

»Tun Sie alles, was Sie müssen. Mein Mann ist bei den Pferden drüben.«

Frau Dormann stupste Island in die Seite, und gemeinsam traten sie den Rückzug ins Speisezimmer an.

»Das gibt's ja nicht.« Frau Dormanns Gesicht war kalkweiß geworden. »Jon lebt nicht mehr?«

Da waren in der Diele auch schon Schritte zu hören, und Dutzen stand in der Tür.

»Moin.«

Er trug ein kurzärmliges, gestreiftes Sommerhemd und eine helle Jeans. Seine Augen funkelten sehr aufmerksam, und Island unterdrückte ein Lächeln.

»Entschuldigen Sie die Störung. Wir kommen von der Mordkommission Kiel und hätten ein paar Fragen.«

Auch Franzen, die hinter ihm herkam, trug Jeans und dazu eine Kurzarmbluse. Zusammen sahen die beiden aus, als wäre ihr gemeinsames Hobby Squaredancing. Und wer weiß, dachte Island, vielleicht ist Schwimmen längst nicht das Einzige, was die beiden verbindet.

»Wir sind hier, weil wir Nachforschungen über den Tod von Herrn Jon Theissen durchführen«, fuhr Dutzen fort.

Frau Dormann machte große Augen und sah erschrocken aus. Island zuckte beiläufig mit den Schultern.

»Sie haben hier zusammen den Urlaub verbracht. Was können Sie uns über den Mann sagen?«, wollte Franzen wissen.

»Ich bin erst seit zwei Tagen hier«, zog sich Island aus der Affäre und entfernte demonstrativ ein paar Brotkrümel von der Tischplatte.

»Und Sie?«, wandte sich Dutzen an Frau Dormann.

Diese strich sich nervös durchs Haar. Die Goldringe, die sie heute an ihren Fingern trug, glänzten. »Wir haben hier zusammen gegessen. Dabei haben wir uns manchmal ein wenig unterhalten, wie man es so tut unter Zimmernachbarn. Sonst nichts. Wie ist er denn gestorben?«

»Dazu dürfen wir leider gar nichts sagen.«

»Wie bedauerlich.«

»Wann haben Sie ihn zum letzten Mal gesehen?«

Frau Dormann drehte die Ringe an ihren Fingern, einen nach dem anderen. »Vergangenen Dienstag beim Abendessen. Es gab Paella. Wir haben uns über Spanien unterhalten und darüber, dass die Weltmeere leer gefischt werden und dass man dagegen etwas tun müsste. Anschließend bin ich wie immer mit meinem Hund raus. Ich erinnere mich daran, dass Herr Theissen sich ein bisschen hinlegen wollte.«

»Gleich nach dem Abendessen?«

»Er hatte später noch etwas vor. Ich meine mich zu erinnern, dass er Tiere beobachten wollte, Kröten, Seeadler oder so was. Ich habe leider vergessen, was es war.«

»War das das letzte Mal, dass Sie ihn gesehen haben?«

Lotti Dormann nickte unsicher, und ihre Augen füllten sich mit Tränen.

29

Das gerippte Unterhemd klebte ihm am Rücken. Cord Petersen hockte im Rosenbeet und schnitt verdorrte Blüten aus den Büschen. Er überlegte gerade, ob Tattoos eigentlich schwächer wurden, wenn sich die Haut nach Sonnenbränden abschälte. Aber er hatte die Tattoos nun einmal, um sie zu zeigen, und auf sonnengebräunter Haut sahen sie eindeutig geiler aus. Im Knast, wo sie ihm ein paar der Bilder gestochen hatten, hatte er ja nicht so viel Sonne gesehen.

Er richtete sich auf und wischte sich den Schweiß von den Schläfen. Er hätte große Lust auf was zu rauchen, aber die Mittagspause war gerade erst vorbei, also musste das warten, zumal der Chef in der Nähe war. Der stand drüben auf der Leiter und machte die Krähen klar. Er selbst hätte das nicht gekonnt, unschuldigen Vögeln was antun, er war ja kein Tiermörder.

Die beiden Urlaubertussis hingen auf ihren Liegen unterm Sonnenschirm herum und schienen sich nicht dafür zu interessieren, was in der Birke abging. Der ältere der beiden Söhne des Verwalters hielt die Leiter, während sein Vater oben mit einem Müllgreifer die Krähennester samt Inhalt aus den Ästen pflückte. Man konnte das hilflose Fiepen der geschlüpften Kücken bis in das Rosenbeet hören. Der Chef hatte es so abgepasst, dass die Vogeleltern gerade auf Futtersuche waren, während er sein Gemetzel anrichtete. Drei Nester machte er platt. Petersen lachte bitter in sich hinein. Und so was nannte sich Biolandwirt.

Er selbst hätte keiner einzigen Krähe auch nur eine Feder

krümmen können. Schließlich hatte er lange genug gesessen und jahrelang an sich herumtherapieren lassen. Für irgendwas muss das ganze Knastgesitze doch gut gewesen sein, hatte seine Mutter seitdem immer wieder gesagt, immerhin bist du deine Aggressionen losgeworden. Er hätte sie dafür würgen können.

Schließlich war er nun wirklich der Frieden in Person. Oder zumindest gewesen. Bis dieser Mann aufgetaucht war. Dieser dunkelhäutige Prinz Protz. Jeden Tag schön reiten und Bötchen fahren und tauchen im See und die Frauen anbaggern. Er hatte ihn beobachtet, wie super er sich mit den Mädels verstand, auch mit Lissy, und schon bald hatte er ihn gehasst wie die Pest. Die blanke Wut war zu ihm zurückgekehrt, alles Kiffen hatte nichts genützt, und wenn er ihm mal wieder ein Pferd von der Koppel holen musste, Hufe auskratzen, Putzen und Satteln, das volle Programm, da hatte er sich schon sehr zusammenreißen müssen, dass er dem Pferd nicht einfach mal voll auf den Mors klatschte, wenn der Typ gerade beim Aufsitzen war, damit es ihm unter dem Hintern wegrannte.

Auch wenn er der Herrschaft beim Aufsitzen half, musste er sich oft zusammenreißen. Denn er durfte sich für sie abschuften und sollte auch noch dankbar sein, dass sie ihm so großzügig einen Arbeitsplatz zur Verfügung stellten. Dabei taten sie so, als müssten Landleben und Biofraß einen Menschen zum Guten bekehren. Die hatten keine Ahnung, die Deppen. Von deren Sohn, diesem Hampelmann, ganz zu schweigen. Der mit seinen ganzen bescheuerten Freunden. Einmal ein bisschen schräg angeguckt, kriegten die doch schon das große Zittern. Das Einzige, was denen wirklich Sorgen bereitete, waren die Drogentests in ihrem Schnöselinternat nach den Ferien.

Aber immerhin war dieser Jon schon mal weg, und er, Cord Petersen, hielt den Schlüssel zu seinem zukünftigen Glück endlich in der Hand. Eigentlich war es fast zu schön, um wahr zu sein. Verträumt legte er den Kopf in den Nacken und sah in den Himmel. Wie oft hatte er diesen Wolken da oben schon hinterhergesehen und sich gewünscht, mit ihnen ziehen zu können.

Während ihm diese Gedanken durch den Kopf schwirrten, sah er zwei Leute in den Garten kommen, einen Mann und eine Frau. Mit einem Ruck beugte er sich nach unten, tief zwischen die Rosen. Er spürte nicht, wie die Dornen seine Arme zerkratzten und sich tief in die sonnenverbrannte tätowierte Haut ritzten. Verdammt, dachte er, warum sind *die* denn schon hier?

Island lag auf einer rückenergonomisch gestalteten Sonnenliege, die mit einem flauschigen, mintgrünen Handtuch bedeckt war, bewegte gelegentlich die Fußgelenke in den Stützstrümpfen und hielt sich das Buch vom kochenden Adel vor die Nase. Dem jungen Mann im Rosenbeet schienen Sonne und Hitze nichts auszumachen. Er war mit ausdruckslosem Gesicht dabei, die Büsche zu bearbeiten. Seine Haare hatte er zu einem Pferdeschwanz gebunden, aber die Tattoos auf seinen Oberarmen glänzten vor Schweiß. Einen kurzen Moment glaubte sie, auf seinem Arm ein Hakenkreuz zu erkennen, aber schon hatte er sich weggedreht, und sie war sich nicht mehr sicher, ob sie sich womöglich geirrt hatte.

Frau Dormann lag neben ihr, in einem für ihr Alter sehr gewagten Bikini. Sie hielt die Augen fest geschlossen, aber Island war sich sicher, dass sie die Ohren weit aufgesperrt hatte. Island beobachtete Peter von Dünen, der oben auf einer hohen Leiter stand, die einer seiner Söhne unten stützte. Mit einem Greifer fuhrwerkte er in einem der Krähennester herum. Er packte das Nest, zog es samt Inhalt aus der Astgabel und stopfte alles in einen Plastikeimer. Ein hilfloses Piepen war zu hören, die Küken im Nest waren in panischer Aufregung. Es war sicher nur eine Frage der Zeit, bis die Vogeleltern das Verbrechen an ihrem Nachwuchs bemerken und den Nesträuber angreifen würden. Aber noch herrschte Ruhe, und der Mann konnte ungestört mit dem nächsten Vogelbau weitermachen.

»Hast du dich über die Krähen beschwert?«, fragte sie ihre Nachbarin.

»Ich dachte ja nicht, dass sie ihm gleich sagt, dass er sie umbringen soll«, antwortete Lotti Dormann.

»Tut er aber gerade.«

»Pech.«

Island sah ihre beiden Kollegen in den Garten kommen. Sie sahen beide aus, als würden sie sich schon sehr auf den Feierabend freuen. Eben waren sie drüben beim Gestüt gewesen, um die Angestellten und Praktikantinnen zu befragen, insgesamt sechs junge Frauen zwischen sechzehn und zweiundzwanzig Jahren, die in der Mühle wohnten und sich dort drei Kammern teilten.

»Null Erkenntnisse im Stall«, hatte Franzen ihr von dort herübergesimst.

Peter von Dünen, der gerade von der Leiter stieg, reichte seinem Sohn den großen Eimer, in den er die Krähennester gefüllt hatte. Der Junge nahm den Eimer und trabte durch die Büsche davon.

»Ich hoffe, er lässt sie frei«, sagte Island.

»Unsinn, er ertränkt sie im See«, zischte Frau Dormann. »Ohne Eltern kommen die sowieso noch nicht zurecht.«

»Jetzt hätten wir noch ein paar Fragen an Sie …«

Dutzen war an die Leiter getreten, die Peter von Dünen gerade vom Baum abrückte.

»Muss das sein?«, fragte der Verwalter. »Sie sehen doch, dass es gerade nicht passt.«

»Uns schon«, sagte Dutzen und zündete sich wie selbstverständlich eine Zigarette an. Der Rauch zog durch den Garten.

Der Verwalter legte die Leiter auf den Rasen und schob sie zusammen.

»Was sagen Sie zum Tod Ihres Feriengastes?«

»Tut mir leid«, murmelte er.

Island stützte das Buch auf dem Bauch ab und linste über den Rand. Ob Dutzen und Franzen wussten, dass man sie überall im Garten sehr gut hören konnte? Die Akustik auf den Sonnenliegen war jedenfalls ausgezeichnet.

»Wie war Ihr Verhältnis zu Jon Theissen?«

Island bemerkte, dass Petersen im Rosenbeet seinen Kopf hob. Sein Blick war neugierig, aber schon duckte er sich wieder und arbeitete in der Hocke weiter.

»Mein Verhältnis?« Peter von Dünen lächelte breit. »Für die Übernachtungsgäste bin ich nicht zuständig. Dafür habe ich keine Zeit. Das ist das Geschäft meiner Frau. Wir haben vollkommen getrennte Aufgabenbereiche. Dr. Tüx hatte nichts dagegen einzuwenden, als Lena ihn gebeten hat, die Gästezimmer weiter bewirtschaften zu dürfen.«

»Das ganze Anwesen wirkt ja ansonsten eher …« Dutzen räusperte sich. »… abgeriegelt.«

»Das ist eben Privatbesitz«, sagte von Dünen und zuckte mit den Schultern. »Aber die Familie Tüx hat immer viel

Besuch. Jetzt während der Ferien sind Freunde des Sohnes hier.«

»Wie vertragen sich Zaun und Kameraüberwachung denn mit der Vermietung an Feriengäste?«

»Was geht das denn die Polizei an? Die Gäste meiner Frau haben damit kein Problem, wenn Sie das meinen. Wie die Eigentümerfamilie auch möchten sie sich sicher fühlen.«

Island sah, dass Dutzen die Stirn kräuselte und zu einer Erwiderung ansetzte, dann aber nickte und sich etwas in seinem Schreibblock notierte.

»Was wissen Sie über den verstorbenen Herrn Theissen?«

»Nichts.«

»Wann ist er angereist? Und wann hat er den Hof wieder verlassen?«

»Da müssen Sie meine Frau fragen. Das ist ganz allein ihr Bereich.«

»Wann haben Sie ihn das letzte Mal gesehen?«

»Wohl drüben bei den Pferden. An den Tag erinnere ich mich nicht mehr.«

»Dürfen alle Ihre Feriengäste auf dem Gestüt reiten?«, wollte Henna Franzen wissen.

»Normalerweise nicht. Es sind sehr hochwertige Tiere, die hier ausgebildet werden. Wir sind kein Ponyhof.«

»Aber Herr Theissen durfte die Pferde ausleihen?«

Von Dünen nickte.

»Wer hat ihm das erlaubt?«

Der Verwalter kratzte sich sein glatt rasiertes Kinn. »Die Chefin.«

»War der Tote denn mit der Familie Tüx bekannt?«

»Das kann ich Ihnen nicht sagen.«

»Er soll oft im Gutshaus drüben gewesen sein.«

»Ich meine, er hat sich um das Archiv gekümmert, weil er irgendwas erforschen wollte.«

»Und er ist oft ausgeritten?« Franzen ließ nicht locker.

»Ja, schon.«

»Allein?«

»Mal mit den Stallmädchen und auch mal mit Frau Rubi-Tüx.«

»Mit der Gutsherrin persönlich? Kommt es oft vor, dass die Dame mit einfachen Feriengästen unterwegs ist?«

»Seit ich hier bin, nur mit dem Theissen. Sonst müssten Sie meinen Vorgänger, Herrn Lembke, fragen.«

Franzen schrieb sich etwas in ihr Notizbuch.

»Und der junge Mann, der bis eben die Rosen geschnitten hat, wer ist das?«

»Cord Petersen.«

»Ihr Stallknecht?«

»Das haben Sie gesagt.«

»Also?«

»Hilfsarbeiter. Er macht alles, was man ihm aufträgt.«

»Und wo ist er jetzt?«

»Cord!«, rief von Dünen durch den Garten. »Die Polizei will dich sprechen.«

Aber Petersen hatte sich schon längst aus dem Rosenbeet verdrückt.

30

Zum Abendbrot gab es Makkaroni mit Tomatensoße. Frau von Dünen sah verweint aus, als sie das Essen auftrug. Lotti Dormann, ebenfalls mit leicht gerötetem Gesicht, klagte über Sonnenbrand. Sie zog den Kragen ihrer Bluse zur Seite und präsentierte ihre verbrannten Oberarme.

»Ich glaube, ich habe einen Sonnenstich, und bräuchte dringend etwas Buttermilch zum Kühlen«, sagte sie. »Aber in den Supermarkt fahr ich heute nicht mehr.«

»Buttermilch habe ich leider keine«, bedauerte Frau von Dünen. »Ich könnte Ihnen aber eine homöopathische Kräutersalbe geben.«

»Besser als nichts.«

Die Hubers waren immer noch sehr aufgeregt und schenkten den Malaisen ihrer Tischnachbarin keinerlei Aufmerksamkeit.

»Oje«, stöhnte Frau Huber, während sie in ihren Nudeln rührte. »Dass es so enden musste mit dem lieben Jon. Was ist ihm bloß zugestoßen?«

»Warum hat man uns eigentlich noch nicht befragt?«, empörte sich ihr Mann. »Wir sind doch schon lange wieder da.«

»Du musstest ja heute unbedingt schon wieder eine Radtour machen.«

»Das Wetter soll man ausnutzen. Ich konnte ja nicht wissen, dass so etwas passiert.«

»Was hätten Sie denn der Polizei zu erzählen gehabt?«, fragte Frau Dormann und schob den Teller von sich.

»Nichts«, sagte Frau Huber.

»Das kann die Polizei aber doch nicht wissen«, meinte Herr Huber. »Und die Sorgfaltspflicht gebietet, dass man mit allen spricht. Vielleicht habe ich ja doch was beobachtet, was wichtig sein könnte.«

»Was denn?«, fragte Island, erhielt aber keine Antwort.

»Die kommen bestimmt noch mal wieder«, tröstete Frau Dormann.

»Wer weiß, der Mörder schleicht hier vielleicht noch herum«, meinte Herr Huber mit drohendem Unterton.

»Unsinn«, sagte seine Frau.

»Was macht dich da so sicher?« Hermann Huber nahm sich noch Parmesan nach.

Das Ehepaar Huber begann eine ausführliche Diskussion, auf welche Weise Theissen zu Tode gekommen sei, wobei sich Herr Huber in derart wilde Spekulationen begab, dass Island zunehmend den Eindruck gewann, dass die beiden gar nichts über das Ableben des Mannes wussten.

Je länger das eheliche Streitgespräch dauerte, desto erschöpfter wirkte Lotti Dormann. Offenbar hatte sie wirklich zu viel Sonne abbekommen. Diesmal stand sie als Erste auf und sagte, sie werde sich, statt wie sonst mit Fritzi Gassi zu gehen, auf ihr Zimmer zurückziehen.

Island verließ den Speiseraum zusammen mit Rita und Hermann Huber, die sich inzwischen wieder etwas beruhigt hatten. Draußen war es immer noch so warm, dass sie beschloss, noch schwimmen zu gehen. Lotti Dormann hatte ihr von der gutseigenen Badestelle erzählt, die man von der Allee aus erreichen konnte. Deshalb ging Island in ihr Zimmer, um sich Badeanzug und Handtuch zu holen. Sie spazierte an den Scheunen und am Torhaus vorbei zur

Allee und fand bald rechter Hand den beschriebenen Pfad, der über Holzbohlen durch den Schilfgürtel verlief. Er endete an einem Badesteg, der weit in den See hinausragte. Ein leichter Wind bewegte die Schilfhalme und ließ sie leise knistern. Weit und breit war niemand zu sehen.

Als Island die verschwitzten Thrombosestrümpfe abgestreift hatte, überlegte sie einen kurzen, verwegenen Moment lang, ob sie nicht einfach nackt ins Wasser springen sollte. Aber dann zwängte sie doch wieder ihren Bauch in den Badeanzug und kletterte die schmale, von der Sonne erwärmte Metallleiter hinunter.

Das Wasser fühlte sich weich wie Seide an. Der Bauch behinderte sie beim Schwimmen überhaupt nicht, und sie glitt langsam aus der schilfbestandenen Bucht auf den See hinaus. Schon konnte sie die andere Uferseite sehen, einen flachen, baumbewachsenen Hang und daneben die inoffizielle Badewiese, wo Theissen im Gras gelegen haben sollte. Hell schimmerte der Sand der kleinen Bucht, Lachen und Stimmfetzen schallten herüber.

Island drehte sich in Rückenlage und sah zum Steg zurück. Etwa fünfzig Meter davon entfernt entdeckte sie ein Boot, das halb im Schilf verborgen war. Neugierig schwamm sie darauf zu. *Kreihorst I* stand auf dem hellbraunen Lack des Rumpfes. War das etwa das Ruderboot, das Frau Dormann im Bootshaus vermisst hatte? Island bemühte sich, den messerscharfen Schilfblättern auszuweichen, und näherte sich der Bordwand. Das Boot war leer, nicht einmal ein Ruderblatt lag darin. Ein kurzes Seil war am Bug befestigt und hing ins Wasser, das Boot selbst war unvertäut.

Während sie zum Steg zurückschwamm, entdeckte sie die Kamera, groß wie ein Schuhkarton und auf einen grau verwitterten Holzpfahl montiert. Das Objektiv war auf den Steg und den umgebenden Schilfgürtel gerichtet. Island war erleichtert, nicht nackt ins Wasser gesprungen zu sein. Als sie den nassen Badeanzug auszog, benutzte sie leicht verschämt ihr Handtuch als Sichtschutz. Die feuchten Badesachen unter dem Arm, lief sie über die Holzbohlen zur Allee zurück. Auf der Haut ein Gefühl von Sommer und Sonne, aber mit der Gewissheit, dass sie dem idyllischen Frieden, der sie umgab, nicht trauen konnte.

Das Torhaus lag in der Abendsonne. Island trat an eines der weiß gestrichenen Fenster und versuchte hineinzusehen, doch sie waren von innen mit dunklem Stoff verhängt. In der Durchfahrt sah sie sich nach weiteren Kameras um. Wollte man zum Herrenhaus, musste man hier hindurch, es sei denn, man ging zum Verwalterhaus und von da aus durch den englischen Landschaftsgarten. Deshalb war sie davon überzeugt, dass auch in der Einfahrt Überwachungskameras angebracht waren. Aber sosehr sie auch die Mauern, das Gewölbe der Decke und selbst die Türen mit den Augen absuchte, sie konnte keine entdecken.

Die Uhr im Turm auf der Hofseite schlug acht Mal. Island drückte gegen eine der Holztüren, die rechts und links abgingen. Sie war fest verschlossen. Sie versuchte es bei der nächsten, doch erst bei der dritten Tür hatte sie Glück. Die Scharniere quietschten leise, als sie die Tür aufdrückte und hineinschlüpfte. Der staubige Geruch von uralten Holzbalken stieg ihr in die Nase, zusammen mit dem Geruch von geöltem Metall. Es herrschte Dämmerlicht in der großen Halle. Ihr Blick glitt hinauf bis unter den Dachfirst, wo die Balken freilagen. Durch ein Eulenloch im Giebel fiel ein Streifen Licht. Feiner Staub tanzte darin.

Langsam gewöhnten sich ihre Augen an das fahle Licht.

Sie pfiff leise durch die Zähne. Der riesige Raum war alles andere als leer. Als Erstes sah sie die Traktoren, die ordentlich in Reih und Glied nebeneinanderstanden. Während sie an den Maschinen entlangging, fielen ihr die kreisrunden Schilder mit den goldenen Buchstaben in einer Girlande auf: Lanz Bulldog. Etwa vierzig Traktoren standen da, in allen möglichen Ausführungen, Farbanstrichen und Jahrgängen. Es gab sie in Blau, Froschgrün, Türkis und Grau. Sie waren in einem unglaublich gepflegten Zustand, und es waren unglaublich viele. Als sie das Ende der Traktorenreihe erreicht hatte, stellte sie fest, dass dahinter weitere Maschinen standen. Sie schienen älter zu sein, vermutlich handelte es sich um Dampfmaschinen, alte Generatoren und uralte Lokomobile.

Sie schlüpfte zurück in die Toreinfahrt. Konnte es sein, dass auch die andere Seite des Torhauses mit solchen Sammelstücken vollgestellt war? Waren etwa alle Scheunen so bis an den Rand voll mit Geräten und Maschinen?

Die Badesachen waren fast getrocknet, als sie zu ihrer Unterkunft zurückkehrte. Unterwegs traf sie niemanden, trotzdem wurde sie das Gefühl nicht los, dass kein einziger ihrer Schritte unbeobachtet blieb.

31

Als sie die Zimmertür öffnete und einen Widerstand spürte, wusste sie sofort, dass etwas nicht stimmte. Vorsichtig spähte sie hinein. Der Geruch drinnen war säuerlich und streng. Zuerst bemerkte sie nur das Kopfkissen, das am Boden hinter der Tür lag. Es war der Länge nach aufgeschlitzt. Die Federn waren herausgeflockt und bewegten sich in wabernden Häufchen über den Dielenboden. Die Bettdecke war halb vom Bett gerutscht. Der Bezug war aufgerissen und verschmutzt. Auf Matratze und Laken hatte offenbar jemand herumgetanzt oder getrampelt. Jede Menge Flecken, die wie Kotspritzer aussahen, bedeckten die weiß gekalkten Wände.

Sie trat ans Fenster und sah nun, warum es so unangenehm roch. Die Würstchengläser waren vom Tisch gefallen und auf dem Boden in tausend Scherben zersprungen. Das Wurstwasser hatte sich verteilt und war in die Ritzen zwischen den Holzdielen gesickert. Von den Würstchen war nichts mehr zu sehen. Ein plötzliches, bislang nicht gekanntes Gefühl von Ekel stieg in ihr auf.

Was war das für ein Tier gewesen, dachte sie, eine Ratte oder vielleicht ein Marder?

In der Hoffnung, Lena von Dünen im Verwalterhaus anzutreffen, lief sie durch den Buchsbaumgarten. In der Küche saß Peter von Dünen am großen Holztisch und aß Makkaroni aus der Bratpfanne. Das Bierglas auf dem Tisch schwitzte. Er nickte ihr zu, aß aber in Ruhe weiter.

»In meinem Zimmer sieht es aus, als hätte eine Bombe eingeschlagen«, begann Island. »Könnten Sie mal mitkommen und sich das ansehen?«

»Fragen Sie meine Frau. Die ist im Garten.«

Island ging in den Wintergarten auf der Rückseite des Hauses. Von dort führte eine Tür in den Garten. Sie sah sich um, konnte Frau von Dünen draußen aber nicht entdecken. Sie rief ihren Namen, erhielt aber keine Antwort.

»Ich kann sie nicht finden«, sagte Island, als sie wieder in der Küche stand. »Bringt sie vielleicht die Kinder ins Bett?«

»Kann sein.«

»Dann muss ich Sie leider bitten, sich der Sache anzunehmen.«

»Jetzt?«

Missmutig stellte von Dünen sein Bierglas auf den Tisch und folgte ihr.

»Die Krähen«, sagte er wenig später, als sie nebeneinander in dem verwüsteten Zimmer standen und er eine schwarze Feder von dem Polster des Sessels fischte. »Die Vögel sind durchs Fenster rein. Man sollte es eben nicht den ganzen Tag offen lassen.«

»Haben sie etwa Rache genommen für die Zerstörung der Nester?«, fragte Island.

Von Dünen begann sehr laut zu lachen. Dabei entblößte er kräftige Zähne, die nicht annähernd so gepflegt waren wie die seiner Frau. »Die haben wohl eher auch mal Lust auf Würstchen gekriegt. Kocht meine Frau Ihnen nicht genug?«

»Doch schon. Aber was jetzt?«

»Sie werden hier nicht übernachten wollen, was?«

»Ehrlich gesagt nein. Muss ich abreisen?«

Er sah sie an, als wollte er irgendetwas in ihr ergründen. »Kommen Sie mal mit runter«, sagte er leise. »Meine Frau wird schon eine Lösung finden.«

Frau von Dünen war inzwischen in der Küche mit dem Abwasch beschäftigt. Als sie von dem Malheur hörte, versprach sie, Island für die folgende Nacht im Gutshaus unterzubringen.

»Sie haben bei Herrn Tüx ja auch noch etwas gut«, sagte sie, während sie sich die Hände abtrocknete.

Zwei Stunden später, es war kurz vor zehn, stand Island auf dem Gang vor ihrem neuen Zimmer im Gutshaus und blickte durch das Fenster zum Verwalterhaus hinüber. Sie konnte sehen, dass in ihrem alten Zimmer Licht war. Das Fenster von Lotti Dormann in der Dachgaube nebenan lag im Dunkeln.

Lena von Dünen war in ihr Büro gegangen und hatte einen einzigen Anruf getätigt. Woher wusste sie eigentlich, dass sie Theodor Tüx schon einmal begegnet war? Hatte Frau Dormann ihr von dem Missgeschick mit dem scheuenden Pferd berichtet? Oder gab es etwa an der Schleuse auch eine Kameraüberwachung?

Lena von Dünen war jedenfalls mit der Nachricht aus dem Büro zurückgekehrt, dass Island erst mal im Gutshaus unterkommen könne, wenn sie wolle. Sie müsse aber dafür den längeren Weg zu den Mahlzeiten im Verwalterhaus in Kauf nehmen. Sie hatte zugestimmt, ihre Sachen gepackt und war mit ihrem Wagen zum Gutshaus hinübergefahren. Dort hatte sie ihren Mazda zwischen den Nobelkarossen eingereiht. Eine kleine, nicht mehr junge Frau in Hostessenuniform, die sich nuschelnd, aber mit unverkennbar österreichischem Akzent als Frau Markowich vorgestellt hatte, hatte ihr das Gepäck abgenommen und sie in den zweiten Stock geführt. Am Ende eines langen Ganges hatte sie eine Tür aufgeschlossen und Island eine gute Nacht gewünscht.

Island löste sich vom Fenster im Gang und betrat ihr neues Zuhause. Die beiden Flügelfenster lagen zur Rückseite des Hauses, zum Landschaftsgarten hin. Von hier oben sah man den weitläufigen, gepflegten Rasen und hinter einem lichten Wäldchen sogar das Wasser des Achterwehrer Schifffahrtskanals durch die Baumstämme schimmern.

Das Zimmer war groß, angenehm kühl und mit hellen

Möbeln eingerichtet. Es gab einen antiken Teewagen mit geklöppelter Spitzendecke darauf und einen altrosafarbenen Kachelofen. Die Stuckdecke war beeindruckend, und über dem Bett hing in einem ovalen, goldenen Rahmen das Ölporträt einer jungen Dame der Biedermeierzeit.

Das Bad, das zum Zimmer gehörte, sah aus wie aus einem Schöner-Wohnen-Prospekt: Whirlpool, Bidet, zwei Waschbecken, eine gläserne Duschkabine. Auf einem Holzschränkchen standen ein Fayencekrug und eine riesige Waschschüssel.

Durch eines der Flügelfenster sah sie Cord Petersen, der mit Eimer und Schrubber bewaffnet über den Rasen ging. Mit gekonnten Bewegungen begann er, die Seitenwände des Pools unterhalb der Terrasse zu reinigen. Hatte er immer noch keinen Feierabend? Es war doch eigentlich schon Zeit, ins Bett zu gehen, wenn man in aller Frühe die Pferde füttern musste.

Sie streckte die Glieder und versuchte zu gähnen, aber es gelang ihr nicht. Heute Abend war sie nämlich noch gar nicht müde. Wahrscheinlich hatte sie einfach zu lange mit Frau Dormann im Garten gelegen. Sie dachte wieder an die Schleuse von Strohbrück. Was waren das für Lichter, die Frau Dormann dort gesehen hatte? Und ihr fiel auch der Holtenauer Rentner wieder ein. Seine Pflegerin hatte doch erzählt, dass er am Kanal Lichtzeichen oder Lichter beobachtet haben wollte. Jetzt war Hinrichs tot. Vielleicht hatten sie seinen Fall zu schnell zu den Akten gelegt.

Sie kam einfach nicht zur Ruhe. Und weil es heute Abend noch eine Weile hell sein würde, steckte sie ihr Handy ein, warf sich eine Strickjacke über und machte sich auf den Weg nach draußen. Zum ersten Mal seit ihrer Ankunft dachte sie kurz daran, dass ihre Polizeiwaffe wie immer im

Kofferraum ihres Wagens lag. Sie entschied sich dann aber, sie dort zu lassen. Sie hatte zwar den Eindruck, auf diesem Anwesen ständig überwacht zu werden, aber bedroht fühlte sie sich, trotz des vermeintlichen Krähenangriffes, bisher nicht.

Draußen auf dem Gang hörte sie Stimmen, die aus einem der Nachbarzimmer drangen. Sie blieb vor der Tür stehen, hinter der gesprochen wurde, doch die Stimmen waren zu leise, um etwas zu verstehen.

Auf dem Weg zum Torhaus kam sie an einer Remise vorbei. Zwei der sechs Türen standen offen. Drinnen glänzten zwei Oldtimer im Abendlicht. Ein uralter Mercedes Benz und ein ebenfalls antik aussehender Lamborghini, beide in dunklen Rottönen lackiert, mit abgerundeten Kotflügeln und chromblitzenden Scheinwerfern. Alles an ihnen war makellos.

Sie lief zwischen den Scheunen entlang und durch den Obstgarten und war fünf Minuten später am Schuppen des Verwalterhauses. Dort schnappte sie sich kurzerhand eines der Damenfahrräder aus dem Unterstand und radelte los. Bewegung und Fahrtwind taten ihr gut. Sie passierte die lange Mauer, die, wie sie von Frau Dormann erfahren hatte, zur alten Gutsgärtnerei gehörte.

Auf der Veranda des Mühlenhauses saßen drei junge Frauen. Sie sahen zu ihr herüber, grüßten aber nicht. Island überquerte den Mühlenhausbach, ließ den Wirtschaftshof hinter sich und gelangte an Pferdekoppeln und Obstbaumhainen vorbei zum Waldrand. Im Wald herrschte schon Dunkelheit. Sie fuhr weiter, denn sie hoffte, irgendwo in der Nähe der Schleuse aus dem Wald herauszukommen. Und tatsächlich, nach etwa einem Kilometer gelangte sie an den mit Natodraht befestigten Wildzaun, der das Tüxsche Anwesen zu dieser Seite hin umschloss. Das Tor, an dem der Weg endete, war unscheinbar. Es handelte sich um ein ganz normales Wildgatter und war zu Islands Erstaunen nur mit einem Drahtbügel verschlossen.

Sie öffnete das Gatter und fand sich auf dem Spazierweg wieder, der am Achterwehrer Schifffahrtskanal entlangführte. Wenig später erreichte sie die Schleuse. Der Abendhimmel hatte gen Osten ein klares nächtliches Blau angenommen. Die Grillen auf der Wiese an der Schleuse zirpten. Der Geruch von blühender Schafgarbe lag in der Luft.

Sie stieg vom Rad und lehnte es an den Bauzaun, der die Schleuse umgab. Jenseits der Schleusenkammer stand das Wärterhaus dunkel und verlassen da. Bestimmt würden bald die Dorfjungen aus Achterwehr, Quarnbek oder Strohbrück kommen und die Scheiben einwerfen.

Ihr wurde erst jetzt bewusst, wie allein sie war. Allein an diesem vergessenen Ort mitten in der Einöde. Das Gefühl einer diffusen und nicht greifbaren Gefahr schärfte ihre Sinne. Wieder starrte sie zum Haus hinüber. Hatte sie nicht gerade ein Gesicht hinter einer der blinden Scheiben gesehen? Oder waren das nur ihre angespannten Nerven?

Die Schultern eingezogen, die Hände schützend über ihren Bauch verschränkt, betrat sie die Brücke. Vom Fahrradfahren immer noch außer Atem, lehnte sie sich an die Brüstung und sah hinunter. Etwas stimmte nicht. Aber was? Es waren keine Lichter im Wasser. Trotzdem hatte sich seit dem letzten Besuch etwas verändert.

Da bemerkte sie etwas hinter sich, das sich langsam bewegte. Als sie sich umdrehte, ragte der Rumpf des Schiffes meterhoch über der Kanalböschung auf. Das Schiff hatte Container geladen. Im schwachen Licht der Navigationsgeräte erkannte sie Umrisse von Gestalten, wahrscheinlich

Rudergänger und Kanallotsen, die Kurs auf Kiel hielten. Sie atmete so langsam wie möglich, um ihren Pulsschlag zu beruhigen. Vom Schiff aus betrachtet, war sie bestenfalls ein winziger Schatten am Wegesrand, wahrscheinlich sogar überhaupt nicht zu sehen.

Sie lehnte sich ans Geländer und blickte erneut in die Schleusenkammer hinab. Plötzlich wusste sie, was es war. Das Wasser. Beim letzten Mal hatte sie von dieser Stelle aus sechs oder sieben Meter in die Tiefe gesehen. Jetzt schwappte das Wasser fast direkt unter ihren Füßen. Wie war das möglich? Sie beugte sich weiter vor. Die Erklärung war einfach, und doch gab sie Rätsel auf. Das untere Schleusentor, das zum Nord-Ostsee-Kanal hin lag und sich direkt unter der Brücke befand, war geschlossen, wohingegen das obere Tor, welches sie bei ihrer Bootstour fest verschlossen und gesichert vorgefunden hatten, nun sperrangelweit offen stand. Die Schleusenkammer von Strohbrück war mit Eiderwasser geflutet.

Jemand hatte die seit Langem stillgelegte Schleuse benutzt.

32

Es war sieben Uhr dreißig, als der Verwalter am nächsten Morgen den roten Dodge Nitro vor dem Kühlhaus parkte, die Tür öffnete und durch die Kälteschleuse trat. Die meisten der bis zur Decke gestapelten Obstkisten waren um diese Jahreszeit leer, die neue Ernte würde erst in wenigen Wochen beginnen. Trotzdem herrschte in dem großen, fensterlosen Raum eine Temperatur von drei Grad und eine Luftfeuchtigkeit von sechzig Prozent, das perfekte Klima, um die eingelagerten Früchte im Kühlschlaf und auf diese Weise frisch zu halten.

Lena hatte ihn ins Kühlhaus geschickt. Sie wollte zu Mittag Apfelauflauf kochen und hatte ihn gebeten, fünf Kilo Äpfel mitzubringen. Er nahm den Jutebeutel, den seine Frau ihm in die Hand gedrückt hatte, und füllte Äpfel hinein. Da sah er hinter einem Stapel leerer Kisten etwas am Boden liegen. Er kniff die Augen zusammen. Er wollte nicht sehen, was er sah. Zuerst erkannte er die Schuhe, Bluntstones, die australischen Farmerboots. Das waren Schuhe, die im Stall oft getragen wurden, von Frauen wie von Männern, zu jeder Jahreszeit. Dann sah er die Jeans. Verdammt, dachte er. Er hatte mit den jungen Leuten auf dem Hof gewiss schon einiges erlebt, aber es war unwahrscheinlich, dass einer von ihnen gerade hier seinen Rausch ausschlief.

Peter von Dünen trat näher, und ihm wurde schwindlig. Cord Petersen lag auf dem Rücken, seine Augen waren geschlossen, aber er sah nicht entspannt aus, wie sonst, wenn er gekifft hatte und eingeschlafen war. Das Gesicht war verzerrt. Mit den Armen umklammerte er eine große, graue Wollfilztasche, von der nur die eine Hälfte noch richtig grau war. Die andere Hälfte war blutgetränkt. Auch das hellgrüne T-Shirt hatte sich vollgesogen und trug einen furchtbaren roten Fleck. In seiner Brust, ungefähr in Höhe des Herzens, steckte ein Messer. Der Schaft ragte heraus, ein dunkler Holzgriff.

Peter von Dünen schluckte entsetzt. Sein Blick blieb an der Tatwaffe hängen. Der Griff war deshalb so dunkel, weil das Messer im Laufe der Jahre schon so oft benutzt worden war. Das Holz hatte drei helle Kerben, die daher stammten, dass Wilhelm, sein jüngster Sohn, das Messer hatte verschönern wollen. Mit seinem eigenen kleinen Kindermesser, das er zu seinem achten Geburtstag bekommen hatte, hatte er die Kerben hineingeritzt, bis sein großer Bruder Eugen protestiert und ihn von weiteren Schnitzereien abgehalten hatte.

Keuchend rang von Dünen um Fassung, ein Irrtum war ausgeschlossen. In der Brust des Stallknechts Cord Petersen steckte das Messer, das seine Frau Lena immer benutzte, um Gemüse zu putzen oder Obst zu schälen. Sie hatte es vor Jahren aus der Küche des Vier Jahreszeiten in Hamburg mitgehen lassen. Es war ihr Lieblingsmesser.

Es war klar, was jetzt kommen würde. Die Polizei würde wiederkommen, und kein Stein würde auf dem anderen bleiben. Die Ruhe auf dem Hof war endgültig dahin.

33

An diesem Vormittag kamen sie alle. Die ganze Mannschaft mit dem vollen Programm. Island saß auf einer Bank am Reitplatz und beobachtete, wie sie mit ihren Wagen auf den Wirtschaftshof fuhren und hinter der Reithalle hielten. Nur der Bus der Spurensicherung, der Leichenwagen der Rechtsmedizin sowie der Wagen von Frau Professor Dr. Dr. Schröder fuhren weiter durch bis direkt vor das Kühlhaus. Die Mienen der meisten Kollegen waren auffällig ernst. Selbst Jan Dutzen, sonst gern mal der große Zyniker, sah aus, als wäre ihm die Petersilie verhagelt. Gelegentlich gab Thoralf Bruns Anweisungen. Sein scharfer Ton war bis zum Reitplatz zu hören.

Island hatte zusammen mit den anderen Pensionsgästen beim Frühstück gesessen, als Peter von Dünen ins Haus gestürzt war. Kurz darauf hatte Lena von Dünen in der Küche hysterisch zu schreien angefangen. Alle im Speisezimmer waren aufgesprungen und hinüber in die Küche gelaufen. Die Verwalterin hatte auf dem Boden gelegen und nach Luft geschnappt. Island hatte ihr zusammen mit Frau Dormann ein Kissen unter den Kopf geschoben, während Peter von Dünen an der Spüle gestanden und hilflos zugesehen hatte. Sobald Lena von Dünen sich etwas beruhigt hatte, hatte ihr Mann mit leiser Stimme noch einmal geschildert, was er im Kühlhaus gefunden hatte. Island war sofort mit dem Fahrrad dorthin aufgebrochen, die Hubers unaufgefordert im Schlepptau. Frau Dormann hatte sich wegen eines akuten Migräneanfalls ins Bett gelegt.

Sie hatten die Tür des Kühlhauses unverriegelt vorgefunden. Island hatte die Hubers ermahnt, nichts anzufassen und nicht näher an die Leiche heranzutreten. Wenig später hatte Herr Huber draußen auf dem Rasen sein Frühstück wieder von sich gegeben.

Inzwischen waren die Spurensicherer längst damit beschäftigt, das Kühlhaus weiträumig abzusperren. Die anderen Kollegen verteilten sich über das Gelände, um notwendige Zeugenbefragungen durchzuführen. Island beobachtete, wie sich ein Mann aus dem Schatten der Stallungen löste und mit flotten Schritten direkt auf Island zukam. Dabei stieß er immer wieder die Spitze eines silbernen Spazierstockes in den Boden. Ohne zu zögern, ließ er sich auf der Bank direkt neben ihr nieder.

»Guten Morgen.«

Theodor Tüx roch nach teurem Männerparfüm. Auch ansonsten hatte er sich am heutigen Tag wie ein Landadliger herausgeputzt: beigefarbene, fein gerippte Cordhose, weiß gestärktes Hemd und eine helle Weste, aus deren Tasche eine goldene Uhrenkette hing, dazu auf Hochglanz polierte braune Lederschuhe. Wäre es kälter gewesen, hätte er mit Sicherheit einen Lodenmantel in Maßanfertigung getragen.

»Guten Morgen«, antwortete Island, »auch wenn es wohl kein richtig guter Morgen ist.«

»Da haben Sie recht.«

Tüx vermied es, zum Kühlhaus hinüberzuschauen.

»Mir fehlen die Worte. Die Polizei fällt wie ein Hornissenschwarm hier ein. Eine Frechheit, wie man auf seinem eigenen Grund und Boden behandelt wird. Das wird auf jeden Fall ein Nachspiel haben.«

Er zog ein Stofftaschentuch hervor und schnäuzte sich.

»Haben Sie den Toten gesehen?«, fragte Island.

»Ja«, sagte er knapp.

»Wer hat das getan?«

»Niemand vom Hof natürlich!«

»Warum nicht?«

»Ausgeschlossen.«

Island nickte. »Könnte denn jemand unbemerkt hereingelangen? Ich meine, der Zaun, die Kameras, es ist doch alles gesichert und überwacht.«

Er blickte über den Reitplatz, nickte und schwieg nachdenklich.

»Danke übrigens, dass ich bei Ihnen unterkommen konnte«, sagte Island, um das Gespräch nicht ganz abreißen zu lassen. »Ich fürchte, ich muss noch etwas länger bleiben. Auf den Angriff der Krähen ist leider auch noch eine Invasion von Ameisen gefolgt. Die haben über das Dach eine Straße gebildet und sind durch das Badezimmerfenster rein.«

»Kein Problem«, sagte der Mann und legte väterlich eine Hand auf ihren Oberschenkel. »Mein Haus ist groß genug. Und ich habe bei Ihnen etwas gutzumachen. Der Vorfall an der Schleuse tut mir sehr leid. Ich hoffe, es geht Ihnen und dem Kind gut und Sie können sich hier trotzdem wohlfühlen.«

Sie nickte, rückte aber unwillkürlich etwas zur Seite.

»Das Gut und die Krähen gehören seit Jahrhunderten zusammen«, erklärte er. Die Krähe schmückte das Wappen der ersten Besitzer. Krei heißt auf Plattdeutsch Krähe, deshalb also Kreihorst.«

»Ach so«, sagte Island und tat so, als hätte sie es nicht gewusst.

Tüx verzog den Mund zu einem schmalen Lächeln. Seine Haut war gebräunt, er war glatt rasiert, seine Zähne blitzten strahlend weiß. Ein reicher Mann, dachte Island, ihm gehört alles, was ich hier sehe, und noch viel mehr. Ihm gehört so viel, dass ich es mir gar nicht vorstellen kann oder möchte. Und doch ist er nur ein Mensch, der, wie jeder andere auch, eines Tages sterben wird. Niemand kann behalten, was er zu Lebzeiten besitzt.

Sie wunderte sich selbst über diese Gedanken, die sie plötzlich überfielen, denn im Moment machte Theodor Tüx einen ganz vitalen Eindruck.

»Ich habe etwas über das Gut gelesen«, sagte sie und zog den Dehio aus der Jackentasche. »Aber da steht gar nichts über Ihre große Maschinensammlung drin.«

»Oh, Sie haben sich selbst schon schlaugemacht«, stellte Tüx fest. »Sie wollen wohl eine Spezialistin für Kreihorst werden?«

»Eigentlich nicht. Ich habe das Buch nur als Urlaubslektüre ausgeliehen.«

»Wenn es Sie interessiert, zeige ich Ihnen gern einmal etwas von meinen Schätzen.«

»Was sammeln Sie denn noch außer Landmaschinen?«

»Fast alles, was sich mit PS bewegt.« Er lächelte breit. »Mit ein paar ollen Kutschen hat es angefangen. Sie standen in einer der Scheunen, als ich das Anwesen gekauft habe. Inzwischen sind es über dreihundert Fahrzeuge. Traktoren, Dampfmaschinen, Baumaschinen, Feuerwehrfahrzeuge, Amphibienfahrzeuge, sogar ein paar alte Flugzeuge sind dabei, Doppeldecker aus der Zeit zwischen den Kriegen. Ich kann mich immer schlecht von den Dingen trennen, die ich einmal angeschafft habe.« Er lachte.

»Werden die Fahrzeuge noch mal eingesetzt?«

»Es sind alle fahrtüchtig. Leider komme ich selbst kaum dazu, sie zu bewegen. Und mein Sohn interessiert sich nicht dafür.« Er hob bedauernd die Schultern. »Es ist eine Liebhaberei.«

»Platz haben Sie ja«, sagte Island und machte eine vage alles umfassende Handbewegung hinüber zu den Scheunen.

»Nur drüben auf dem alten Hof.« Er beugte sich zu ihr herüber und zwinkerte ihr zu. »Hier bei den Pferden regiert meine Frau.«

Island musste sich zurückhalten. Wollte der Herr etwa Mitleid für seinen beschränkten Platz? Er konnte einem schon leidtun, mit seinen kleinen bescheidenen Gebäuden. Gleich würden ihr die Tränen kommen.

»Kannten Sie Cord Petersen eigentlich gut?«, wechselte sie das Thema.

»Nein. Er hat mir mal was an den Autos repariert. Dafür hatte er ein Händchen. Aber sonst hat er für den Verwalter gearbeitet.« Er hob bedauernd die Schultern und schob die

Unterlippe vor. »Um die Arbeitskräfte kümmert sich Herr von Dünen, damit habe ich rein gar nichts zu tun.«

»Und Jon Theissen?«

Er wandte ihr den Oberkörper zu und zog die Augenbrauen zusammen. »Sie stellen ja Fragen, als wären Sie von der Polizei.«

»Theissen soll Ihr Archiv geordnet haben, obwohl er ja eigentlich nur ein Feriengast war. Das fand ich ungewöhnlich.«

Theodor Tüx lachte laut. »Das war er auch.«

»Was ist daran so komisch?«

Die Haut über seinem Jochbein spannte, als er seine Lippen zusammenpresste. Statt einer Antwort stand er auf und neigte grüßend den Kopf. Sehr aufrecht, den Rücken gestreckt, seinen Stock schwingend, ging er zu seinem Wagen, dem 57er Maybach. Ein echter Herr. Nur merkwürdig, dachte Island, dass er keinen Hund hat, der ihm folgt.

34

Paul-Walter Tüx stand über den Tisch gebeugt unter der alten, schwarz lackierten Schreibtischlampe und studierte die Seekarte. Die Luft im U-Boot-Bunker war feuchtkalt und roch nach Schimmel. An den eiskalten Wänden hatte sich Kondenswasser gebildet. Das Geräusch der Tropfen, die auf den Boden der Kammer fielen, hallte in dem engen Raum wider. Bald würde es so weit sein. In zwei Tagen war Neumond. Perfekt für das, was sie vorhatten.

Bisher lief alles nach Plan. Die Strecke kannten sie inzwischen im Schlaf. Sie waren sie unzählige Male gefahren, bei Tag und bei Nacht. Natürlich konnte noch jede Menge schiefgehen, doch genau das war der Kick. Im Krieg hatte man auch nicht gewusst, ob man den Tag überlebte.

An das U-Boot hatten sie sich erst gewöhnen müssen, es war nicht so, als würde man Auto fahren. Aber zusammen mit Cyrano hatte er es flottgekriegt. Jetzt lief es wie geschmiert. Er spürte, wie die Kälte durch sein dünnes Hemd drang, und begann, auf- und abzugehen. Durch die offene Eisentür konnte er in das Wasserbecken sehen, in dem sich das Boot kaum wahrnehmbar bewegte.

Er kniff die Augen zusammen und stellte sich vor, wie sie hier gelegen hatten, die Neger, Marder, Biber, Molche und Hechte – all die Kleinst-U-Boote des Zweiten Weltkrieges, die bis in die letzten Kriegstage viele Männer das Leben gekostet hatten. Allerdings stand nicht fest, dass unter der tiefen Betondecke wirklich Boote gelegen hatten, denn es war, wie er im Gutsarchiv gelesen hatte, kein U-Boot-Bunker im eigentlichen Sinne, sondern nur ein Unterstand, bereits im Ersten Weltkrieg an dieser Stelle errichtet.

Er hatte alles gelesen, was sein Vater an Unterlagen dazu gehortet hatte, und alles, was es im Gutsarchiv dazu gab. Ein halbes Jahr lang hatte er sich in alles versenkt, was ihm zum Thema U-Bootbau, -antrieb und -funktion in die Finger gekommen war. In den Osterferien, als keiner seiner Freunde Zeit gehabt hatte, ihn auf dem Gutshof zu besuchen, hatte er sich stundenlang im Bunker verkrochen. Niemand hatte ihn gestört. Er hatte Ruhe gehabt, alles auszuprobieren. Die ersten Tauchgänge hatte er aber erst zusammen mit Tom und Cyrano im Juni unternommen, als die Mädchen noch nicht da gewesen waren. Cyrano war der perfekte Kaleu. Sein Vater besaß einen Hubschrauber, den er gelegentlich selber flog. Cyrano hatte ihn oft begleitet. Er verfügte über die nötige Coolness auch in unübersichtlichen Situationen.

Das Boot, die Deep-Water-Super-Challenge, war ein ausgemustertes Forschungs-U-Boot. Ein amerikanischer Milliardär hatte es bei einem kalifornischen U-Boot-Freak in Auftrag gegeben. Dieser hatte ein paar Jahre daran herumgetüftelt, bis es seetauglich war: ein U-Boot-Leichtgewicht – dazu geeignet, von einem Schiff transportiert und zu Wasser gelassen zu werden, von Laien ebenso leicht zu navigieren wie von Meeresforschern. Ein praktisches, kleines Ding, vollgestopft mit Hightech, das aber jeder mit einigermaßen wachem Verstand bedienen konnte. Sein Vater hatte es in Monterey an der Pier liegen sehen und sofort gekauft. Schließlich besaß er diesen alten U-Boot-Unterstand, der bis dahin leer gestanden hatte.

Das U-Boot war acht Meter lang und konnte fünf Personen aufnehmen. Es war verdammt eng, die Beine schliefen einem ein, wenn man längere Zeit darin hockte. Es hatte einen Batterieantrieb, der bis zu vierundzwanzig Stunden Betriebsdauer ermöglichte. Und es schaffte locker eine Tiefe von vierhundert Metern. Aber das Beste war, dass es zwei Greifarme besaß, die über Bildschirm zu steuern waren. Auf diese Weise konnte man alles, was man vom Meeresgrund aufheben wollte, in einen Fangkorb unter dem Rumpf legen, um es zu transportieren. Das hatte sie überhaupt erst auf die Idee zu ihrem Projekt gebracht.

35

Sie saß, das Netbook auf den Knien, im Sessel und klickte sich durch die Bilddateien. Die Stuten, der Hengst, die Einjährigen, die neuen Fohlen. Es war Zeit, ein wenig Ordnung in das Chaos auf der Festplatte zu bringen. Da, auf diesem Foto, war sie selbst zu sehen, wie sie Toledo, den Dreijährigen, longierte. Erst im Juni war das gewesen. Sie hatte vergnügt ausgesehen, jung, verliebt, glücklich. Jon hatte das Foto gemacht, er hatte am Rand des Reitplatzes gestanden und fotografiert. Hunderte Fotos vom Reitplatz, von den Koppeln, den Pferden, den Wolken, den Stallungen, von ihr. Er hatte ständig alles fotografiert und ihr die Fotos überspielt, als sie mit ihren Laptops nebeneinander im Archivraum gesessen hatten.

Die Sache mit seinen Vorfahren war eine schöne Geschichte gewesen, die sie der Welt hatten erzählen können. Eine perfekte Geschichte. Sie hatten die alten Kartons durchgesehen, vergilbte Register, zerbröselnde Papiere, angenagt vom Zahn der Zeit und vom Tintenfraß. Sie hatte ihm die Sachen vorlesen müssen, denn von der alten Schrift hatte er keine Ahnung gehabt. Er wollte die Schrift gar nicht lernen, hatte dafür angeblich kein Talent. Für andere Dinge hingegen umso mehr.

Sie lächelte. Das Archiv war eine gute Ausrede gewesen, um ihn für ein paar Wochen in ihrer Nähe zu haben. In diesen wenigen Wochen zu Beginn des Sommers hatte sie sich so gut gefühlt, so leicht und unbeschwert, auch wenn es reiner Nervenkitzel gewesen war, ihren Geliebten bei sich zu haben, während sich ihr Mann wenige Zimmer weiter nur für seine Geschäfte interessierte. Die Fotos waren der Beweis, wie gut es ihr gegangen war.

Wie hatte sie eigentlich ausgesehen, als sie sich zum ersten Mal trafen? Auf dem Empfang der Nordischen Botschaften in Berlin. Der dänische Honorarkonsul hatte sie miteinander bekannt gemacht. »Das Licht des Nordens«, eine kleine Ausstellung von Gemälden, die von den Künstlern der berühmten Skagener Malerkolonie stammten. Sie hatte den Dänen zwei Bilder aus der Sammlung ihres Vaters ausgeliehen, hatte sie aus Argentinien einfliegen lassen. Es war ein guter Grund gewesen, mal wieder ein paar Tage im Hotel Adlon zu verbringen. Dort gab es eine Kosmetikerin, die in all den Jahren, in denen sie dort verkehrte, so etwas wie eine liebe Freundin geworden war. Sie hatte ihr ein besonders dezentes Make-up gemacht an jenem Abend für den Empfang in der Botschaft, sodass sie ausgesehen hatte wie ungeschminkt.

Sie wusste noch genau, welches Kleid sie getragen hatte. Sie erinnerte sich an fast jedes Detail an dem Abend, vor allem daran, wie er sie die ganze Zeit angesehen hatte. Zuerst nur aus den Augenwinkeln. Aber als sich der Empfang dem Ende zuneigte, bot er ihr an, sie mit seinem Wagen ins Hotel zurückzufahren. Zwei Drinks an der Bar. Sie hatte Jon mit nach oben genommen, und am nächsten Morgen hatten sie im Tuchers am Brandenburger Tor zusammen gefrühstückt.

Könnte sie doch noch einmal zurück an diesen Anfang gehen! Zurück auf null. Zurück zu jenem Morgen, als er ihr sagte, er werde sich von seiner Frau Carolin trennen, denn mit ihr sei es schon lange aus. Zurück zu jenem Moment, als sie geantwortet hatte, dass sie ihren Mann niemals verlassen würde, das sei ihre unverrückbare Bedingung, wenn er sie wiedersehen wolle. Da hatte er sie einfach in den Arm genommen und ihren Mund mit seinen Lippen verschlossen. Nie hatte er sie angerufen, nie gedrängt, irgendetwas an ihrem Leben zu ändern. Wenn sie zusammen gewesen waren, in einem Hotel in Berlin, Hamburg oder München, hatten sie immer einen neuen Treffpunkt und eine genaue Uhrzeit für ihre nächste Zusammenkunft ausgemacht. Keine Anrufe, keine E-Mails, keine SMS. Und sie hatten sich tatsächlich beide immer daran gehalten, eine Tatsache, die ihr in Zeiten moderner Kommunikationsmittel schon wie ein romantisches Wunder vorkam.

Drei Monate war das so gegangen. Dann hatte er angefangen, vom Sommer zu sprechen und dass es sein größter Wunsch sei, mit ihr eine längere Zeit verbringen zu können. Schließlich hatte sie ihm von dem Gutshof im Holsteinischen erzählt, auf dem sie häufig mit Mann und Kind die Ferien verbrachte, und von den Gästezimmern, die man dort mieten konnte.

Beim nächsten Mal hatte er einen vergilbten Zeitungsausschnitt dabeigehabt. In dem Artikel war es um einen Mann namens Gordon Pickering gegangen, der einst als Sklavenkind genau auf diesen Hof gekommen war und ihn als armer, aber freier Mann verlassen hatte.

»Was hältst du davon, wenn ich mich als Historiker ausgebe?«, hatte er gefragt.

»Meinem Mann gefällt es immer, wenn sich jemand für seine Besitztümer interessiert. Du könntest sagen, du möchtest ein Buch darüber schreiben. Und behaupten, dass du ein Nachfahre von Gordon Pickering bist.«

»Würde er nicht Verdacht schöpfen?«

»Unsinn. Woher denn? Es wäre so schön, dich jeden Tag

ein paar Stunden bei mir zu haben, während mein Mann wie immer in seinem Zimmer sitzt und arbeitet.«

»Du liebst das Risiko.«

»Es ist keines. Glaub mir.«

Es war eine gute Story gewesen, das fand sie noch immer. Sie hatten ungestört beieinander im Archivraum sitzen können. Im toten Winkel. Und Theo hatte es nicht bemerkt. Er war wie immer so darauf bedacht, die Grenzen seines Territoriums zu bewachen, dass er den Feind im Inneren seines Systems nicht erkannte.

Ein lautes Gelächter auf der Terrasse riss sie aus ihren Gedanken. Die Kinder saßen da unten und ließen es sich gut gehen. Es war schön, dass Paul-Walter jetzt so viele Freunde hatte. Das Internat war das Geld wert. Sie hatte gleich ein gutes Gefühl gehabt, als sie hörte, dass Grit, ihre Nichte, auch auf diese Schule gehen werde. Ihre Schwester hatte die allerbesten Kontakte und stets ein untrügliches Gespür für die richtigen Entscheidungen.

Nach ein paar Tagen und etlichen wunderbaren Stunden im Archiv hatten sie und Jon angefangen, sich sicher zu fühlen. Natürlich war es leichtsinnig gewesen, zusammen auszureiten, auch ihre Tauchexkursionen waren zumindest dem Personal nicht verborgen geblieben. Theo, der Trottel, hatte aber nichts davon gemerkt. Denn sie hatten ihre Tauchreviere immer außerhalb der Grenzen seines Überwachungsstaates gewählt. Bis auf die andere Seite des Sees reichten seine Kameras nicht. Das hatte sie jedenfalls geglaubt.

Dann war das Unfassbare geschehen. Das Grauen hatte sich in ihr ausgebreitet, bis sie an gar nichts mehr denken konnte. Und dann hatte dieser Umschlag auf ihrem Bett gelegen. Mit dem USB-Stick darin und dem kurzen, aber eindeutigen Brief. Dabei war ihr Auto doch ihr Refugium gewesen, der Raum, über den sie uneingeschränkt herrschte. Zumindest hatte sie das geglaubt, bis sie den Stick in ihren Rechner geschoben und die darauf gespeicherte Datei geöffnet hatte.

Wie hätte sie auch ahnen können, dass jemand den sogenannten Fohlenmelder für andere Überwachungsmaßnahmen verwendet hatte? Sie hatte das System damals gekauft, um die trächtigen Stuten im Stall überwachen zu können, denn manchmal dauerte es Stunden oder Tage, bis die Geburt einsetzte. Per Bildschirm konnte man von überall und jederzeit sehen, ob es Zeit war, in den Stall zu gehen oder den Tierarzt anzurufen. Irgendjemand hatte die winzig kleine Kamera, die man eigentlich in der Box oder in der Stallgasse anbrachte, direkt hinter dem Rücksitz in ihren Wagen montiert. Genau so, dass man alles, was sich im Wageninneren abspielte, sehen und hören konnte.

Bei dem Gedanken an die Aufnahmen begannen ihre Hände schon wieder unkontrolliert zu zittern. Auf dem USB-Stick war festgehalten worden, was nie jemand erfahren durfte.

36

Olga Island saß auf der Bank, blickte über den leeren Reitplatz und wartete, bis Theodor Tüx in seinem Maybach davongefahren war. Dann nahm sie ihr Fahrrad und schob es über den Hof, so als wollte sie den Fußweg in Richtung Mühlenhaus einschlagen.

Der dunkelblaue Bus der Spurensicherung parkte auf einem Grasstreifen. Henna Franzen saß in der geöffneten

Seitentür, ließ die Beine baumeln, kaute an einem Stück Brot und trank Tee aus einem Plastikbecher. Die anderen Kollegen waren offenbar alle am Tatort beschäftigt oder zur Befragung der Angestellten auf dem Gelände unterwegs. Island trat heran und strich sich eine Haarsträhne aus dem Gesicht.

»Hey, Frau Franzen, wie sieht's aus?«, sagte sie leise.

Henna Franzen sprang auf und machte, das Brot schwenkend, eine auffordernde Handbewegung in den Bus hinein.

»Frau Island«, sagte sie mit lauter Stimme. »Steigen Sie doch bitte mal ein. Da kann ich gleich Ihre Zeugenaussage protokollieren.«

»Wenn es sein muss.«

Island stellte das Rad ab, kletterte in den Bus und zwängte sich halb hinter den kleinen Arbeitstisch. Franzen zog die Seitentür des Fahrzeuges zu und hockte sich auf die Sitzbank ihr gegenüber. Die Scheiben des Busses waren verspiegelt. Sie waren ungestört.

»Was sagt Frau Schröder denn zur Todesursache?«

»Ein sauberer Stich ins Herz.«

»Anders als bei Theissen?«

»Das konnte sie noch nicht sagen. Aber es war wohl ein sehr gezieltes Vorgehen. Ein einziger Stich – und tot. Da hat jemand sein Handwerk verstanden.«

»Und die Tatwaffe?«

»Ist ein verdammt scharfes Küchenmesser. Unsere Medizinerin hält es nicht für ausgeschlossen, dass Theissen mit einem ganz ähnlichen Messer erstochen wurde.«

»Mit demselben womöglich?«

»Das könnte sogar sein.« Franzen nahm nachdenklich ein paar Schlucke aus dem Plastikbecher. »Olga, was geht hier vor? Hast du einen Verdacht?«

Island schnappte sich ebenfalls einen Plastikbecher und schenkte sich Tee ein.

»Ich habe vor allem noch viele Fragen. Was zum Beispiel wollte Jon Theissen auf dem Hof? Er hat irgendetwas in dem Archiv gesucht, aber ich habe keine Ahnung, was. Er konnte angeblich die alte deutsche Schrift gar nicht lesen. Woran hat er also gearbeitet? Was gibt es hier auszuspionieren? Hatte Theissen als Mitarbeiter des Auswärtigen Amtes womöglich einen dienstlichen Auftrag?«

»Sein Vorgesetzter ist nicht erreichbar, und das Amt weigert sich bisher, in dieser Frage mit uns zusammenzuarbeiten«, erklärte Franzen und verzog missmutig den Mund.

»Gut«, sagte Island, »bleiben wir noch ein wenig auf der persönlichen Schiene. Wegen Jon Theissen soll es einen lauten Streit zwischen Lena von Dünen und ihrem Mann Peter gegeben haben. Ist es also möglich, dass Theissen etwas mit Frau von Dünen hatte und ihr Mann deswegen eifersüchtig war? Was ist mit der Tochter des Ehepaars? Sie sieht ganz anders aus als ihre Brüder. Könnte sie einen anderen Vater haben?«

»Warum hinkt das Kind eigentlich so?«, fragte Franzen.

»Sie soll als Baby einen schweren Autounfall überlebt haben.«

Franzen hatte begonnen, alle Fragen stenoartig auf einem Block zu notieren. »Diesen Punkten gehen wir nach.«

»Jon Theissen, der ja immerhin auch schon dreiunddreißig Jahre alt war, soll ein auffällig gutes Verhältnis zu dem verschwundenen Pferdemädchen Lissy Heinke gehabt haben. Die beiden sind zum Missfallen der Gutsherrin zusammen ausgeritten. Jedenfalls gab es da mal großen Ärger wegen einem der Pferde. Warum durfte dieser Feriengast überhaupt die edlen Rösser hier reiten?«

Unauffällig ließ Island die Augen durch den Wagen wandern. Ihr war schon wieder flau im Magen. Manchmal hatte Hans-Hagen in seinem Bus etwas zu essen deponiert. Obst oder Kekse oder eines der geschmierten Brote von seiner Frau. Alles wäre ihr jetzt recht.

»Was ist mit den Telefondaten von Theissen? Hatte er Kontakt zu Cord Petersen?«, fragte sie.

»Wir sind dran. Gerade knöpfen sich Dutzen, Taulow und Nissen noch mal die Angestellten vor«, sagte Franzen. »Gibt es noch weitere Verdächtige aus deiner Sicht?«

Island schüttelte den Kopf. Sie dachte an Klaus Stark, den Hauptmeister aus Achterwehr. Wenn der von der geheimen Verehrung seiner Frau für den Benutzer des Amtsarchives gewusst hatte, hätte auch er ein Motiv. Aber sie ließ diesen Gedanken fallen. Das war vielleicht etwas zu weit hergeholt.

»Was hattest du denn für einen Eindruck von Cord Petersen?«, fragte Henna Franzen.

»Ich habe ihn das erste Mal gesehen, als er hinten an der Mauer bei der Gärtnerei saß und Gras geraucht hat«, sagte Island. »Dann hat mir meine Tischnachbarin erzählt, dass vor Kurzem irgendwo auf dem Gelände eine versteckte Hanfplantage in einem Maisfeld entdeckt worden war. Vielleicht hatte Petersen ein Drogenproblem. Ich könnte mir vorstellen, dass er gedealt hat. Tüx soll seinen Leuten nur sehr wenig Lohn bezahlen. Und auf dem Hof gibt es viele junge Leute, die bestimmt Interesse daran hätten, ein bisschen Dope zu kaufen. Und zwar weniger die Pferdemädchen als vielmehr die Freunde von diesem Jüngelchen, Paul-Walter, dem Sohn des Hauses. Das sind alles Schüler von einem Schweizer Eliteinternat. Die nutzen doch die Ferien bestimmt, um aus dem Vollen zu schöpfen.«

»Wieso bauen sie auf diesem Hof überhaupt Mais an?«, fragte Franzen nachdenklich. »Ich dachte, die züchten Pferde und Ökoobst.«

Island zuckte die Achseln. »Vielleicht brauchen sie Mais für ihre Biogasanlage?«

»Haben sie denn eine? Ich habe jedenfalls noch keine gesehen.«

Franzen kannte sich in landwirtschaftlichen Angelegenheiten aus, denn ihr Onkel besaß einen Bauernhof an der Westküste. Dort arbeitete sie gelegentlich in ihrer Freizeit.

Hungrig sah Island zu, wie der letzte Bissen von Franzens Brot in ihrem Mund verschwand.

»Gibt's hier zufällig noch was zu essen?«

Franzen deutete unter den Tisch. »In der Kühltasche ist Hans-Hagens Frühstücksdose«, sagte sie. »Er hat bestimmt nichts dagegen, wenn du dir was nimmst. Macht gerade Diät und nervt alle mit dem Gejammer über seinen Bierbauch. Ich sag es ihm nachher, dass du ihn vor ein paar Kalorien gerettet hast.«

Island zog die Tasche hervor und nahm eine Plastikdose heraus. Darin lagen drei Vollkornbrötchen mit Krabbensalat. Sie nahm sich eines und biss hinein. Ihre Stimmung verbesserte sich augenblicklich.

Franzen dagegen verzog leicht angeekelt den Mund. »Krabbensalat. Pfui Teufel. Ein Salat aus getöteten Lebewesen.«

Aber das war Island momentan wirklich egal.

»Schmeckt saugut«, sagte sie und kaute mit vollen Backen. »Hast du was über Lissy Heinke herausgefunden?«

»Frau Heinke, zwanzig Jahre alt, saß ein Jahr lang in Vechta in Niedersachsen im Jugendstrafvollzug, und zwar wegen Raubes. Sie hat zusammen mit einer Mädchengang

Leute abgezogen. Handys, Geld, das übliche Programm. Dabei hätte Lissy solche Überfälle überhaupt nicht nötig gehabt. Ihre Eltern sind wohlhabend, der Vater besitzt eine Spedition in Hamburg. Nach der Scheidung der Eltern vor ein paar Jahren ist das Mädchen aber offensichtlich auf die schiefe Bahn geraten. Irgendein Verwandter der Mutter hat dafür gesorgt, dass sie nach der Haftentlassung auf dem Gestüt von Rubi-Tüx eine Chance bekommt und hier eine Ausbildung zur Pferdewirtin machen darf. Sie soll sehr gut mit den Tieren umgehen.«

»Gibt es Hinweise, wo sie sich aufhalten könnte?«

»Sie hat sich nach ihrem Verschwinden weder bei ihrer Mutter noch bei ihrem Vater gemeldet. Besorgt schien keiner der beiden Eltern darüber zu sein. Sie hat sich wohl auch früher schon immer mal wieder eine Zeit lang herumgetrieben.«

»Bahnhofsszene in Kiel oder Hamburg?«

Franzen schüttelte den Kopf. »Hatte noch keine Gelegenheit, mich da umzuhören.«

»Nimmt sie Drogen?«

»Keine Ahnung. Der Bewährungshelfer hat nur berichtetet, dass sie beim letzten Mal, als sie vom Gutshof abgehauen ist, ein paar Wochen in einem Zelt gehaust haben soll. Und rate mal, wo?«

»Sag schon.«

»Auf den Spülfeldern am Flemhuder See. Sie hatte sich eine abgelegene Stelle gesucht und sich von Sachen ernährt, die sie in der Natur fand oder aus den Gärten der umliegenden Dörfer geklaut hat. Den Sommer über hat das gut funktioniert. Im Herbst ist sie auf das Gut zurückgekehrt. Nach einigen Diskussionen mit der Gutsverwaltung durfte sie ihre Ausbildung fortführen und wieder im Stall arbeiten. Theodor Tüx persönlich soll sich für sie eingesetzt haben.«

»Irgendwie verstehe ich die Einstellung auf diesem Hof nicht. Einerseits grenzt man sich ganz massiv nach außen ab. Andererseits holt man ausgerechnet Straffällige herein. Cord Petersen ist doch bestimmt auch ein Exknacki, oder nicht?«

Franzen nickte. »Ja, er hat in Schleswig eingesessen. Drei Jahre wegen Körperverletzung mit Todesfolge. Er hat vor einer Diskothek in Rendsburg in einem Streit einen jungen Mann erstochen.«

Olga hatte das Brötchen aufgegessen. Zwar behagte es ihr nicht, Hansen sein Frühstück wegzufuttern, trotzdem konnte sie nicht widerstehen und nahm sich ein zweites. Sie würde es irgendwann wiedergutmachen.

»Weißt du, was ich gerade denke?«, sagte Franzen nachdenklich. »Lissy könnte eine wichtige Zeugin sein.«

»Ja, sicher.«

»In Felde wohnen Freunde von mir, bei denen ich mir ein Pferd ausleihen kann. Ich könnte die Spülflächen abreiten und gucken, ob Lissy sich wieder dort versteckt hält.«

»Das ist doch viel zu gefährlich!«

»Ach was. Ich hätte voll Lust auf einen Ausritt. Ich mache sowieso den ganzen Tag zu viel Verwaltungskram.«

»Stimmt, du arbeitest wirklich viel im Moment.«

»Ende August habe ich aber ein paar Tage frei. Darauf freu ich mich total.«

»Willst du verreisen?«

»Nein«, sagte Franzen und zwinkerte geheimnisvoll. »Ich bleibe hier. Es steht eine Familienfeier an. Ich hoffe nur, dass dann auch noch so tolles Wetter ist.«

»Unwahrscheinlich.«

»Aber hoffen kann man ja.«

Sie schwiegen einen kurzen Moment.

»Was ich dich noch fragen wollte …«, begann Franzen.

Hans-Hagen Hansen kam mit einer Tasche in der Hand aus dem Kühlhaus und steuerte auf den Bus zu.

»Ja?«, meinte Island.

»Ach, nichts. Obwohl, sag mal, wollen wir uns nicht mal irgendwo treffen, um in Ruhe zu quatschen?«

»Gern.«

»Kennst du den Fischmeister in Wrohe am Westensee?«

»Das Restaurant? Klar.«

»Okay, heute Abend um acht dort auf der Terrasse?«

»Gut, bis dann.«

37

Zurück auf ihrem Zimmer im Gutshaus, sperrte Olga Island die beiden Fenster auf und atmete tief durch. Die Mittagssonne schien auf den Rasen des englischen Landschaftsgartens, und die Schatten der Bäume gaben der gestalteten Landschaft ein bühnenbildhaftes Aussehen. Von der Terrasse drangen Stimmen herauf. Island lugte über die breite Fensterbank hinunter. Auf dem großen Holztisch standen wieder die Reste eines späten Frühstücks. Die jungen Leute, Island zählte drei Jungen und zwei Mädchen, fläzten sich in die Polster der Flechtsessel. Nur Thoralf Bruns saß aufrecht auf einem Stuhl an der Stirnseite des Tisches.

Island nahm auf dem Sofa unter den geöffneten Fensterflügeln Platz, legte die Füße auf die Armlehne und spitzte die Ohren.

»Wann haben Sie Cord Petersen das letzte Mal gesehen?« Bruns' Stimme war klar und deutlich zu verstehen.

»Keine Ahnung.«

»Den kenn ich gar nicht.«

»Der Typ aus dem Stall, Mensch.«

»Ach so, *der* ist tot?«

»Hat er nicht gestern noch den Pool geschrubbt?«

»Das hat der doch jeden Abend gemacht.«

»Stimmt. Kann sein.«

»Wer achtet schon darauf, was das Personal macht?«

»Also, ich nicht.«

»Wer von Ihnen hat denn mit Cord Petersen gelegentlich doch mal ein paar Worte gewechselt?«

Stille.

»Also niemand?«

»Ganz selten«, sagte eine dünne, weibliche Stimme. »Wenn wir reiten wollten, hat er uns mit den Pferden geholfen.«

»Satteln und Auftrensen«, sagte das andere Mädchen.

»Und die Herren?«

Es entstand eine Pause.

Bruns räusperte sich ungeduldig.

»Und wie war das bei Jon Theissen?«

»Kenn ich auch nicht.«

»Doch, klar kennst du den.«

»War doch nur ein Feriengast.«

»Was sollen wir mit dem denn zu tun gehabt haben?«

»Haben Sie etwas im Zusammenhang mit diesem Feriengast beobachtet?«, wollte Bruns wissen. »Hatte er Streit?«

»Nein.« Island erkannte die Stimme von Tüx junior. »Wie kommen Sie denn darauf? Hier hat keiner Stress mit irgendwem.«

»Was können Sie mir zu Lissy Heinke sagen?«

»Oho, die süße Lissy.«

»Von uns hat die keiner vernascht.«

»Die hat sich abgesetzt.«

»Jon Theissen war hinter ihr her.«

»Was heißt das?«

»Na, dass er scharf war auf sie. Und da war er ja nicht der Einzige.«

»So, wer denn noch?«

»Halt die Klappe«, drohte Paul-Walter.

Nervöses Lachen erklang.

»Wieso, Lissy ist doch voll das Schnittchen.«

»Wo hält sie sich jetzt auf?«

»Hamburg, Straßenstrich.«

Wieder ein derbes Gelächter.

»Du bist echt 'ne Sau, Tom.«

»Nee, aber ich hab wirklich keine Ahnung, wo sie abgeblieben ist.«

»Könnten Sie dann bitte noch mal im Ernst sagen, wer von den Herren an Lissy interessiert war?«

»Cord Petersen!«

»Tatsächlich?«

»Dem lief der Sabber aus dem Mund, wenn er sie nur sah.«

»Haha.«

»Doch, so war's.«

»Gibt es sonst etwas, was die Polizei wissen sollte?«

Schweigen.

»Sie müssen es nicht hier vor der Gruppe erzählen. Aber jedes Detail kann hilfreich sein.«

Wieder keine Antwort.

»Sollte es noch irgendetwas zu sagen geben, rufen Sie

mich bitte an. Keiner möchte, dass hier noch mehr passiert.«

»Wir sind sowieso bald weg,« sagte eine der jungen Frauen. »Wenn meine Mutter hört, was hier abgeht, schickt sie sofort ihren Fahrer los und lässt mich abholen.«

»Was Sie nicht hindern sollte, mit mir in Kontakt zu treten, wenn Ihnen noch was einfällt«, sagte Bruns.

Stühle und Sessel wurden geschoben, die Tassen auf dem Holztisch klirrten. Für kurze Zeit wurde es still auf der Terrasse. Dann kam von unten leises Flüstern. Island richtete sich auf und sah hinunter. Zwei Jungen waren am Tisch sitzen geblieben, Paul-Walter und ein Junge mit blondem Wuschelkopf.

»Verdammt, Tom, was denkt dieser Bulle? Etwa, dass wir uns mit Petersen die Finger schmutzig gemacht haben?«, fragte Paul-Walter.

»Sollen wir das Projekt jetzt stoppen?«

»Quatsch.«

»Morgen ist Neumond.«

»Wir hätten es schon längst durchziehen sollen.«

»Aber wenn die Mädels jetzt abreisen ...«

»Bleib einfach cool. Das schaffen wir auch ohne die.«

»Aber die Bullen rennen hier überall rum.«

»Genau deswegen warten wir nicht mehr länger.«

»Und wenn die schon alles wissen?«

»Sieht es etwa so aus?«

»Nein.«

»Na, also.«

»Aber jetzt, wo Cord ... ich meine ... voll krass, oder?«

»Don't panic!«

»Dann bleibt es also dabei?«

»Klar, der Seeweg nach Indien.«

»Der Seeweg nach Indien.«

Wieder wurden Stühle gerückt, Turnschuhe tapsten über die Terrakottafliesen. Island beugte sich noch weiter vor. Paul-Walter Tüx und der schlaksige, blonde Tom liefen die Freitreppe hinab, gingen am Pool entlang und dann mit wiegenden Schritten über den Rasen in Richtung Mühlenhaus. Island überlegte, ob sie ihnen folgen sollte, verwarf den Gedanken aber. Der Seeweg nach Indien. Was meinten die denn damit?

Ein Codewort? Aber wofür? Ein Spiel? Die Stimmen der beiden hatten dafür zu ernst geklungen.

Island hielt sich den Bauch. Sie überlegte, ob es Sinn hatte, ins Verwalterhaus hinüberzugehen und auf ein Mittagessen zu hoffen. So fertig, wie Lena von Dünen am Morgen ausgesehen hatte, war es unwahrscheinlich, dass sie etwas gekocht hatte. Island tröstete sich mit der Aussicht auf ein fischreiches Abendessen zusammen mit Henna Franzen am Westensee. Trotzdem wäre ein kleiner Happen zwischendurch nicht schlecht gewesen. Sie beschloss, nach Frau Markowich zu suchen und sie um eine Kleinigkeit zu essen zu bitten.

Das Fenster am Ende des Ganges stand offen. Die Luft, die hereinströmte, war warm und roch aromatisch nach Holzfeuer und alten Zeiten. Eigentlich komisch, Feuer bei der Hitze, dachte Island und blickte nach draußen über den Hof, um die Quelle des Geruchs zu erspähen, konnte aber keinen Rauch entdecken. Leicht beunruhigt ging sie den Gang zurück, um die Räume zu überprüfen. Alle Türen waren verschlossen – bis auf die letzte am Ende des Ganges. Ein Gästezimmer, offenbar ungenutzt, der brenzlige

Geruch war hier noch stärker. Eine Wendeltreppe innerhalb des Raums führte nach unten. Heizte jemand einen Ofen ein?

Leise ging Island die Treppe hinunter. Der Rauchgeruch wurde noch stärker. Sie gelangte in einen Salon mit apricotfarbenen Seidentapeten und einem Roulettetisch. In der einen Ecke des Zimmers stand ein alter Kachelofen, der bis zur Decke reichte. Island berührte ihn, aber er war kalt. Eine Tür führte in einen weiteren Raum mit Parkettboden und antiken Stühlen, die wie in einem Tanzsaal an den Seitenwänden aufgereiht standen. An der Längsseite befand sich ein offener Kamin. Unter dem Sims stieg eine dünne Rauchsäule empor, die sich träge unter der Stuckdecke verwirbelte. Wahrscheinlich gab es ein Problem mit dem Rauchabzug, weil irgendetwas den Schornstein verstopfte. Auf dem Rost im Kamin lagen ein paar glimmende Stücke Holz und verkohlte Papierstücke.

Island kniete nieder und betrachtete die schwarzen, verbrannten Fetzen. Ohne sie zu berühren, versuchte sie die Buchstaben zu entziffern. Die Handschrift war etwas ungelenk, aber deutlich zu lesen. »1 Million Euro«, las sie, und »bis morgen« und »sonst auf youtube«. Sie starrte auf die Schriftzeichen. War das ein Erpresserschreiben, oder konnte man den Text auch anders interpretieren? Vorsichtig zog sie ihr Handy aus der Tasche und machte, so gut es ging, ein paar Fotoaufnahmen. Dann kramte sie ein Taschentuch hervor, löschte damit die restlichen Glutfunken und bugsierte die verkohlten Papierreste in die Plastikhülle der Taschentuchverpackung. Das war sicher nicht die geschickteste Art, ein Beweisstück zu sichern, trotzdem verstaute sie das Ganze vorsichtig in ihrer Handtasche.

Plötzlich hörte sie Schritte.

38

Sie sah sich um. Dieses ganze schlossartige Gebäude war so groß, dass man sich locker darin verlaufen konnte. Wieder die Schritte. Sie kamen von oben, vom unbenutzten Gästezimmer. Jemand ging über den Dielenboden und kam die Treppe herunter.

Island stand noch immer vor dem Kamin. Sie hätte einfach stehen bleiben und warten können. Aber sie hatte keine plausible Erklärung parat, warum sie mit verrußten Fingern vor einem verloschenen Kamin in einem Zimmer stand, in dem sie wirklich nichts zu suchen hatte. In der Hoffnung, durch irgendeinen Flur entwischen zu können, öffnete sie eine Tür neben dem Kamin. Es schloss sich eine Flucht weiterer salonartiger Räume an, die durch weit offen stehende Flügeltüren verbunden waren. So leise und so schnell wie möglich lief sie weiter.

Das erste Zimmer, durch das sie kam, war ein Schlafzimmer. Möbelstücke und Gegenstände strahlten in einem fast überirdischen Weiß, nur auf den Fensterbänken standen blassblaue Lilien in mattgelben Vasen.

An das Schlafzimmer grenzte ein großes Zimmer, das man in einen Kraftraum umfunktioniert hatte. Die Geräte darin hätten einem noblen Fitnessclub alle Ehre gemacht. Große Flachbildschirme an den Wänden zeigten in tonlosen Endlosschleifen exotische Wasserfälle und kalbende Gletscher.

Dahinter befand sich ein leerer Saal mit Spiegelwand und Ballettstange, von dem ein gigantischer Badebereich abging. Allein der Whirlpool in der Mitte des Raumes schien die Größe eines Feuerlöschteiches zu haben. Um ihn herum waren Wärmebänke, Massage- und Solariumsliegen aufgestellt. Nebenan gab es eine Sauna, und wenn man im Pool lag, konnte man durch die großen Fenster der Sauna hindurch bis auf das Torhaus sehen.

Während Island noch den Wellnesstempel bestaunte, hörte sie im Schlafzimmer jemand mit hochhackigen Absätzen über das Parkett laufen. Instinktiv ging sie hinter der Bank in Deckung und stützte sich mit dem Rücken an der Wand ab. Die Schritte hatten jetzt den Kraftraum erreicht. Island duckte sich noch tiefer. Während sie die Wand nach einer Fluchtmöglichkeit absuchte, fielen ihre Augen auf eine Art Riss in der Wand, der sich als kaum sichtbare, in die Wand eingelassene Tür entpuppte. Sie zog sie auf und blickte in einen dunklen Gang.

Vorsichtig schlüpfte sie hinein und zog die Tür leise hinter sich zu. Draußen waberte auf einmal Loungemusik durch den Raum, während der Whirlpool leise zu blubbern begann. Durch den Türspalt sah sie Stefanie Rubi-Tüx, die ihren blütenweißen Bademantel abstreifte, in den Pool kletterte und ihren gebräunten Körper ins Wasser gleiten ließ. In den nächsten Minuten passierte nichts, außer dass die Musik spielte und der Pool gluckste. Bald taten Island vom langen Herumstehen die Füße weh, weshalb sie beschloss, sich weiter in den Gang hineinzuwagen – in der Hoffnung, vielleicht einen Ausgang zu finden.

Der Gang endete an einer schmalen Wendeltreppe. Weil von unten kalter, muffiger Kellergeruch heraufströmte, stieg Island nach oben. Sie landete in einem weiteren Gang, der immerhin spärlich durch ein fast blindes Fenster erhellt wurde und an einer Tür endete, über die Island in einen kleinen Raum mit einer hohen Decke kam. Die dunkle

Eichenholzdecke, die mit zartrosa Blüten bemalt war, stellte eindeutig das Romantischste an dem Gelass dar, ansonsten gab es nur Metallregale, ein vergittertes Fenster und einen Bürotisch mit zwei Stühlen. Dies musste der geheimnisumwitterte Archivraum sein. Die Verbindungstür zur Bibliothek war leider verschlossen.

Auf dem Tisch lag ein dickes Buch, das von einem Karteikasten beschwert wurde. Island setzte sich auf einen der beiden Stühle und zog es zu sich heran. *Repertorium Gutsarchiv Kreihorst* stand in Goldbuchstaben auf dem Buchdeckel. Das Inhaltsverzeichnis auf der ersten Seite war zum Glück nicht in altdeutscher Schrift gehalten, sondern in lateinischer. Generalia Kieler Güterdistrikt, Familienpapiere und Testamente, Pachtkontrakte, Kaufverträge, Prozessakten, Polizei und gutsobrigkeitliche Verwaltung, Geld- und Kornrechnungen, Urkunden, Karten – das Gutsarchiv war seinerzeit nach einem ganzen Sammelsurium von altertümlich klingenden Begriffen geordnet worden. Schuld- und Pfandprotokolle ab 1783, las Island, Erdbücher ab 1670, Verkopplungsakten, Kirchen- und Schulsachen, Militaria.

Sie blätterte weiter. Im Buch waren unter den Rubriken die entsprechenden Akten unter einer fortlaufenden Nummer verzeichnet. Diese wiederum passten zu den Nummern auf den Papierstapeln und Kartons in den umliegenden Regalen. Manche Schriftstücke lagen in Pappordnern und waren zu dicken Päckchen zusammengebunden, andere befanden sich in Schubern oder großen, grauen Schachteln.

Island klappte den Karteikasten auf. Jemand hatte sich offenbar vor längerer Zeit die Mühe gemacht, all die Aktentitel aus dem Buch mit einer Schreibmaschine auf kleine Karteikärtchen abzutippen. Vielleicht, weil er das

Archiv neu ordnen wollte. Aber diese Überarbeitung musste schon Jahre zurückliegen, denn auf allen Büchern, Kartons und Aktenstapeln lag eine dicke, graue Staubschicht. Wieso hieß es dann, dass Jon Theissen zusammen mit der Gutsherrin das Archiv neu geordnet hatte?

Und wie passte das zu der Tatsache, dass man aus dem Archiv direkt in den Wellnesstempel hinuntersteigen konnte? Lag da nicht der Gedanke nahe, dass sich die beiden mit angenehmeren Dingen beschäftigt hatten?

Langsam ging Island an den Regalen entlang. Auf einem der unteren Regalbretter gab es eine vom Staub ausgesparte Lücke zwischen zwei Aktenstapeln. Wenn sie nicht alles täuschte, musste hier ein Karton mit der Nummer 252 gestanden haben. Island blätterte noch einmal in dem Repertorium. Eine Akte mit der Nummer 252 gab es dort nicht. Dafür aber in dem Karteikasten fünfzehn Kärtchen, die alle die Nummer 252 sowie eine lateinische Ziffer trugen und in der Rubrik »Militaria« abgelegt worden waren.

Island las: *252.I Bausachen 1914–1918; 252.II U-Boot-Unterstand, mit: Berichten von U-Boot-Kommandanten; 252.III Öllager Flemhuder See; 252.IV Ölwärmehalle; 252.V Baupläne und Karten; 252.VI Seekarten; 252.VII Unreine Gründe: Munition; 252.VIII Chemische Kampfstoffe/Giftgas.*

Auf einer weiteren Karteikarte, die eindeutig neueren Datums war, weil sie aus glattem, holzfreiem Karton bestand und anders als die anderen mit einem glitzernden Gelschreiber beschriftet war, stand: *Deep-Dive-Super-Challenge, darin: Kaufvertrag, Betriebsanleitung, Fotos.*

Island sah sich noch einmal gründlich um, aber der Karton mit den Militaria fehlte eindeutig. Sie nahm die betreffenden Karteikarten aus dem Kästchen und steckte sie in ihre Handtasche. Die Luft im Archivraum war heiß und staubig, und allmählich verspürte sie ein großes Verlangen nach frischer Luft. Da die Tür zur Bibliothek zu war, blieb ihr nichts anderes übrig, als durch den Gang zur Wendeltreppe zurückzugehen. Als sie unten am Wellnessraum angelangt war, hörte sie Stimmen. Neugierig spähte sie durch den Türspalt.

»*Du* hast mir diese Hubers auf den Hals gehetzt!«

Aufgebracht ging Theodor Tüx vor dem Pool auf und ab.

»Was redest du für einen Blödsinn?« Seine Frau saß immer noch im sprudelnden Wasser, die Arme auf dem Beckenrand abgelegt. Gesicht, Hals und die runden, prallen Brüste glänzten vor Schweiß.

»Der Mann ist Privatdetektiv!«

»Ach?«, fragte sie ungerührt.

»Er spioniert hier herum.«

»So?«

»Aber ich weiß, wer ihn beauftragt hat.«

»Ja?«

»Carolin Theissen, die Frau deines verehrten Feriengastes.«

»Meines Gastes? Tsss.«

»Wie darf ich ihn sonst nennen? Lover, Adonis?«

Aus dem Pool kam ein dünnes Lachen. »Was denkst du von mir?«

»Was soll ich wohl denken? Es ist unfassbar peinlich, wie du dich benimmst, und das wissen wir beide.«

Mit einer langsamen Bewegung steckte sich Stefanie Rubi-Tüx die Haare auf dem Kopf neu zusammen. »Hast du ihn getötet?«, fragte sie ruhig.

»Ich wünschte, ich hätte es getan«, antwortete er zornig.

»Du bist ja richtig romantisch, wenn du eifersüchtig bist.« Sie lächelte schief.

»Du hältst den Mund, du ...!«, schrie er los. Unvermittelt holte er aus und schlug seiner Frau mit voller Wucht ins Gesicht. Ihr Kopf flog zur Seite und knallte gegen den Wasserzulauf. Es gab einen hell klingenden Ton, der die Loungemusik übertönte.

Wie erstarrt blieb Stefanie Rubi-Tüx vornübergebeugt im Pool sitzen, während ihr das Blut aus der Nase lief. Theodor Tüx massierte sich die Hand, verzog den Mund und lachte bitter.

»Lass dir das Gesicht richten«, sagte er, »dann hast du endlich wieder was vor.«

39

Das Schluchzen der Frau verfolgte sie, während sie durch den dunklen Gang zur Wendeltreppe zurückschlich. Vorsichtig stieg sie nach unten und gelangte in den muffig riechenden Keller. Der erste Raum, durch den sie kam, hatte eine niedrige Gewölbedecke und meterdicke, weiß gekalkte Ziegelwände. An einer Außenwand waren Klapptische und Bänke gestapelt, Sitzgelegenheiten für etwa hundert Personen. Im anschließenden Raum standen gut gefüllte Weinregale. Die Etiketten schmückten antike Ruinen: *Weingut Villa Rubi-Tüx. Montemerano.*

Der kleine, dunkle Raum neben dem Weinkeller hatte die Maße einer Gefängniszelle. Im Dämmerlicht erkannte sie eine Pritsche aus rissigem Holz. An Kopf- und Fußende befanden sich eiserne Räder, über die Ketten liefen. Eine mittelalterliche Streckbank. An den Wänden hingen Holzschlegel, Morgensterne und weitere Hieb- und Stichwaffen. In der Fensternische stand eine Guillotine. Das Metall des Fallbeiles sah glatt aus und frisch geputzt.

Island zog ihr Handy hervor und leuchtete die makabre Kellerkammer aus. Zu jedem Schloss gehörte ein Folterkeller, also wohl auch zu diesem. Hinter der Streckbank stand eine Holzkiste. Sie klappte den Deckel auf und sah hinein. Ein Tätowiergerät, Farbkartuschen, Pauspapier, ein Tischmülleimer mit farb- und blutverschmierten Tüchern. Ein Tätowierstudio in einer Folterkammer – sie hatte schon viel gesehen, aber so etwas noch nicht.

In der Kiste steckte ein Plastikhefter, der Ringbuchfolien mit zahlreichen Fotos von frisch tätowierten Hautstellen enthielt. Leider waren die Gesichter der Personen nicht zu erkennen. Ein Motiv war mehrfach zu sehen, und zwar das Porträt eines düster wirkenden Mannes mit schmalem Gesicht und langen Haaren, darunter ein gotischer Schriftzug: *Vasco da Gama*. Island fragte sich, ob ihr dieser Name etwas sagen sollte. Ratlos steckte sie alles zurück und schob die Kiste wieder unter die Streckbank.

Der an das Folterkabinett anschließende Raum hatte immerhin eine Tür, von der aus offenbar eine Treppe hinauf in den Garten führte. Ein leichter Geruch nach Chlor lag in der Luft, was wohl daran lag, dass hier unten die Utensilien für die Reinigung des Pools aufbewahrt wurden: Eimer, Schrubber, Schwämme sowie diverse Kescher. Und schon wieder rüttelte sie erfolglos an einer verschlossenen Tür.

Sie fuhr fort, den Keller zu durchstreifen, aber im Gegensatz zu den vorherigen Räumen waren alle anderen fast leer. Endlich gelangte sie an eine Treppe, die nach oben führte und an einer Eichentür endete. Es kam ihr fast unwirklich vor, dass diese sich ohne Weiteres öffnen ließ und sie sich in der Eingangshalle wiederfand. Atemlos und erschöpft erreichte sie ihr Zimmer, ließ sich aufs Bett fallen und machte ihren – wie sie fand – wohlverdienten Mittagsschlaf.

Am Abend um kurz nach acht saß sie ausgeruht auf der Terrasse des Fischmeisters in Wrohe und blickte über den Westensee. Als Vorspeise hatte sie sich einen Salatteller und eine Hamburger Aalsuppe bestellt, sie nippte ab und zu an ihrem Mineralwasser und wartete auf Henna Franzen. Dicke, weiße Cumuluswolken zogen über den Abendhimmel. Draußen in der Bucht kräuselte sich das Wasser im schwachen Wind, und ein einsamer Paddler zog seine Bahn auf dem See.

Das Restaurant »Zum Fischmeister« war gut besucht. Am Nachbartisch, wo sich eine größere Ausflugsgesellschaft in Sporthosen und Funktions-T-Shirts niedergelassen hatte, wurde gebratener Steinbeißer mit Champignons serviert. Sogleich herrschte zufriedenes, gefräßiges Schweigen.

Islands Magen knurrte so sehr, dass sich einer der Sportler erheitert nach ihr umdrehte. Wieder sah sie auf die Uhr. Wo blieb ihre Kollegin? Eine ältere Bedienung in Rock und Schürze brachte ihre Vorspeisen. Während Island die Suppe löffelte, dachte sie über den fehlenden Karton im Archiv nach. Was steckte hinter den Bezeichnungen auf den Karteikarten? Da fiel ihr jemand ein, der ihr diese Frage vielleicht beantworten konnte, und sie wählte die Nummer ihrer Tante.

»Hallöchen, Olga! Was macht das gute Leben?« Thea klang eindeutig beschwipst.

»Super, ich guck grad über den Westensee.«

»Dann rate mal, wo *ich* bin?«

»In Laboe?«

»Nein, in der Bar auf dem Dach des Atlantic Hotels! Der Kieler Hafen liegt uns zu Füßen, und Rudolf und ich trinken Sex on the Beach.«

»Da will ich nicht stören«, meinte Island grinsend. »Könntest du mir nur schnell mal die Telefonnummer von deiner Freundin Luise Lembke geben? Ich müsste mal mit ihrem Mann sprechen.«

»Mit Herbert?« Thea brauchte eine Weile, bis sie die Nummer in ihrem Adressbuch gefunden hatte. »Wann kommst du eigentlich zurück?«, fragte sie, nachdem sie ihrer Nichte die Nummer diktiert hatte.

»So bald noch nicht. Keine Angst.«

»Dann weiterhin viel Spaß mit deinen Mördern.«

»Danke, ebenso.«

»Wie meinst du das denn?«

Aber Island hatte schon aufgelegt.

Die Serviererin kam am Tisch vorbei und fragte, ob sie mit dem Essen zufrieden gewesen sei und ob sie eventuell noch etwas bestellen wolle. Island sah wieder ratlos auf ihre Uhr. Franzen hatte sie wohl wirklich versetzt. Aber war das ein Grund, auf eine Scholle Büsumer Art zu verzichten?

Während sie auf das Hauptgericht wartete, versuchte sie ihre Kollegin anzurufen, aber es sprang nur die Mailbox an.

»Hey, Henna, es ist halb neun. Wo steckst du denn? Melde dich doch bitte, auch wenn du nicht mehr kommst.«

Dann wählte sie die Nummer, die Thea ihr durchgegeben hatte. Es meldete sich eine Männerstimme, und Island stellte sich kurz vor.

»Dann sind Sie wohl Theas Nichte aus Kiel, die auf Kreihorst Urlaub machen wollte? Sie haben sicher von den unschönen Ereignissen auf dem Hof gehört. Da brauchen Sie nicht hinfahren, wenn Sie Erholung suchen.«

»Danke für den Hinweis, aber ich bin schon seit ein paar Tagen dort. Hätten Sie etwas dagegen, wenn ich heute Abend kurz bei Ihnen vorbeikäme? Ich habe ein paar dringende Fragen.«

»Na klar, kommen Sie nur.« Herbert Lembke gab eine Adresse in Landwehr durch.

Kaum hatte Island das Gespräch beendet, wurde auch schon die Scholle gebracht.

Für ein paar Minuten legte Olga ihr Handy zur Seite und genoss einfach nur das Essen und die Aussicht über den See.

Sie erreichte Landwehr gegen zweiundzwanzig Uhr. Das Haus der Lembkes lag auf einer Anhöhe über dem Nord-Ostsee-Kanal. Das Gebäude sah aus, als könnte es einen neuen Anstrich vertragen. Vor einem Schuppen stand ein untersetzter Mann mit grauem Kapitänsbart und hackte Holz. Als er sie sah, hielt er inne und blickte sie aus kleinen, wachen Augen misstrauisch an.

»Wir haben eben telefoniert. Ich bin Olga Island.«

»Lassen Sie uns reingehen. Aber bitte leise, meine Frau hat sich schon hingelegt.«

Er stellte die Axt beiseite und ging voran zur Eingangstreppe. Durch einen engen Windfang gelangten sie in eine kleine, vollgestellte Stube. Vom Fenster aus sah man auf den Kanal und die Fährstation von Landwehr. Gerade legte die Kanalfähre wieder ab und schlüpfte geschickt zwischen zwei Frachtern hindurch.

»Schöne Aussicht«, sagte Island.

»Ausgesucht haben wir uns die nicht.«

»Das hört sich aber nicht so begeistert an.«

Herbert Lembke zupfte an seinem Bart. »Wir brauchten schnell eine Unterkunft, und das Haus war frei.«

»Weil Ihnen auf Kreihorst gekündigt worden ist, nicht wahr?«

Der Mann senkte den Kopf. »Genau, und zwar von hier auf jetzt, mitten in der Ernte.«

»Warum?«

»Wieso sollte ich Ihnen das erzählen?«

»Entschuldigung. Sie wissen doch, ich bin von der Mordkommission. An dieser Geschichte habe ich ein rein dienstliches Interesse. Ich sichere Ihnen Vertraulichkeit zu.«

Herbert Lembke zog die Augenbrauen zusammen und deutete auf einen der Sessel, ehe er selbst Platz nahm. Beim Hinsetzen spürte Island die Sprungfedern in der Sitzfläche.

»Dann wollten Sie also gar nicht Urlaub machen auf Kreihorst?«, fragte er.

»Nein. Nicht wirklich.«

Er nickte. »Eigentlich spreche ich nicht gern darüber. Es war ein bitterer Abgang. Der Tüx hat mich vor versammelter Mannschaft heruntergeputzt und des Hofes verwiesen. Dabei war ich mehr als zwanzig Jahre dort tätig.«

»Was war denn vorgefallen?«

Lembke langte nach einem mit Erdnüssen gefüllten Glasschälchen auf dem Couchtisch. Er bot Olga welche an und bediente sich dann selbst.

»Tüx hat das Gut vor drei Jahren gekauft. Ich habe gleich gewusst, dass sich mit dem neuen Besitzer alles ändern würde. Der feine Herr, der die Welt mit seinen Plastikflaschen überschwemmt, hatte damals nämlich beschlossen, sein Biofähnchen in den Wind zu halten. Auf seinem holsteinischen Sommersitz konnte es plötzlich gar nicht ökologisch genug zugehen. Es war klar, dass er den alten Verwalter austauschen würde. Zumal der neue, dieser Peter von Dünen, auch noch für viel weniger Geld arbeiten sollte. Also fand Tüx einen nichtigen Anlass, um mich loszuwerden. Er warf mir vor, dass ich eines der Pferde seiner Frau falsch hätte füttern lassen, weshalb es eine Kolik bekam. Und dann warf er mich raus. Dabei musste das Pferd nicht mal zum Tierarzt. Es hat völlig gereicht, das Tier zwei, drei Stunden an der frischen Luft herumzuführen. Außerdem war die Versorgung völlig korrekt. So was kommt einfach mal vor, auch wenn man die Tiere in Watte packt.«

»Sie sind immer noch wütend auf Ihren ehemaligen Arbeitgeber?«

»Wären Sie das nicht? In meinem Alter bedeutet eine Kündigung das Ende. Luise verkauft jetzt bei gutem Wetter drüben auf dem Parkplatz an der Fähre heiße Würstchen, manchmal helfe ich ihr dabei.«

»Kennen Sie den Gutsarbeiter Cord Petersen?«

»Nein, der muss nach unserer Zeit eingestellt worden sein.«

»Und Lissy Heinke?«

»Lissy kenne ich gut. Sie ist im Mai letzten Jahres auf den Hof gekommen. Als wir auszogen, ist sie von dort abgehauen. Sie hatte ein enges Verhältnis zu meiner Frau und konnte nicht ertragen, wie die Herrschaft mit uns umgegangen ist. Sie soll aber später zurückgekehrt sein.«

»Lissy ist vor einigen Tagen wieder verschwunden. Haben Sie eine Ahnung, wo sie sich aufhalten könnte?«

»Nein.«

»Stimmt es eigentlich, dass Tüx seinen Angestellten nur wenig Geld zahlt?«

»Der spart doch, wo er kann, und am meisten beim Personal. Trotzdem erwartet er, dass man sich mit seiner Sache voll und ganz identifiziert. Sobald er im Grundbuch stand, bekamen meine Frau und ich ein Viertel weniger ausgezahlt, weil wir in einem so wertvollen, alten Haus lebten und durch die Vermietung im Sommer so hohe Einnahmen erzielten. Dabei hatten wir alles auf eigene Rechnung hergerichtet. Nee, der Tüx ist ein Geizhals. Der hat sein Geld lieber in die Sicherheitsüberwachung gesteckt. Und in das alte Zeug, mit dem er die Scheunen gefüllt hat. Dieses verrückte, sicherlich sauteure U-Boot zum Beispiel.«

»Ein U-Boot?«

»Genau. Es ist als Beiboot für seine Jacht gedacht, die er sich bereits seit zwei Jahren bei Nobiskrug in Rendsburg bauen lässt.«

Die Mittel des Herrn Dr. Tüx schienen unbegrenzt. Der Reichtum hinderte ihn aber nicht daran, seine Angestellten auszubeuten und seine Frau zu schlagen.

»Herr Lembke, ich bin eigentlich noch wegen einer ganz anderen Sache gekommen. Können Sie damit etwas anfangen?«

Sie zog die Karteikärtchen aus dem Gutsarchiv aus der Handtasche und reichte sie dem Mann.

Herbert Lembke hob überrascht die Augenbrauen.

Island wartete.

»Eine kleine Sammlung von Fakten zum Thema Krieg«, sagte der Verwalter ernst.

»Und was genau sind das für Unterlagen, die auf den Karteikarten genannt sind?«

Lembke blätterte die Kärtchen langsam durch.

»Ich habe dem alten Besitzer geholfen, das Archiv zu ordnen. Nach und nach bin ich alles durchgegangen, habe die Aktentitel auf den Kärtchen festgehalten und die Kartons beschriftet. Das war eine interessante Tätigkeit für die Wintermonate.«

»Die Militärakten von diesen Karteikarten sind aber zurzeit nicht mehr an Ort und Stelle«, erklärte Island. »Was stand denn drin?«

»Das sind alles Sachen, die ursprünglich gar nicht ins Gutsarchiv gehörten. Irgendjemand hat sie aus der Militärabteilung des Bundesarchivs in Freiburg im Breisgau mitgehen lassen. Es geht darin zum Beispiel um das Öllager der Marine am Flemhuder See. Spannend, was da alles während des Krieges gebaut worden ist und was nach dem Krieg damit passierte. Vielleicht wollte einer der Vorbesitzer des Gutes dort Land erwerben und hat sich deshalb dafür interessiert. Es gibt aber noch Altlasten im Boden, bei den Sprengungen durch die Alliierten ist viel von dem gebunkerten Kraftstoff ausgelaufen. Man kann das Land nicht so einfach landwirtschaftlich nutzen, der Erwerb wäre mit finanziellen Risiken verbunden.« Er machte eine kurze Pause, wie um sich zu besinnen. »Es gab auch Baupläne, zum Beispiel vom U-Boot-Unterstand am Achterwehrer Schifffahrtskanal. Das ist so ein Kuriosum aus der Zeit des Ersten Weltkrieges. Es sollte eigentlich U-Booten als Versteck dienen. Vor Bomben hätte er allerdings kein einziges Boot schützen können, denn die Decken und Wände sind viel zu dünn.«

»Ich bin da mal vorbeigerudert«, warf Island ein. »Da schwamm Öl auf dem Wasser. Hat Tüx sein U-Boot dort untergebracht?«

Lembke sah sie ratlos an.

»Also, zu meiner Zeit haben sie das Boot in der großen Scheune aufbewahrt.«

»Ist es eigentlich tauchfähig?«

»Alle Fahrzeuge aus Tüx' Sammlung sind einsatzbereit.«

Island wandte sich wieder den Karteikarten zu.

»Was bedeuten die Aktentitel ›Munition, Chemische Kampfstoffe, Giftgas‹?«

Der alte Verwalter kratzte sich am Kopf. »Das waren Sammlungen von Presseartikeln über Munition, die kurz nach dem Zweiten Weltkrieg in Nord- und Ostsee versenkt worden ist. Das war ja damals eine beliebte Methode, um die gefährlichen Stoffe und explosiven Kampfmittel aus Wehrmachtsbeständen loszuwerden. In deutschen Küstengewässern liegen diese Munitionsreste noch tonnenweise. Manche Wissenschaftler vermuten dort unten mehrere Hunderttausend Tonnen. Ich erinnere mich auch an eine Seekarte der Kieler Bucht, auf der manche Gebiete mit fettem Leuchtstift markiert waren. Unreine Gründe. Diese Gebiete sind bis heute für Fischerei und Schiffsverkehr gesperrt. Hoffe ich jedenfalls.«

»Interessant«, meinte Island, aber ihre Gedanken sprangen schon wieder zurück zum Gut. »Können Sie mir etwas über die Ehe der Tüx sagen?«

Lembke fuhr mit den Fingerspitzen über sein kurz geschnittenes Haar. »Ehrlich gesagt, so eine Ehe möchte ich nicht führen. Er hat nie Zeit für Frau und Kind. Und sie tröstet sich, indem sie dauernd in irgendwelchen Kliniken an sich rumschnippeln lässt. Den hochbegabten Sohn haben sie aufs Internat abgeschoben. Der kann einem auch nur leidtun.« Er beugte sich vor und flüsterte: »Sie hat immer schon eine Schwäche für jüngere Männer gehabt.«

»Auch für Stallburschen?«

»Besonders für Stallburschen, würde ich sagen.«

Im Flur vor dem Wohnzimmer tappte jemand herum. Eine Frau im Bademantel stand in der Tür. Sie rieb sich die Augen.

»Was gibt es denn?«, fragte sie verwundert.

»Nichts, Luise«, sagte Herbert Lembke liebevoll. »Die Nichte von Thea Island ist kurz da, um ein paar Fragen zu klären.«

»Mit den Sachen auf Kreihorst haben wir nichts zu tun«, sagte Luise Lembke ängstlich. »Hier müssen Sie nicht suchen.«

»Das hab ich auch nie angenommen, Frau Lembke, deshalb bin ich gar nicht hier«, sagte Island. Sie reichte Herrn Lembke die Hand und erhob sich. »Noch mal vielen Dank, dass ich so spät noch vorbeikommen durfte.«

»Wir haben mit niemandem auf dem Hof mehr zu tun«, erklärte Frau Lembke. »Ich seh die nur noch, wenn sie die Fähre da unten nehmen, um die Pferde auf die Koppeln auf der anderen Kanalseite zu bringen. Ihre Autos kenne ich genau.«

Island horchte auf. »Sie transportieren die Pferde mit dem Wagen?«

»Die Tiere sind doch viel zu edel, um solche Strecken selbst zu gehen. Sie könnten ausrutschen und sich die Beine brechen.«

»Ist die Kanalfähre eigentlich die ganze Nacht hindurch in Betrieb?«

»Natürlich, wenn auch seltener als am Tag.«

Als Island sich vor der Tür verabschiedete, hatte Herbert

Lembke einen Arm um die Schulter seiner Frau gelegt. Mit der anderen Hand winkte er Island hinterher.

Auf der Rückfahrt schaltete Island das Radio ein und drehte voll auf. Enjoy the Music. Trotzdem klang ihr immer wieder Frau Lembkes Stimme im Ohr. »Hier müssen Sie nicht suchen.«

40

Als Island durch das Torhaus auf den Hof fuhr, waren im Gutshaus alle Fenster dunkel. Nur in einem der Zimmer im Erdgeschoss des Südflügels brannte Licht, doch die dichten, weißen Vorhänge waren fest zugezogen.

Island schloss die schwere Eingangstür auf. Ein kalter Kellergeruch zog durch die Halle. Im Haus war es still wie in einer Gruft. War es eigentlich erstrebenswert, so einen muffigen, alten Kasten als Ferienhaus zu besitzen? Gemütlichkeit sah irgendwie anders aus.

Auf ihrem Zimmer angekommen, duschte sie und schlüpfte im T-Shirt unter die kühlen Laken. Obwohl es kurz vor Mitternacht war, versuchte sie noch einmal, Henna Franzen zu erreichen. Doch nun war auch ihre Mailbox abgeschaltet. Island beschloss, sich keine Sorgen zu machen. Auch ihre Kollegin hatte zwischendurch das Recht auf ein bisschen Privatleben. Henna Franzen war in der letzten Zeit sehr eingespannt gewesen. Vielleicht war sie lieber mit Dutzen schwimmen gegangen, als nach Wrohe zum Essen rauszufahren. Allerdings hatte es sich so angehört, als ob sie etwas auf dem Herzen hatte. Wollte sie einen Rat zum Thema Jan Dutzen? Der Gedanke versetzte Island nur einen ganz kleinen Stich. Wenn Henna tatsächlich etwas mit Jan angefangen hatte, würde Olga sich schon irgendwie daran gewöhnen.

Sie las noch eine Doppelseite in »Der Adel kocht« und schlief bald darauf ein.

Sie wusste nicht, was sie geweckt hatte. Ein Geräusch? Eine Bewegung? Ein Traum? Es war stockdunkel im Zimmer. Sie stand auf und sah in die Nacht hinaus. Am mondlosen Himmel standen Millionen von Sternen, einige davon spiegelten sich im Pool. Dies und das leise Glucksen des Wassers ließen einen glauben, dass die Zeit stillstand.

Doch plötzlich huschten vom Nordflügel her Lichtkegel über die Terrasse und verloren sich über die Freitreppe. Leise Fußtritte waren zu hören, bis die Lichter auf dem Rasen zu sehen waren und sich unter den Bäumen entfernten. So schnell sie konnte, zwängte sich Island in ihre Stützstrümpfe und zog sich an. Sie stopfte ihre Taschenlampe in ihre Handtasche und schlich in den Gang hinaus. Bewegungsmelder auf der Treppe und in der Halle erhellten ihren Weg. Die Laterne über dem Eingang erleuchtete die ganze Umgebung, und erst als Island um die Ecke des Hauses gebogen war, umfing sie Dunkelheit.

Um nicht in den Pool zu fallen, mied sie die Terrasse, schlängelte sich stattdessen durch die Buchsbaumhecken und lief über den federnden Rasen, der feucht war vom Tau. Ein paar Hundert Meter vom Haus entfernt drehte sie sich um und blickte zurück. Alles war dunkel, nur in ihrem Zimmer im zweiten Stock brannte Licht. Litt sie an nächtlicher Schwangerschaftsverwirrung? Sie hatte doch das Licht ausgeschaltet, als sie den Raum verlassen hatte. Nachdenklich ging sie weiter in die Richtung, in der sie die Lichtkegel über den Rasen hatte verschwinden sehen.

In der Tiefe des Gartens gelangte sie an einen Querweg, der mit hellem Muschelkalk ausgelegt war. Ihre Augen hatten sich inzwischen so an das schwache Sternenlicht gewöhnt, dass sie dem Weg ohne Schwierigkeiten folgen konnte. Er führte in den Wald und endete an einem Gewässer. Island vermutete, dass sie am Achterwehrer Schifffahrtskanal gelandet war. Nach wenigen Metern erkannte sie das Bootshaus, von dem aus sie mit Lotti Dormann zu der Paddeltour gestartet war. Sie ging den schmalen Pfad hinter dem Bootshaus weiter. Der Wald wuchs an dieser Stelle so dicht und dunkel, dass sie ihre Lampe hervorholte und einschaltete.

Das Gras auf dem Pfad war trocken und raschelte leise unter ihren Sohlen. Nach etwa einem halben Kilometer stieß der Strahl der Lampe auf graues Mauerwerk. Sie schaltete das Licht aus und lauschte. Aber bis auf eine Ente, die plötzlich im Gras der Kanalböschung laut und wütend losschnatterte, war kein Laut zu hören.

Das Gebäude hatte keine Fenster, aber dafür eine rostige Eisentür, die offen stand. Sie lauschte wieder. Doch da war nur das Geräusch von Wassertropfen, die auf eine feuchte Oberfläche klatschten. Sie leuchtete in das schwarze Loch hinein. Das Licht fiel auf graue Wände, die mit weißem Schimmel überzogen waren. Das Wasserbecken, das den zentralen Teil des Gebäudes bildete, war zum Kanal hin offen und hatte die Größe eines Schwimmbades.

An der Wand verliefen glitschige Holzstege. Island leuchtete ins Wasser. Feine Algen bewegten sich in einer aufgequirlten Wolke. Kabel hingen aus einem grauen Kasten, der eindeutig nicht aus der Zeit des Ersten Weltkrieges stammte. Es war ein modernes Akkuladegerät, das an eine Stromleitung angeschlossen war. Diese verlief über den Holzsteg zum Ausgang. Irgendwo dort stand ein dieselbetriebener Generator, der wahrscheinlich für den Ölfilm auf dem Wasser verantwortlich war.

Island leuchtete noch einmal die Wände ab. Es gab zwei Türen. Die eine führte in eine leere Kammer mit gestampftem Lehmboden, die andere in einen fensterlosen Raum, in dem ein Schreibtisch stand. Feuchtigkeit sickerte aus den Wänden. Wenn die Täubchen hier gewesen sind, dachte sie, dann sind sie ausgeflogen.

Etwa zusammen mit dem ominösen U-Boot? War es nur ein verrückter Gedanke, oder konnte es sein, dass die Jugendlichen das U-Boot flottgemacht hatten und nun, mitten in der Nacht, in dem stillgelegten Seitenkanal damit herumschipperten? Da würden sie ja nicht weit kommen. Der Kanal war schmal und nicht besonders tief. Auf der einen Seite reichte er bis zur Eider, die so schmal und flach war, dass gerade einmal Paddler darauf fahren konnten, auf der anderen Seite endete er an der stillgelegten Strohbrücker Schleuse.

Der Gedanke, dass man mit einem U-Boot die Schleusen benutzen könnte, war so abwegig, dass Island ihn sofort wieder verwarf. Sie gähnte. Wo auch immer die jungen Leute jetzt steckten, sie war müde und wollte wieder ins Bett. Bevor sie den engen Raum verließ, blieb sie vor dem morschen Schreibtisch stehen. Unter einer altmodischen Bürolampe befand sich ein unscheinbarer Karton, auf dessen Seite ein säuberlich beschriftetes Schildchen klebte: *252 Militaria*.

Island pfiff durch die Zähne. Sie zog den Karton heran und öffnete den Deckel. Ein Stapel Mappen kam zum Vorschein. Sie zog die Karteikarten aus ihrer Handtasche, breitete sie auf dem Tisch aus und verglich sie mit den Beschriftungen auf den Mappen. Zwei Mappen fehlten: *252.VII Unreine Gründe: Munition* und *252.VIII Chemische Kampfstoffe/Giftgas.*

Island klemmte sich den Karton unter den Arm und verließ den Betonbau.

Draußen dämmerte es bereits. Die ersten Vögel begannen ihren Reviergesang. Diese kurzen Sommernächte machten einen schon ein bisschen high, besonders wenn man sie mit so wenig Schlaf verbrachte. Auf dem Weg zurück musste sie sich eingestehen, dass sie es nicht schaffen würde, den Karton bis auf ihr Zimmer zu schleppen. Nur mit Müh und Not erreichte sie mit ihrer Last das Bootshaus, wo sie den sperrigen Kasten unter einem der Paddelboote versteckte.

In ihrem Zimmer, in dem bei ihrer Rückkehr kein Licht mehr brannte, sank sie aufs Bett. Trotz der morgendlichen Helligkeit, die durch die Fenster drang, schlief sie sofort und ohne einen weiteren Gedanken fassen zu können, ein.

41

Fritzi wedelte freudig mit dem Schwanz, als Island am nächsten Morgen das Speisezimmer im Verwalterhaus betrat. Lotti Dormann saß bereits am Tisch, in engen Shorts und Sport-T-Shirt, und träufelte sich Honig auf ihr Brötchen.

»Wohl geruht?«, fragte sie, vornehm die Lippen schürzend.

»Danke, und selbst?«

Lotti Dormann nickte. »Ich war schon joggen.«

»Wo ist eigentlich Frau von Dünen?«, fragte Island. »Ich habe sie gar nicht in der Küche gesehen?«

»Sie liegt mit hohem Fieber im Bett. Die Kinder hat sie nach Lübeck zu einer Freundin geschickt. Peter von Dünen hat sie weggebracht.«

In diesem Moment fiel Island auf, dass am Nachbartisch keine Frühstücksgedecke mehr standen.

»Die Hubers sind abgereist«, sagte Lotti Dormann bedauernd. »War wohl doch alles ein bisschen viel.«

»Hat die Polizei vorher mit ihnen gesprochen?«

»Das wollte Herr Huber ja die ganze Zeit. Aber dann war es wohl doch kein so gutes Gespräch.«

»Hast du etwas davon mitbekommen?«

»Nur dass sie sofort danach die Koffer gepackt haben und weggefahren sind. Ehrlich gesagt kann ich das gar nicht verstehen. Man will doch auch wissen, wer der Mörder war, wenn die Polizei nun schon auf dem Hof ist.«

In diesem Moment klingelte Jan Dutzen sie auf dem Handy an. Island stand auf und ging in den Flur.

»Moin, Olga. Hast du eine Ahnung, wo Henna steckt?«

»Nein, wieso?«, fragte Island erschrocken.

»Sie wollte doch gestern Abend zu dir rausfahren. Seitdem kann ich sie nicht erreichen.«

»Wir waren in Wrohe zum Essen verabredet, aber Henna ist nicht gekommen. Und sie ist auch nicht rangegangen, als ich sie angerufen habe.«

»Mann, da stimmt doch was nicht.«

»Vielleicht ist sie krank und liegt zu Hause im Bett?«

»Dann hätte sie doch abgesagt. Außerdem habe ich bei ihr zu Hause angerufen. Swantje sagt, Henna ist gestern

Morgen zur Arbeit gefahren und seitdem nicht mehr da gewesen.«

»Vielleicht hat sie einen Freund, bei dem sie übernachtet?«

»Das glaube ich nicht.« Dutzen lachte trocken.

Also doch, dachte Island. Dutzen hat was mit Franzen. Das kann ja heiter werden mit den beiden zusammen im Team.

»Warum lachst du?«, fragte sie.

»Henna ist lesbisch, wusstest du das nicht?«

Island schluckte. Darauf wäre sie wirklich nicht gekommen. Dabei hatte sie gedacht, sie wüsste die wichtigsten Dinge über ihre engeren Kollegen, doch da hatte sie sich anscheinend getäuscht.

Das Unwohlsein kam in Wellen. Plötzlich kam diese furchtbare Geschichte mit ihrem Kollegen Mischa aus Berlin wieder hoch. Mischa, den sie in Notwehr getötet hatte. Panik stieg in ihr auf, blutrote Wogen drohten augenblicklich über ihr zusammenzuschlagen. Ihr Hals war trocken, und ihr wurde schwindlig. Sie stützte sich an einer der Bauerntruhen ab und atmete so langsam und tief wie möglich. Sie durfte sich nicht überrollen lassen von diesem beängstigenden Gefühl, den Boden unter den Füßen zu verlieren. Kalter Schweiß trat ihr auf die Stirn. Die Sache mit Mischa war über ein Jahr her. Er war drogensüchtig gewesen und hatte mit der Unterwelt zusammengearbeitet, um an den Stoff zu kommen. Und sie als seine Vorgesetzte hatte nichts von seinen Problemen bemerkt. Seitdem machte sie sich Vorwürfe. Wenn sie aufmerksamer gewesen wäre, wäre Mischa noch am Leben. Dann würde sie nicht mit dieser unauslöschbaren Schuld leben müssen.

Bleib ruhig, dachte sie, Henna Franzen ist doch nichts

passiert. Sie ist heute Nacht nicht nach Hause gekommen. Das ist doch kein Drama. Es gibt keinen Grund, sich Sorgen zu machen. Und schon gar kein Grund, vor lauter Schuldgefühlen in Panik zu geraten.

Sicher würde Franzen im Laufe des Vormittags wieder zum Dienst kommen. Vielleicht war sie in aller Frühe schwimmen gegangen oder saß bei einem Arzt im Wartezimmer herum. Ihre Mitbewohnerin hatte vielleicht gar nicht bemerkt, dass sie zwischendurch doch mal zu Hause gewesen war. Sicher gab es für alles eine ganz einfache, harmlose Erklärung.

»Nein, wusste ich nicht«, beeilte Island sich zu sagen. »Dann hat sie ja vielleicht eine Freundin, bei der sie übernachtet hat?«

»Am 23. August wollen sie und Swantje heiraten«, sagte Dutzen. »Da wird sie doch wohl kaum bei einer anderen übernachten, oder?«

»Ach so. Ja, nee, dann …«

»Wir sind übrigens alle zur Hochzeit eingeladen. Die Einladung liegt auf deinem Schreibtisch. Ich hoffe, du wirst meine Tischdame. Es gibt Musik und Tanz und gutes Essen. Hennas ganze Verwandtschaft von der Westküste reist an.«

Inzwischen war Island nach draußen gegangen und hatte sich weit vom Haus entfernt, in der Hoffnung, dass man sie auch durch das geöffnete Fenster des Speisezimmers nicht hören konnte.

»Da fällt mir ein, dass Henna einen Ausritt machen wollte«, sagte sie leise.

»Was?«, fragte Dutzen verständnislos.

»Sie hatte vor, sich bei Freunden in Felde ein Pferd zu leihen und die Spülfelder nach Lissy Heinke, dem Pferdemädchen, abzusuchen. Wir waren uns einig, dass Lissy eine wichtige Zeugin sein könnte.«

»Seid ihr verrückt? Das ist doch viel zu gefährlich. Dann sollten wir diese Freunde von Henna schleunigst ausfindig machen.«

»Stimmt, sie braucht ihr Insulin, aber ich glaube, sie hat immer etwas in ihrem Wagen dabei.«

»Swantje ist sich aber sicher, dass sich Hennas aktuelle Insulinvorräte komplett zu Hause im Kühlschrank befinden.«

»Shit«, sagte Island. »Dann hat sie wirklich ein Problem. Wir müssen sie dringend suchen.«

»Sollen wir auch alle über die Felder reiten?«

»Besprich das mal mit Bruns.«

Dutzen schnaubte.

Island wollte gerade auflegen, da fiel ihr noch etwas ein. »Du, Dutzen, schick doch mal einen Streifenwagen zu Familie Lembke in Landwehr. Es kann sein, dass Lissy bei ihnen ist. Sie soll ein gutes Verhältnis zu Frau Lembke gehabt haben.« Sie gab noch schnell die Adresse durch und ging zurück ins Speisezimmer.

»Probleme?«, fragte Frau Dormann.

»Nein«, sagte Island leichthin, obwohl sie merkte, dass ihr Kopf vor Anspannung blutleer war. »Nur eine Verabredung.«

»Kommt dein Mann dich endlich besuchen?«

»Sieht nicht so aus.«

»Läuft gerade nicht so gut, was?«

Island zuckte mit den Achseln. Stimmt, mit dem lief gar nichts. Aber das war ihr gerade egal. Sie nahm sich ein Ei und köpfte es.

Lotti Dormann vertiefte sich demonstrativ in einen Prospekt über Heuhotels. Island musste so schnell wie möglich nach Kiel fahren, denn sie hatte dort ein paar dringende Sachen zu klären. Unter den fragenden Blicken von Frau Dormann belegte sie sich noch zwei Brötchen, wickelte sie in eine Serviette und quetschte sie in ihre Handtasche.

»Ich bin heute unterwegs«, erklärte sie.

Frau Dormann fragte nicht weiter nach, doch auf ihrer Stirn stand eine strenge, nachdenkliche Falte.

Island ging hinüber ins Gutshaus, um sich die Zähne zu putzen und ihre Sachen für den Tag zu packen. Sie wollte auch ihren Laptop mitnehmen. Sie hatte das dumpfe Gefühl, als hätte jemand versucht, ihr Passwort zu knacken. Wer mochte gestern Nacht in ihrem Zimmer gewesen sein? Immerhin hatte derjenige später brav das Licht hinter sich ausgemacht.

Auf der Treppe hörte sie, wie ihr eine Person mit flotten Schritten folgte. Oben im Gang überholte Frau Markowich sie und grüßte flüchtig. Sie war wie immer in korrektem dunkelblauem Sommerkostüm mit weißer Bluse gekleidet und sah doch irgendwie etwas derangiert aus. Na, dachte Island bei sich, warst du heute Nacht in meinem Zimmer zum Schnüffeln? Hast du deshalb so dunkle Augenringe? Oder gibt es sonst etwas Neues, was ich wissen sollte?

Frau Markowich verschwand in dem unbewohnten Gästezimmer mit der Wendeltreppe, die in die unteren Etagen und die Räume des Südflügels führte. Island schlich hinter ihr her. Sie hörte Frau Markowichs Absätze beim Hinabsteigen der Stufen klackern. Offenbar wurde sie unten erwartet, denn sofort redete eine laute Frauenstimme auf sie ein. Island beugte sich über das Treppengeländer.

»Ich habe einen dringenden Arzttermin in Hamburg«,

sagte Stefanie Rubi-Tüx. »Also sagen Sie schon, was los ist.«

»Gnä' Frau«, sagte Frau Markowich mit singendem, österreichischem Akzent. »Bittschön, entschuldigen Sie. Das Frühstück steht bereit, aber ich kann die jungen Herrschaften nicht finden. Wissen Sie vielleicht, wo sie sich aufhalten?«

»Die Kinder?«

»Es sieht so aus, als hätten sie heute Nacht nicht in ihren Betten gelegen.«

»Und wo sollten sie sein?«

»Das weiß ich nicht. Ich dachte, dass eventuell Sie ...«

»Nein«, sagte die Dame des Hauses streng. »Fragen Sie meinen Mann, er soll in seinem Überwachungssystem nachsehen, ob sie den Hof verlassen haben.«

»Ihr Mann ist heute Morgen nach Brüssel geflogen.«

»Dann soll von Dünen das machen.«

»Das hat er schon. Aber sie haben das Gelände durch keines der Tore verlassen.«

»Dann müssen sie noch drin sein. Ich kann Ihnen jetzt nicht helfen, mein Arzt wartet nicht. Machen Sie sich mal keine Sorgen, die Kinder genießen hier ihre Freiheit. In der Schule werden sie doch ständig kontrolliert. Ich bin ja auch bald wieder zurück.«

Wie immer öffnete sich das grüne Tor beim Hinausfahren automatisch. Island unterdrückte den Impuls, eine Grimasse zu schneiden und obszöne Gesten zu machen, damit Theodor Tüx auf seinem Überwachungsfilm später etwas zu sehen hatte. Sie fuhr den sandigen Weg entlang und rollte langsam den Abhang hinab. Es hatte sich zugezogen, die Sonne war von dünnen Wolken verdeckt. Ein bleiernes Licht lag auf der verwaisten Wiese am See.

Island stoppte den Wagen. Sie stieg aus und sah sich um. Ein öder, abgelegener Ort in einer stillen Landschaft. Ob die Kameras von Kreihorst bis hierherreichten? Sie öffnete den Kofferraum und holte ihren alten Regenschirm, den sie vor ihrer Abreise in Kiel hineingelegt, aber bisher noch nicht benutzt hatte. Sie hatte das Gefühl, dass in den wenigen Tagen auf dem Land ihr Bauch schon wieder ordentlich gewachsen war.

Der Schirm hatte einen Handgriff wie ein Wanderstock, und wenn sie sich daraufstützte, tat ihr Rücken, der den schweren Bauch halten musste, beim Gehen nicht mehr so weh. Mühsam stieg sie den Weg, den sie eben hinabgefahren war, wieder hinauf. Hier begannen die Spülfelder. Je weiter sie vorankam, desto stiller wurde es um sie her. Kein Windhauch störte die Ruhe, kein Vogelzwitschern, kein Klatschen der Wellen an das nahe Seeufer. Der Sand und die Weidenbüsche schienen alle Geräusche zu verschlucken. Das Gelände war unwegsam und verwildert.

Wenn Henna Franzen wirklich hier entlanggeritten war, welchen Weg hatte sie wohl genommen? Island bemerkte Hufspuren zu ihren Füßen und blieb stehen. Es musste ein kleineres Pferd gewesen sein, vielleicht nur ein Pony. Trotzdem waren die Hufe tief in den sandigen Boden eingedrungen und hatten ihn aufgewühlt. Zwischen zwei flachen Weidenbüschen bog die Spur des Tieres plötzlich scharf ab und führte auf einen der Wälle, der in den wasserreichen Teil der Felder hineinreichte. Island griff nach ihrem Handy und wählte die Nummer von Franzens Festnetzanschluss.

»Swantje Propst.«

»Guten Tag, Frau Propst. Hier spricht Olga Island. Ich bin eine Kollegin Ihrer Freundin Henna.«

»Hallo, Frau Island, ich habe schon viel von Ihnen gehört.«

»Ich mache mir Gedanken, wo Henna steckt. Sie wollte am Flemhuder See ausreiten und sich dafür bei Freunden ein Pferd ausleihen. Können Sie mir sagen, wie die Freunde heißen?«

»Leider nicht. Ihr Kollege hat mich das auch schon gefragt. Ich weiß gar nicht, woher Henna sie kennt, ich habe nur mal gehört, dass sie Isländer züchten.«

»Könnten Sie versuchen, den Namen der Leute irgendwie herauszufinden?«

»Mach ich, klar. Meinen Sie, dass Henna etwas passiert sein könnte?«

Island zog es vor, auf diese Frage mit einer Gegenfrage zu antworten. »Hätten Sie was dagegen, wenn ich etwas Insulin bei Ihnen abholen käme? Nur für den Fall, dass wir sie finden?«

»Nein, kommen Sie ruhig vorbei. Ich arbeite zu Hause.«

»Wo wohnen Sie noch mal genau?«

Swantje Schulz nannte eine Adresse in Friedrichsort.

»Dann bin ich gegen elf Uhr bei Ihnen.«

Olga untersuchte ein weiteres Mal die Hufspuren. Islandpferde waren klein, wie Ponys. Die Spuren führten hinaus auf einen der Wälle, aber das Pferd war nicht von dort zurückgekehrt. Da fiel ihr Blick auf ein Haarbüschel, das sich an einem Weißdorn verfangen hatte. Es war feuerrot. Sie musste unwillkürlich an das Schild am Eingang denken. *Achtung, Spülfelder! Beim Verlassen der Wege Ertrinkungsgefahr!* Ihre Knie wurden weich. Während sie zu ihrem Wagen zurückeilte, rief sie Jan Dutzen an.

»Na, Probleme?«

»Es ist noch mal wegen Henna. Wir sollten doch sofort die Spülfelder absuchen. Kannst du bitte dafür sorgen, dass die Bereitschaft aus Eutin kommt?«

»Mann, Mann, Mann«, sagte Dutzen. »Spülfelder, Ausreiten, weggelaufene Jugendliche wieder einfangen. Was macht ihr Weiber da draußen eigentlich für einen Mist?«

42

Das backsteinrote Werftarbeiterhaus, in dem Henna Franzen mit ihrer Verlobten wohnte, lag an einer viel befahrenen Straße, aber die Aussicht auf das Gelände der Lindenauwerft und die Förde war spektakulär. Island stand am Fenster von Hennas Zimmer und beobachtete drei Frachter, die vor Heikendorf lagen und auf die Einfahrt in den Nord-Ostsee-Kanal warteten. Sonnenstrahlen fielen durch die Wolken und brachten das Wasser millionenfach zum Glitzern, weshalb Island sich geblendet abwenden musste.

Drüben in der Küche öffnete Swantje Propst, eine gut aussehende, dunkelhaarige junge Frau, den Kühlschrank und kam anschließend mit einer Plastikbox in der Hand zu Island herüber.

»Das ist Hennas Notfallbox.«

Sie stellte den Behälter auf Hennas Schreibtisch, der von drei großen Flachbildschirmen dominiert wurde. Eine Spielekonsole lag auf dem Flokati vor dem Bett, das mit Star-Wars-Bettwäsche bezogen war. Henna ist eine Gamerin, dachte Island. Erzählt hat sie davon nie etwas. Nur einmal, bei einem früheren Fall, hatte sie mal durchblicken lassen, dass sie sich für Paintball interessierte. Dafür hatte man sie eher belächelt.

»Die Kühlbox hat sie sonst immer im Auto dabei. Es ist gekühltes Insulin drin und Glukagon für den Fall, dass sie unterzuckert ist. Das Glukagon spritzt sie sich einfach in den Oberschenkel. Ich weiß wirklich nicht, wo sie ihren Kopf hatte, als sie gestern Morgen los ist. Sie hat einfach vergessen, sie mitzunehmen. Sie stand noch auf dem Küchentisch.«

»Heißt das, sie hat sich seit gestern Morgen nichts gespritzt?«

»Sie hatte sicher ihren Stick dabei, aber der muss gestern Mittag schon leer gewesen sein. Sie meinte morgens, dass sie auf jeden Fall um achtzehn Uhr wieder zu Hause ist. Wir waren mit den Musikerinnen von der Hochzeitskapelle verabredet, um die Songs auszusuchen. Aber kurz vorher hat Henna angerufen und gesagt, ich soll ruhig schon mal ohne sie anfangen, sie wird es nicht schaffen zur verabredeten Zeit. Wie das so ist, wenn man mit einer Polizistin zusammen ist.«

»Was, sie hat abends noch mal angerufen?«

»Ja, gegen fünf.«

»Haben Sie denn rausgekriegt, wie die Freunde aus Felde heißen?«

Swantje Propst schüttelte hilflos den Kopf. »Ich habe alles Mögliche probiert, im Internet gesucht und alte Adressbücher und Telefonverzeichnisse durchgesehen, aber ich habe keinen Hinweis gefunden.«

Island nahm die Notfallbox und wandte sich zum Gehen.

»Rufen Sie mich bitte an, sobald Sie etwas hören!«

Auf der Fahrt über die Holtenauer Hochbrücke fuhr Island zu schnell. Das Blitzgerät am Fahrbahnrand war weder getarnt noch zu übersehen und machte, hinterhältig wie es nun einmal war, eine Aufnahme. Sie fluchte. Schon bei der Hinfahrt nach Friedrichsort war sie mitten auf der Brücke geblitzt worden. Während sie weiterfuhr, warf sie einen Blick durch das Brückengeländer hindurch auf den Kanal. Die Aufbauten eines Passagierschiffes konnte sie erkennen, ansonsten nur Wasser und das weite Land.

Den Kieler Ortsteil Holtenau jenseits der Brücke konnte sie von hier aus nicht sehen. Holtenau, ging es ihr durch den Kopf, Holtenau. Der tote Rentner am Kanal. Frühmorgens hatte man ihn tot auf einer Bank gefunden, ein kleines Fernglas in der Hand. Seine Pflegerin hatte von den Aufzeichnungen erzählt, die er regelmäßig gemacht hatte. Sie hatte sich die Kladde nur flüchtig angesehen, als Dutzen sie bei der Teambesprechung herumgereicht hatte. Das Gekrakel war nicht besonders aufschlussreich gewesen. Trotzdem musste sie immer wieder daran denken. Schiffe und Uhrzeiten hatte der Rentner notiert. Aber warum?

Als sie durch den Tunnel von Projensdorf brauste, hielt sie die Luft an und sang einen Ton. Das hatte sie als Kind immer gemacht, wenn sie mit Thea während der Kieler Woche nach Schilksee zum Segelschiffegucken gefahren war. Jetzt fiel ihr dieses Spiel wieder ein. Aber ihre Puste reichte lange nicht mehr bis zum Tunnelausgang, sie schnappte schon vorher gehörig nach Luft. Auf der anderen Seite des Tunnels betätigte sie die Freisprechanlage.

Jan Dutzen meldete sich sofort.

»Ganz kurze Frage«, sagte Island. »Erinnerst du dich noch an den Rentner aus Holtenau?«

»Hab ich Alzheimer, oder was?«

»Dann kannst du mir sicher sagen, wo die Kladde ist, die du bei der Teambesprechung dabeihattest.«

»Welche Kladde?«

»Na, dieses Spiralheft. Der Mann hatte doch irgendwelche Sachen aufgeschrieben, mit denen wir nichts anfangen konnten.«

»Ach so, das Heft mit den Schiffsnamen oder so. Das hab ich in seine Wohnung zurückgebracht und wieder auf die Fensterbank gelegt, wo ich es gefunden hatte. War ja sein Eigentum. Die Erben werden sicher alles schon ausgeräumt haben.«

»Er hatte keine Erben.«

»Wie traurig. Was willst du denn mit dem Heft?«

»Mir ist gerade etwas durch den Kopf gegangen. Wer hat einen Schlüssel zur Wohnung von Hinrichs?«

»Die Nachbarn müssten einen haben.«

An der nächsten Kreuzung wendete sie den Wagen und fuhr zurück. Zum dritten Mal an diesem Tag überquerte sie die Holtenauer Hochbrücke. Wenig später hielt sie vor dem Haus in der Kanalstraße. Die Eingangstür war fest verschlossen. Sie klingelte bei Schmirgel, und als sich dort nichts tat, bei Möller. Es dauerte ein paar Minuten, dann kam mit schlurrenden Schritten jemand die Treppe herunter. Die Tür öffnete sich, und sie schaute in das fragende Gesicht eines verschlafenen jungen Mannes.

»Guten Tag, ich bin von der Kripo«, erklärte Island und zeigte ihren Ausweis. »Ich würde gern noch einmal einen Blick in die Wohnung von Herrn Hinrichs werfen. Wissen Sie, wer den Schlüssel hat?«

»Ich«, sagte der junge Mann. »Die Schmirgels haben gesagt, ich kann mir ein paar Sachen von Hinrichs nehmen, der Rest kommt sowieso auf den Müll.«

»Wären Sie dann so freundlich und würden mich reinlassen?«

»Was suchen Sie denn?«

»Ein Notizheft.«

Der junge Mann stutzte. »Stimmt denn was nicht?«

»Doch, aber würden Sie mich trotzdem bitte noch mal in die Wohnung lassen?«

Er bat sie, vor Hinrichs Wohnung im ersten Stock zu warten, und schlurfte nach oben. Nach einer gefühlten Ewigkeit kam er zurück und überreichte ihr den Schlüssel.

In der Wohnung des Rentners roch es nach Medizin und Rheumasalbe. Die Blumen im Erker waren vertrocknet, und die Blätter der Pflanze raschelten, als Island das Spiralheft hervorzog. Sie legte es auf den Tisch und schlug es auf.

Die zittrige Handschrift war trotz allem gut lesbar. »Sonntag, 1. Juli«, las Island, »0.45 Uhr. Keine Vorkommnisse.«

Sie blätterte zurück.

»Samstag, 30. Juni, 0.30 Uhr. Schwarzer kommt die Straße entlang, steht am Ufer, Lichter im Kanal, kreisende Bewegung, Kronos II läuft in die Schleuse ein, dahinter: Beluga.« Die nächste Notiz lautete: »Samstag, 30. Juni, 1.17 Uhr. Schwarzer steht auf Posten, keine Lichter im Kanal, Auslaufen Dorina, Seacrab, Ätna.«

Sie blätterte zurück: »Freitag, 29. Juni, 0.50 Uhr, Schwarzer auf Posten, Lichter im Wasser, Einlaufen Sydney, Seapride, Anastasia.«

Was hieß »Schwarzer«? War damit womöglich Jon

Theissen gemeint? Sie kratzte an einem der Mückenstiche herum, die sie sich bei ihrem nächtlichen Spaziergang am Kanal eingefangen hatte. Das war doch wohl zu abwegig, oder? Island lehnte sich in dem Cordsessel zurück und betrachtete ihren Bauch. Wenn sie ein Glas Wasser gehabt hätte, dann hätte sie den Bauch ohne Weiteres als Tisch benutzen können, so weit ragte er inzwischen hervor. Wie dick würde sie eigentlich noch werden?

Sie blätterte die Aufzeichnungen noch einmal durch. Sie begannen am 20. Juni. Und diese Schiffe waren um die festgehaltene Uhrzeit durch die Schleusen gefahren. Das ließ sich bestimmt leicht nachprüfen. Aber »Schwarzer auf Posten und Lichter im Wasser«? Warum hatte Hinrichs das festgehalten?

Plötzlich hatte sie einen unglaublichen Verdacht.

Als Olga Island an diesem Tag zum vierten Mal über die Hochbrücke fuhr, achtete sie peinlich genau auf die zugelassene Höchstgeschwindigkeit. Als das Blitzgerät trotzdem auslöste, war ihr klar, dass sie sich an das Kieler Ordnungsamt wenden musste. Sie musste wissen, ob an Tagen, an denen der ominöse »Schwarze« in Hinrichs Notizbuch auftauchte, kurz vor oder nach der festgehaltenen Uhrzeit einer der Geländewagen, die sie auf dem Gutshof gesehen hatte, geblitzt worden war. Vielleicht konnte man auf dem Film sehen, wer am Steuer gesessen hatte.

43

Der schattige Innenhof der Bezirkskriminalinspektion war an diesem frühen Nachmittag beinahe verwaist. Gerade als sie aussteigen wollte, erhielt Olga Island einen Anruf von der Polizeistation in Achterwehr.

Dorfpolizist Stark schien wie immer verschnupft.

»Gut, dass ich Sie erreiche, Frau Island. Ich habe zwei Sachen. Frau Marxen aus Groß Nordsee hat sich bei uns gemeldet. Sie wissen schon, die Frühschwimmerin.«

»Ja?«

»Sie konnte sich plötzlich doch noch an etwas erinnern.«

»Und an was?«

»Sie meint jetzt, auf dem Weg zu den Spülfeldern habe an dem Morgen ein Geländewagen gestanden. Die Farbe wusste sie nicht mehr.«

»Und wo genau soll der Wagen gestanden haben?«

»Das konnte sie wieder nicht sagen.«

»Verdammt«, fluchte Island. »Und an die Marke hat sie sich natürlich auch nicht erinnert?«

»Nein, leider nicht.«

»Dann nehmen Sie das bitte zu Protokoll. Und sie soll sich bereithalten für eine Ortsbegehung. Das könnte ihrer Erinnerung auf die Sprünge helfen.«

»Sehr wohl«, sagte er fast ein wenig untertänig.

»Noch was?«, fragte Island.

Der Allergiegeplagte räusperte sich. »Bei uns haben sich heute zwei Frauen gemeldet. Kia und Anne Börk, Islandpferdezüchterinnen aus Felde. Sie haben eine Person als vermisst gemeldet.«

»Na, endlich!«

»Was?« Starks Irritation war nicht zu überhören.

»Nun erzählen Sie schon!«

»Sie behaupten, die vermisste Henna Franzen würde bei der Kieler Mordkommission arbeiten. Sie müssten Sie also kennen.«

»Richtig, Henna Franzen ist meine Kollegin. Weiter!«

»Frau Franzen wollte wohl gestern am späten Nachmittag ausreiten. Die beiden Damen haben angenommen, ihre Freundin wäre am Abend zurückgekehrt und hätte das Pferd selbst auf die Koppel gebracht. Allerdings war das Pferd heute Morgen nicht auf der Weide, und Sattel und Zaumzeug haben gefehlt. Die beiden konnten ihre Freundin telefonisch nicht erreichen. Und jetzt befürchten sie, dass Pferd und Reiterin etwas zugestoßen sein könnte.«

»Die Adresse, bitte!«

Stark diktierte ihr Adresse und Telefonnummer von Kia und Anne Börk, dann legte sie auf.

Wenig später quälte sich Olga Island die Treppe hinauf in ihr Büro. Dort roch es ungelüftet, und sie riss das Fenster auf. Auf ihrem Schreibtisch stapelten sich Aktenmappen. Obenauf lag ein weißer Büttenumschlag. Die Hochzeitseinladung von Henna Franzen und Swantje Propst. Wie alt war Henna jetzt eigentlich? Fünfundzwanzig. Musste man da unbedingt schon heiraten?

Island dachte an all die Hochzeiten, auf denen sie gewesen war. Vom bescheidenen Hochzeitspicknick im kleinen Kreis bis zum rauschenden Fest. Wie viele verheiratete Paare in ihrem Umfeld waren heute überhaupt noch zusammen? Man konnte sie an einer Hand abzählen. Und sie selbst? Wäre sie überhaupt je zum Heiraten bereit?

Konnte sie sich vorstellen, mit Lorenz vor den Traualtar zu treten? War er dafür der Richtige?

Sie setzte sich an ihren Arbeitsplatz und griff zum Telefon. Kia Börk war sofort am Apparat.

»Henna ist gestern Abend um halb sechs Uhr mit unserem Wallach Ricky los. Sie ist eine gute Reiterin, deshalb hatte ich gar keine Bedenken. Es muss den beiden was passiert sein. Ricky findet den Weg nach Hause, auch ohne Reiter.«

»Wenn das Pferd oder die Reiterin bei Ihnen auftaucht, melden Sie sich bitte sofort.«

»Ja, klar!«

Island gab ihre Kontaktdaten durch und legte auf.

Da klopfte es. Jan Dutzen lehnte lässig im Türrahmen. »Hey, Miss Marple, du hier und nicht in Holtenau?«

»Ja, stell dir vor.«

»Was machst du gerade?«

»Arbeiten, was sonst?«

»Dienstbesprechung ist um zwei, falls es dich interessiert. Aber du arbeitest ja nicht mehr so gerne im Team, sondern bist lieber auf eigene Faust unterwegs.«

Sie zog eine Grimasse. »Ist die Suche auf der Spülfläche am Flemhuder See angelaufen?«

»Das wollte ich dir eigentlich schon vorhin am Telefon sagen«, antwortete Dutzen und knetete sein Ohrläppchen. »Bruns war dagegen.«

»Was?« Island sprang auf, dass ihr Bauch wippte.

Aber Dutzen versperrte ihr den Weg. »Er meinte, du kannst nicht im Urlaub sein und gleichzeitig eine Hundertschaft anfordern lassen. Die haben auch noch andere Sachen zu tun.«

»Und dann wird einfach nicht gesucht, oder was?«

»Bruns fand es noch nicht dringend.«

»Verdammt noch mal«, fluchte Island.

Sie schob sich an Dutzen vorbei auf den Flur und bollerte mit der Faust an Bruns' Tür.

44

Thoralf Bruns saß vor seinem Bildschirm und tippte im Zweifingersystem an einem Text. Er blickte nicht einmal auf, als sie ins Zimmer kam. Sie ließ sich auf einen der Besucherstühle plumpsen und schnaufte vernehmlich.

»Wir müssen Franzen suchen«, sagte sie eindringlich.

»Warum?«

»Sie ist gestern Abend gegen halb sechs zu einem Ausritt über die Spülfelder am Flemhuder See aufgebrochen und nicht wieder zurückgekehrt.«

Bruns tippte in aller Seelenruhe weiter. »Was du oder Frau Franzen in eurer Freizeit macht, interessiert mich nicht«, entgegnete er.

Island starrte ihren Chef an, der sich weiterhin nur mit seinem Bildschirm beschäftigte.

»Henna fahndet nach der wichtigen Zeugin Lissy Heinke, dem Pferdemädchen von Kreihorst.«

»Und, hat den Alleingang jemand angeordnet?«, fragte er und warf ihr über den Rand seiner Lesebrille einen missbilligenden Blick zu.

»Es erschien uns beiden sinnvoll«, sagte Island.

Thoralf Bruns schüttelte den Kopf. »Ach ja? Olga Island, was ich in der letzten Woche von dir gehört habe, ist alles andere als professionelle Polizeiarbeit. Es reicht. Ich habe dich nur deshalb noch nicht zurückgepfiffen, weil du ja sowieso bald eine Pause machst. Ansonsten wäre schon längst Schluss damit.«

Island setzte sich noch etwas breitbeiniger auf dem Stuhl zurecht und nickte so gelassen wie möglich.

»Vielleicht hast du recht«, sagte sie ruhig. »Aber Henna Franzen braucht Insulin, und zwar dringend.«

Bruns hob erstaunt die buschigen Augenbrauen. Das Fenster seines Dienstzimmers war gekippt. Draußen auf dem Parkplatz stritten sich zwei Autofahrerinnen lauthals und wütend.

»So?«, fragte er. »Braucht sie das?«

»Weißt du denn gar nicht, dass sie an Diabetes leidet?«

Bruns nahm seine Brille ab und legte sie neben die Tastatur. »Nein«, sagte er gedehnt. »Das wusste ich nicht.«

Eine Fliege umkreiste summend die hässliche runde Deckenlampe. Island war bewusst, dass sie gerade ein Versprechen brach. Im vergangenen Herbst, als Henna noch Polizeianwärterin gewesen war, hatte sie auf einer Dienstfahrt einmal einen Zusammenbruch erlitten, der mit ihrer Stoffwechselkrankheit im Zusammenhang stand. Die junge Polizistin hatte Island damals inständig angefleht, niemandem im Dienst von ihrer Erkrankung zu erzählen, denn sie befürchtete nicht ohne Grund, mit dieser Krankheit nicht in den Polizeidienst übernommen zu werden. Und Island hatte geschwiegen. Bis jetzt.

»Wenn das so ist«, sagte Bruns und beugte sich vor, »dann müssen wir schleunigst was unternehmen.«

Gegen Mittag zeigte das Thermometer in Islands Zimmer siebenundzwanzig Grad Celsius an. Der Himmel hatte sich mittlerweile vollkommen zugezogen, während ein warmer, feuchter Wind durch die noch immer aufgeheizten Straßen Kiels fegte.

Die Dienstbesprechung im sogenannten »Oval Office«, dem Raum mit dem großen ovalen Tisch, begann um kurz nach zwei. Mit dabei waren einige Mitarbeiter des K 11 und der Staatsanwalt Harald Lund, der trotz der Hitze wie immer in dunklem Maßanzug erschienen war. Außerdem waren der Leiter der Kripo Kiel, Klaus Arbit, und der Chef der Bezirkskriminalinspektion, Hugo Clausen, gekommen und verströmten einen ganz und gar unangenehmen und unsommerlichen Ernst.

Allen Anwesenden war klar, dass die nächsten Stunden hektisch werden würden. Die Suche nach Henna Franzen sollte offiziell um sechzehn Uhr beginnen. Die Hundertschaft aus Eutin machte sich bereit, und aus Hamburg war ein Hubschrauber mit Wärmebildkamera angefordert. Die Aktion sollte am Ortsausgang von Groß Nordsee beginnen und sich über das gesamte Spülfeldergebiet diesseits und jenseits der Autobahn erstrecken.

Thoralf Bruns ergriff das Wort.

»Wir haben heute keine überflüssige Zeit zu verlieren und werden daher straff vorgehen«, sagte er. »Als Erstes fasst Falk Taulow die Ergebnisse zum Thema Ostuferhafen zusammen.«

Taulow schlug seine Aktenmappe auf. »Nach Auswertung aller Überwachungsgeräte am Fähranleger und an der Verladerampe im Brunsbütteler Pantolon-Werk sowie nach Überprüfung aller Zeugenaussagen sind wir zu folgenden Schlüssen gekommen: Das Auslaufen des Toluols aus dem Transporttank war kein Sabotageakt. Anscheinend ist es einer Unachtsamkeit geschuldet, die durch den ernormen Zeitdruck beim Befüllen des Tankwagens und beim Abtransport zustande kam. Das Ventil, das immer einem gewissen Verschleiß unterliegt, war undicht geworden. Die Leckage hätte bei sorgfältiger Routinekontrolle auffallen müssen, doch die abschließende Kontrolle am Werksausgang wurde ausgelassen, damit der Transporter die Fähre in Kiel noch erreichen konnte. Dadurch ist bereits beim Transport nach Kiel eine größere Menge der Chemikalie auf die Straße getropft. Laut Aussagen der Spezialisten von der Feuerwehr hat sich das Zeug dort aber schnell wieder verflüchtigt.«

»Und die Bevölkerung?«, warf Karen Nissen ein. »Was ist mit den Leuten, die an den Straßen wohnen, wo der Transporter entlanggefahren ist?«

»Es bestand zu keinem Zeitpunkt eine konkrete Gefahr.«

»Wer sagt das?«

»Die Chemiefirma.«

»Na, da habt ihr ja die Richtigen befragt. Und denen soll man glauben?«

»Frau Nissen«, fiel Klaus Arbit ein. »Darum geht es jetzt wirklich nicht.«

Karen Nissen verstummte errötend.

»Beim Erreichen des Anlegers im Ostuferhafen ist der defekte Tankwagen auf den Wartestreifen gefahren«, berichtete Taulow weiter. »Kurz darauf ist Carlos Petruschki, dem Lkw-Fahrer dahinter, aufgefallen, dass es aus dem Ventil des Gefahrguttanks tröpfelt. Petruschki wollte den Gefahrgutfahrer, Xaver Breuer, darauf aufmerksam machen, der aber offenbar panische Angst hatte, aufgrund der Verzögerung seinen Job zu verlieren. Der Mann hatte schon eine Abmahnung erhalten, weil er Termine wegen technischer Mängel an seinem Fahrzeug nicht einhalten konnte. Und so ein Ventil lässt sich bei gefülltem Tank nicht einfach austauschen. Er hätte also sofort die Feuerwehr alarmieren müssen. Dieser Einsatz hätte seine Abfahrt nach Kotka in Finnland verhindert, und er hätte eine ganze Woche auf die nächste Fähre warten müssen. Das wollte er in dieser Situation offenbar um jeden Preis vermeiden.«

Konnte Taulow nicht etwas schneller reden?, dachte Island ungeduldig.

»Deshalb kam es zum Streit und schließlich zu der Prügelei. Einige der Beteiligten kamen dabei mit dem ausgelaufenen Gift in Kontakt. Das Ergebnis ist bekannt.«

»Stimmt es, dass das Toluol an ein Plastikflaschenwerk in Finnland geliefert werden sollte?«, fragte Island nach.

»Exakt.«

»Gehört das Werk vielleicht zum Firmenkomplex von Theodor Tüx?«

»Tüx ist über eine international tätige Gesellschaft an dem Werk beteiligt.«

»Und die Pantalon-AG aus Brunsbüttel, gehört die auch dazu?«

»Richtig.«

Klaus Arbit, der Leiter der Kripo, unterbrach die Unterhaltung. »Ich muss Sie dringend bitten, bei den Mordfällen rund um den Sommersitz des Herrn Tüx absolutes Fingerspitzengefühl walten zu lassen.«

Alle sahen ihn überrascht an, nur Jan Dutzen grinste in sich hinein, als wunderte ihn die Bemerkung kein bisschen.

»Ich weiß, es klingt klischeehaft«, fuhr Arbit fort, »deshalb sage ich es auch überhaupt nicht gern. Aber von ganz oben, aus den Spitzen der Politik, kommt der dringende Hinweis, dass wir unbedingt berücksichtigen sollten, was Herr Tüx für das Land Schleswig-Holstein bedeutet. Das heißt nicht, dass wir nicht ermitteln sollen. Nur eben mit der gebotenen Zurückhaltung. Gleichzeitig ist Ihnen allen wohl völlig klar, dass ich das, was ich eben gesagt habe, niemals gesagt habe.«

Es war so still, dass man die berühmte Stecknadel hätte fallen hören können. In die Stille hinein räusperte sich Olga Island. Ihre Stimme klang belegt. Aber sie dachte nicht daran, ihre Worte zurückzuhalten. »Dr. Theodor Tüx verprügelt seine Frau. Darf er das auch?«

»Frau Island«, mischte sich Hugo Clausen ein. »Nun erzählen Sie doch nicht so einen Blödsinn.« Rote Flecken kamen an seinem Hals zum Vorschein, und er lockerte den Schlips.

»Ich habe es aber mit eigenen Augen gesehen.«

Es war wieder still am Tisch.

Jetzt räusperte sich Thoralf Bruns. »Frau Island hat auf dem Sommersitz der Familie Tüx ein paar Tage Urlaub gemacht.«

»Aha«, sagte Hugo Clausen indigniert. »Das haben wir aber nicht gehört! Verstanden? Mein Kollege Arbit und ich werden diese Runde jetzt verlassen. Denken Sie daran, es gibt Fälle, bei denen schon komplette Mordkommissionen ausgetauscht worden sind.«

»Das hätten die wohl gern«, murmelte Dutzen, als die beiden Männer gegangen waren.

Staatsanwalt Lund schüttelte den Kopf.

»Wir lassen uns nicht einschüchtern«, sagte er in seinem gewohnten, ruhigen Ernst. »Wir machen einfach ganz dienstlich weiter. Lassen Sie uns also zu den Morden auf Kreihorst kommen.«

»Frau Nissen, bitte«, sagte Thoralf Bruns.

Karen Nissen beugte sich geschäftig vor. »Wir haben

uns darum bemüht, die Aufzeichnungen aus den Überwachungskameras des Gutshofes zu bekommen, aber der Eigentümer weigert sich, sie herauszugeben, und beruft sich uneingeschränkt auf seinen Privatbesitz. Wir wissen nicht einmal, wie viele Überwachungsgeräte er überhaupt installiert hat.«

»Vielleicht sollten wir ihn davon überzeugen, dass er sich mit den Filmen aus den Kameras persönlich entlasten kann.«

»Tüx selbst steht bislang ja nicht unter Verdacht.«

»Er behauptet, Jon Theissen nicht persönlich gekannt zu haben, und mit Cord Petersen habe er auch nie näher zu tun gehabt. Den habe allein der Verwalter eingestellt und beschäftigt.«

»Können wir ihn nicht irgendwie zu einem Verdächtigen machen?«

»Frag doch mal seine Frau«, warf Island ein. »Ich habe doch selbst gesehen, wie er ihr ins Gesicht geschlagen hat.«

»Die sagt doch bestimmt nichts.«

»Dann ist ihm auch nichts nachzuweisen.«

»Er scheint jedenfalls nichts mit den Morden zu tun zu haben.«

»Könnten wir nicht einen Durchsuchungsbefehl erwirken und das ganze Gut mal richtig hopsnehmen?«

»Nein«, sagte der Staatsanwalt, »dazu haben wir bisher doch nichts in der Hand. Ermitteln Sie weiter.«

Sie redeten noch eine Weile durcheinander. Irgendwann tauchte eine der Schreibkräfte auf und bat Island ans Telefon.

»Da ist eine Dame, die Sie unbedingt sprechen möchte. Sie scheint sehr aufgeregt.«

»Bitte, stellen Sie sie zu mir durch.«

Island ging in ihr Zimmer und wartete auf das Klingeln. Sie erkannte die Anruferin sofort an ihrem österreichischen Akzent.

»Woher haben Sie meine Nummer?«, fragte Island.

»Ich hab mir solche Sorgen gemacht und deshalb bei der Polizei in Achterwehr angerufen. Da hat der Herr Polizeihauptmeister Stark mir gesagt, ich sollte Sie anrufen. Mordkommission, ach du Schreck! Ich habe mir aber schon gedacht, dass mit Ihnen was nicht stimmt.«

»Wieso?«

»Sie haben immer so unbeteiligt gewirkt. Dabei sind die Sommergäste der von Dünens sonst immer total neugierig. Sie wollen immer alles wissen, wie es bei der Herrschaft so zugeht.«

»Also, Frau Markowich, was haben Sie auf dem Herzen?«

»Die Herrschaften sind beide fort. Ich bin für die Kinder verantwortlich, und die sind alle nicht zum Frühstück gekommen, und ich kann sie nirgends finden. Frau Rubi-Tüx ist zu einem Arztbesuch in Hamburg, und Herr Dr. Tüx ist nach Brüssel geflogen und seit heute Morgen in einer wichtigen Besprechung, bei der man ihn nicht stören darf. Und weder Paul-Walter noch eines der anderen Kinder geht ans Handy. Es sind ja schon zwei Menschen tot, da macht man sich doch Sorgen.«

»Sie haben ganz richtig gehandelt, Frau Markowich. Können Sie mir sagen, ob die Jugendlichen irgendwelche persönlichen Sachen mitgenommen haben?«

»Ihre Sachen sind noch auf den Zimmern. Sie haben nur das bei sich, was sie auf dem Leib tragen. Ihre Betten sind unbenutzt, sie müssen schon seit gestern Nacht weg sein.«

»Ist Ihnen sonst irgendwas aufgefallen?«

»Die Autos stehen alle auf dem Hof, außer dem Wagen von Frau Rubi-Tüx.«

»Wann haben Sie die jungen Leute das letzte Mal gesehen?«

»Gestern Abend gegen halb elf. Sie haben Roulette gespielt und Musik gehört.«

Und um Mitternacht sind sie über die Terrasse gelaufen, dachte Island. In Richtung Kanal. Aber ihr fiel noch etwas anderes ein. »Haben Sie schon im Keller nachgesehen?«, fragte sie.

Frau Markowich schien zu zögern. »Habe ich. Sie wissen also über den Keller Bescheid?«

»Wenn Sie die Tätowierutensilien meinen, ja«, sagte Island.

»Es ist mir so schrecklich unangenehm«, jammerte die Hausdame.

»Erzählen Sie mir bitte trotzdem, was es damit auf sich hat!«

»Cord Petersen, der tote Stallknecht, der hat den ganzen jungen Leuten in diesem Sommer Tattoos gestochen. Ich habe ein Foto gesehen, das hat er da unten auf einem Regal bei den Poolsachen und seinem Laptop versteckt. Da sind sie alle drauf. Paul-Walter, Cyrano, Tom, Grit und Marthe. Und sie haben alle dasselbe Tattoo auf dem Oberarm.«

»Wie sieht es aus?«, wollte Island wissen. »Nein, warten Sie, ich kann es mir denken. Vasco Da Gama.«

»Ja, irgend so ein finster aussehender Männerkopf.« Die Stimme der Frau war nur noch ein heiseres Flüstern. »Es ist so schrecklich, dass sich die Kinder so haben verstümmeln lassen. Ich weiß nicht, wer es ihren Eltern erklären soll.«

»Ich glaube, erst mal ist es wichtiger, die Kinder zu finden«, sagte Island. »Und ich schicke jemanden vorbei, der den Laptop abholt.«

45

Es war Viertel nach drei. Island wollte gerade an den Flemhuder See aufbrechen, um bei der Suche nach Franzen zu helfen, da kam Bruns in ihr Büro.

»Wir fahren gleich los«, sagte er. »Könntest du bitte hierbleiben und eine wichtige Aufgabe übernehmen?«

»Aber ich wollte auch mit rausfahren.«

»Lissy Heinke ist auf dem Weg zu uns. Es wäre gut, wenn jemand sie so schnell wie möglich vernehmen könnte.«

»Wo war sie denn?«

»Wo du sie vermutet hattest, in Landwehr bei der Familie Lembke. Die Streife hat sie auf dem Dachboden über dem Stall aufgespürt.«

»Aber die Streifenkollegen sollten doch schon heute Morgen zu den Lembkes fahren. Warum bringen sie sie dann erst jetzt?«

»Ein Missverständnis. Sie hatten das Mädchen erst mal mit auf die Wache genommen. Es hat etwas gedauert, bis geklärt war, was sie mit ihr machen sollten. Sie weigert sich nämlich, mit irgendwem zu reden.«

Island seufzte und nickte. »Gut, ich übernehme das. Ist sie schon unten im Vernehmungszimmer?«

»Seit einer Viertelstunde.«

»Dann tu mir den Gefallen, und lass sie in mein Büro bringen. Die Atmosphäre im Keller macht einen nicht auskunftsfreudiger.«

Die junge Frau, die ihr kurz darauf gegenübersaß, hatte ein schmales, blasses Gesicht, dunkelblaue Augen und einen Ring mitten in der Unterlippe. Ihre langen, blonden Haare hingen unter einer Wollmütze hervor. Ansonsten war sie eher spärlich bekleidet mit knappem Spaghettiträgerhemd und ausgewaschenen Shorts. Sie roch nach Hühnerfutter und Stall. Trotzdem blieb es auch Island nicht verborgen, dass sie eine klassische Schönheit war. Eine Schönheit, die mit übereinandergeschlagenen nackten Beinen und gebeugtem Rücken auf dem Holzstuhl hockte und sich um einen gelangweilten Gesichtsausdruck bemühte.

»Mein Name ist Island. Bitte entschuldigen Sie die Unannehmlichkeiten des heutigen Tages. Sie sind eine wichtige Zeugin für uns. Deshalb mussten wir Sie unbedingt finden.«

Sie versuchte einen Blickkontakt mit der Frau herzustellen, aber die starrte nur auf die Schreibtischkante.

»Würden Sie mir bitte noch mal Ihren genauen Namen sagen? Für das Protokoll.«

Keine Reaktion. »Es wäre schön, wenn Sie bereit wären, mit mir zu sprechen.«

Immer noch nichts. Island nickte. »Okay, dann machen wir das anders. Ich muss Sie leider mit einigen unangenehmen Dingen konfrontieren, die ich Ihnen gern erspart hätte.«

Sie griff in die Ablage und zog eine Mappe mit Fotos hervor. Es waren Detailaufnahmen der Leichen von Jon Theissen und Cord Petersen. Sie schlug die Mappe auf und schob sie zu Lissy hinüber. Sie konnte sehen, wie das Mädchen sich mit ihren Fingernägeln derart in die Unterarme kniff, dass die Haut ganz weiß wurde.

»Auf Kreihorst sind zwei Tote zu beklagen. Der eine hat dort Urlaub gemacht, der andere hat dort gearbeitet. Sie haben sie beide gekannt.«

Die Frau senkte den Kopf noch ein bisschen tiefer. »Ja«, sagte sie leise.

Na also, dachte Island, geht doch. »Warum sind Sie von dort weggelaufen?«

Die junge Frau schwieg wieder hartnäckig.

Island kramte erneut in ihren Ablagefächern. Schließlich fand sie, was sie suchte.

»›Theodor Tüx – du Scheißkapitalist!‹«, las sie laut vor. »›Der Plastikmüll, den du produzierst, überschwemmt die Weltmeere. Millionen Seetiere sterben auf grausamste Weise an dem ganzen Plastikschrott in ihren Mägen. Oder sie verenden qualvoll durch Strangulation mit Plastikschnüren oder in alten Fischernetzen aus Kunststoff. Eines Tages wirst du dafür büßen. Und auch für alles, was auf deinem Gut passiert. Sei froh, dass niemand weiß, was da abgeht. Rache ist süß.‹ Haben Sie das geschrieben?«

Lissy Heinke bearbeitete den Ring in ihrer Unterlippe mit den Schneidezähnen.

Island wartete. Die Wärme des Nachmittags machte sie schläfrig.

Schließlich blickte das Mädchen auf und nickte. »Ich habe es nicht mehr ausgehalten.«

»Was denn?«

»Die ganzen Lügen. Diese Verlogenheit. Ja, ich bin von dort abgehauen. Und ja, ich habe das geschrieben und überall im Dorf verteilt. Aber es ist die Wahrheit. Tüx macht die Umwelt kaputt mit seinem Plastikscheiß. Und tut so, als wäre er der tolle Ökobauer, der noch dazu Straffälligen wie mir den Wiedereinstieg ins richtige Leben ermöglicht. Verdammter Bullshit.«

»Gab es einen besonderen Anlass, dass Sie das geschrieben haben?«

»Ich hatte die Schnauze voll.«

»Im letzten Jahr hatten Sie Ihre Ausbildung auch schon mal unterbrochen. Warum sind Sie damals wieder auf den Hof zurückgegangen?«

»Vielleicht, weil ich keine Alternative hatte?«

»Und jetzt?«

»Sieht es auch nicht besser aus. Aber ich werde schon was finden. Frau Lembke unterstützt mich dabei.«

»Frau Heinke, es gibt eine Sache, die ich dringend wissen muss. Eine Kollegin von mir ist gestern Abend über die Spülfelder geritten und seitdem verschollen. Haben Sie eine Idee, was mit ihr passiert sein kann?«

Lissy richtete sich auf. »Die Felder sind ein tückisches Gebiet. Es gibt dort Treibsände, in denen auch Pferde versinken können. Man muss sich auskennen, sonst geht man unter.«

»Und Sie kennen sich da aus?«

»Sure.« Sie lachte ein helles, unbeschwertes Jungmädchenlachen.

»Erzählen Sie mir bitte noch mehr über die Familie Tüx.«

Das Lachen verstummte. »Ätzend. So eine Familie möchte ich nicht haben.«

»Warum?«

»Wo soll ich da anfangen? Der Sohn, Paul-Walter, geht ja noch. Zwar ein bisschen verkopft, so ein Nerd eben. Aber der wird mal Knete haben ohne Ende. Das weiß er natürlich genau. Der wollte was von mir. Aber hey, ich bin zwanzig, er gerade mal achtzehn, voll das Kind. Hat mir tausend SMS geschickt jeden Tag. Ist aber nun mal nicht mein Typ. Das geht ja wohl gar nicht. Und dann diese ätzende Mutter und der schnöselige Vater.«

»Was ist mit der Mutter?«

»Zum Glück ist sie die meiste Zeit in Frankfurt und höchstens mal kurz in den Ferien da. Sonst regelt ja von Dünen alles, was mit den Pferden zu tun hat. Aber klar, wenn sie im Stall auftaucht, dann kommandiert sie uns natürlich herum. Die denkt wohl, das muss so sein, wenn man Geld hat. Da gewöhnt man sich aber dran, wenn man so einen Job hat wie ich. Diesmal war sie irgendwie noch schräger drauf als sonst.«

»Warum?«

»Es war wegen Jon. Seit er auf dem Hof aufgetaucht ist, hat sie angefangen zu hyperventilieren. Sie hat ihn beobachtet, ja, sie hat ihn regelrecht gestalkt. Dabei war er nur ein normaler Urlauber, oder? Okay, er sah gut aus. Das habe ich natürlich auch gleich mitgeschnitten. Wie alle anderen im Stall. Unsere erste Begegnung war aber nicht gerade toll. Er hat uns eines Abends beim Kiffen erwischt, Cord und mich. Das haben wir manchmal gemacht, ein bisschen chillen nach Feierabend, an der Mauer hinter der Gärtnerei. Cord hatte irgendwo was angebaut, und in diesem heißen Sommer ist das Zeug turbomäßig gewachsen. Jon ist eines Abends aufgetaucht, hat gelacht und gefragt, ob er was kaufen kann. Klar, er war ein paar Jahre älter, aber ich war von ihm dann doch schon etwas angeflasht. Wir sind manchmal zusammen mit den Pferden los, aber das fand die Chefin gar nicht lustig. Und dann wurde es auch immer deutlicher, dass Jon ihr Liebhaber war.«

»Warum sind Sie da so sicher?«

»Ich war mal mit Cord im Keller, weil er mir ein Tattoo machen wollte. Da haben wir die beiden gehört, in ihrem schicken Whirlpool, oben in ihrem Wellnessraum. Damit war Jon für mich natürlich gestorben. Aber Paul-Walter tut mir echt leid. So eine Mutter ist doch nur peinlich, oder?«

»Waren Sie nicht auch eifersüchtig?«

»Nee, ich war voll abgetörnt und hab sofort meine Finger von Jon gelassen. Wer will schon Ärger mit seiner Chefin? Ich jedenfalls nicht. Aber dann hat der Typ mich trotzdem voll angebaggert. Das fand ich zu anstrengend und hab mir gedacht: Da geh ich besser. Haben die mir im Knast beigebracht, lieber raus aus dem Konflikt. Deshalb bin ich hinterher auch abgehauen.«

»Hat denn Herr Tüx etwas vom Liebesverhältnis seiner Frau gewusst?«

»Keine Ahnung. Aber wenn *ich* es wusste und Cord auch, warum dann nicht auch der Tüx? Der mit seinem Überwachungstick.«

»Denken Sie bitte noch einmal genau nach. Hat Theodor Tüx sich seiner Frau oder Jon Theissen gegenüber mal auffällig verhalten?«

Lissy Heinke zog die Stirn kraus, schüttelte aber schnell den Kopf. »Nein, davon hab ich nie was mitbekommen.«

Island zog eine Flasche aus ihrem Schreibtisch. »Möchten Sie auch einen Schluck Wasser?«

»Ich trinke aus Prinzip nichts aus Plastikflaschen«, antwortete Lissy Heinke, und in ihren Augen lag eine trotzige Entschlossenheit. »Aber danke für das Angebot.«

Island goss sich etwas Wasser in ihre Tasse, trank und fuhr fort: »Wissen Sie irgendwas über das U-Boot auf dem Gut?«

»Was ist damit?«

»Wo lagert es?«

»Normalerweise im U-Boot-Bunker am Kanal.«

»Da war ich gestern Nacht, aber es war kein Boot da.«

Lissy Heinke lächelte. Dieses Lächeln machte sie schön wie eine Prinzessin. »Sie fahren damit herum, Paul-Walter und seine Kumpels. Das ist gar nicht schwer. Paule hat es ganz schnell flottgekriegt.«

»Und dann tauchen die damit?«

»Dazu ist es doch da.«

»Richtige Tauchgänge?«

»Na logisch. Am Anfang sollte ich auch mitfahren. Paul-Walter hat immer was von so einer Expedition gefaselt. Wollte sich vor mir mit seinem Projekt dickemachen, war ja klar. Aber so was Tolles ist so ein U-Boot ja auch nicht, finde ich.«

»Was war denn das für ein Projekt?«

»Vasco Da Gama – Der Seeweg nach Indien.« Sie lachte. »Sollte wohl der Seeweg nach Eckernförde werden oder so 'n Schwachsinn.«

»Der Seeweg nach Eckernförde?«

»Da wollten sie hin. So hab ich's verstanden.«

46

Sie saßen in Islands Mazda und rasten über die Autobahn. Lissy Heinke hatte sich überzeugen lassen, mit nach Groß Nordsee zu fahren, um dabei zu helfen, ein Leben zu retten. Das Mädchen saß auf dem Beifahrersitz, hatte das Fenster heruntergekurbelt und lässig einen Arm aufgestützt. Die langen blonden Haare flatterten im Wind.

Island konnte sich gut vorstellen, dass sich Paul-Walter Tüx und Jon Theissen in sie verliebt hatten. Sie hatte ein hübsches Gesicht und schien leicht verträumt die Welt zu betrachten, mal melancholisch, dann aber auch wieder mit entschlossenem Zorn. Sie war eine Frau, nach der sich die Männer sehnten, auch wenn das Chaos vorprogrammiert war.

»Hatte sich Cord Petersen eigentlich auch in Sie verguckt?«, fragte Island.

»Ach, Cord liebte sein Dope und sonst nichts. Wir haben gut zusammengearbeitet, und manchmal haben wir was zusammen geraucht, aber das war's auch schon. Er hat immer davon geredet, dass er eines Tages so reich sein würde wie die Tüx und was er dann alles machen würde. Das hat ja jetzt super geklappt.« Lissy verzog den Mund.

»Sehr traurig über seinen Tod scheinen Sie aber nicht zu sein.«

»Ich bin einfach noch total geschockt.«

Sie hatten die Ausfahrt von Achterwehr fast erreicht, als Island in den Augenwinkeln eine Bewegung wahrnahm und unwillkürlich abbremste. Das Fahrzeug brach nach links aus, touchierte mit einem schrillen Kreischen die Leitplanke und schlitterte auf der rechten Spur weiter. Automatisch drückte sie den Warnblinker.

Das Tier war nicht besonders groß, rotbraun mit struppiger Mähne, und es trug einen Sattel. Die Zügel waren gerissen und hingen in kurzen Fetzen vom Kopf herab. Das Pferd galoppierte zunächst auf dem schmalen Grasstreifen zwischen Fahrbahn und Wildzaun entlang, doch dann sprang es plötzlich auf die Fahrbahn. Es rutschte aus, strauchelte und schlug mit der Seite auf dem Asphalt auf.

Im Rückspiegel sah Island einen Lkw, der sich in schnellem Tempo näherte.

Island befürchtete einen dumpfen Aufprall, das Reißen von Fleisch und Sehnen, das Zersplittern von Knochen. Aber dem Lkw-Fahrer gelang es, mit vor Schreck verzerrtem Gesicht auf die linke Fahrspur auszuweichen.

Todesmutig, kopflos oder beides sprang Lissy auf die Fahrbahn, riss das Pferd an der Trense hoch und zog es auf den Seitenstreifen. Steif und verwirrt ließ sich das Islandpony zur Seite führen und schüttelte sich. Lissy schwang sich in den Sattel, stieß dem Tier die Hacken in den Bauch und ritt an Islands Wagen vorbei, dessen Notlichter noch immer rhythmisch blinkten. Dann galoppierte sie ohne Zügel die Rampe der Autobahnausfahrt hinauf.

Islands Hände zitterten, als sie zur Ausfahrt hinausfuhr, wo Lissy und das Pferd aus ihrem Blickfeld verschwunden waren. Sie erreichte die Landstraße und entdeckte Pferd und Reiterin auf einem kleinen Parkplatz an der Einfahrt zu einem Feldweg. Auf dem Parkplatz angekommen, beglückwünschte sie Lissy zu ihrer schnellen Reaktion. Aber die machte nur eine abwiegelnde Handbewegung.

Dann rief Olga Island bei den Besitzerinnen des Pferdes an und bat sie, das Tier baldmöglichst auf dem Parkplatz abzuholen. Kia Börks Stimme bebte, als sie sich nach dem Verbleib von Henna erkundigte. Doch leider konnte Island ihr nicht weiterhelfen.

Nach dem Telefonat stellte Island sich vor das Pferd und sah ihm in die Augen.

»Kannst du mir nicht erzählen, was passiert ist?«, fragte sie.

Das Tier war immer noch unruhig, sein struppiges Fell verschwitzt.

Es dauerte nur ein paar Minuten, dann waren die beiden Frauen mit einem Pferdeanhänger da und luden das Tier ein, das sich allmählich beruhigt hatte.

Island stieg mit Lissy wieder ins Auto und informierte Bruns über den jüngsten Stand der Ereignisse. Im Gegenzug berichtete er ihr, dass er mit den Einsatzkräften vor Ort am Flemhuder See sei und die Suche von dort aus in Kürze starten würde. Gleich im Anschluss kam der lang ersehnte Anruf vom Ordnungsamt Kiel. Eine Mitarbeiterin erzählte, das Amt hätte alle Fotos, die in den betreffenden Nächten zwischen null und drei Uhr auf der Holtenauer Hochbrücke von Temposündern gemacht worden waren, im Intranet der Stadt mit Passwort zur Einsichtnahme für sie freigeschaltet.

»Können Sie mir sagen, ob ein Geländewagen mit Frankfurter Kennzeichen dabei ist?«

»Ein Frankfurter Kennzeichen? Moment. Das kann ich über die Bußgeldbescheide checken.« Sie hörte das Klacken der Tastatur. »Ich habe hier ein Frankfurter Kennzeichen, das in der von Ihnen genannten Zeitspanne zweimal erfasst worden ist.«

»Lassen Sie mich raten: Es ist ein cremefarbener Audi-Geländewagen?«

»Exakt, ein Q7. Als Halterin haben wir eine Frau Stefanie Rubi-Tüx ermittelt.«

»Bingo«, sagte Olga Island. »Können Sie mir sagen, wie die Person aussieht, die am Steuer sitzt? Ist es eine Frau?«

»Nein, das ist mit ziemlicher Sicherheit ein Mann.«

»Könnten Sie ihn mir beschreiben?«

»Auf den Fotos hat er helle Haare, aber von den Gesichtszügen her würde ich sagen, es ist vielleicht ein Farbiger.«

»Saß noch jemand im Wagen?«

»Nein, zumindest nicht auf dem Beifahrersitz.«

Island bedankte sich und legte auf.

»War Jon mit Stefanies Wagen unterwegs?«, fragte Lissy, die mit großen Ohren zugehört hatte.

»Könnte das sein?«

»Na, sicher. Sie hat ihn schon ab und zu ihren Wagen fahren lassen. Auch, wenn sie zum Tauchen gefahren sind.«

»Sie sind zusammen getaucht?«

»Ich hab manchmal gesehen, wie sie das Equipment eingeladen haben und weg sind. Die haben bestimmt nicht nur getaucht, sondern sich auch noch anders vergnügt.«

Schon von Weitem konnten sie die Mannschaftsbusse am Ortsausgang von Groß Nordsee sehen. Sie standen dort, wo die Dorfstraße zum Flemhuder See führt.

»Wow, sind das viele«, staunte Lissy, als Island langsam an ihnen vorbeifuhr. Die Polizei- und Rettungsfahrzeuge blockierten den Weg zum See, und sie kamen nur mühsam voran.

Der Polizeihubschrauber aus Hamburg war offenbar noch nicht eingetroffen. Island stützte sich auf ihren Regenschirm, als sie zusammen mit Lissy zum Bus der Einsatzleitung ging. Thoralf Bruns war in ein Gespräch mit dem Staffelführer des Suchtrupps vertieft. Die beiden starrten auf einen Bildschirm und waren damit beschäftigt, den Funk abzuhören.

»Und, schon irgendwas Neues?«, fragte Island.

»Nichts.«

»Das ist Lissy Heinke«, stellte Island ihre Begleiterin vor. »Sie kann wilde Pferde einfangen, und sie kennt sich auf den Spülfeldern aus.«

Thoralf Bruns runzelte die Stirn, bedeutete Lissy dann aber einzusteigen.

»Wo haben Sie denn schon überall gesucht?«, fragte die junge Frau, bevor Bruns die Tür des Wagens hinter ihr zuzog.

Island ging hinunter zum Seeufer. Dort blieb sie stehen und blickte über das Wasser. An einem Tag wie diesem, diesig und schwül, sah die Oberfläche bleigrau aus. Was mochte sich an diesem Gewässer abgespielt haben?

Sie setzte sich auf eine kleine Bank und zog die Augenbrauen zusammen. Nach den bisherigen Erkenntnissen war Jon Theissen aller Wahrscheinlichkeit nach in der Nacht zum 4. Juli durch einen Stich mit einem scharfen Messer in die Leistengegend getötet worden. Hedda Marxen hatte ihn in den frühen Morgenstunden auf der Wiese liegen sehen. Er hatte auf einem Handtuch gelegen, das nachweislich aus dem Haushalt der Familie von Dünen stammte. Angeblich war er mit einer Wolldecke zugedeckt gewesen. Die Auswertung der Fasern an seinem Körper war aber noch nicht abgeschlossen.

Laut dem Bericht der Spurensicherung war Theissen auf dem Handtuch liegend verblutet, aber ob er die Stichverletzung auch dort erhalten hatte, war eher unwahrscheinlich, denn dann hätte sich noch mehr Blut an dem Handtuch befinden müssen.

Ein Rätsel blieb der Geländewagen, an den sich Frau Marxen erst jetzt wieder erinnert hatte. Hatte es diesen Wagen wirklich gegeben? Wenn ja, hatte er etwas mit dem Mord zu tun? Hatte der Mörder darin gesessen und gewartet, bis Frau Marxen die Badestelle verlassen hatte? Hatte er anschließend die Leiche eingeladen und sie im Schutz der Dunkelheit auf der Baustelle entsorgt?

Jon Theissen war einen Meter fünfundachtzig groß gewesen und hatte etwa achtzig Kilo gewogen. Wer konnte so einen großen und schweren Körper einfach so in ein Auto laden? Dazu bedurfte es enormer Kraft oder der Hilfe einer weiteren Person. Wer kam dafür infrage?

Da war der Gutsherr Theodor Tüx. Wenn es stimmte, dass Stefanie Rubi-Tüx ein Verhältnis mit Jon Theissen gehabt hatte, dann hätte ihr Mann Theo allen Grund gehabt, seinen Nebenbuhler aus dem Weg zu räumen. Er, Theodor Tüx, Herrscher über ein Firmenimperium, war von seiner Frau betrogen worden, und zwar mit einem einfachen Mann ohne Vermögen, ohne schicken Wagen oder Weingut in der Toskana. Einem Mann, der dreißig Jahre jünger war als er selbst.

Aber war Theodor Tüx kräftig genug, um so eine Tat auszuführen? Zu Pferd hatte er sehr durchtrainiert gewirkt. Erst als er mit seinem silbernen Gehstock über den Reitplatz ging, hatte er den Eindruck vermittelt, etwas gebrechlich zu sein. Island traute ihm durchaus zu, Theissens Leiche in den Kofferraum eines Wagens bugsiert zu haben.

Was war mit Stefanie Rubi-Tüx? Hatte sie ein Motiv, ihren Geliebten zu töten? Auf den ersten Blick war nicht zu erkennen, warum sie es hätte tun sollen. Höchstens weil sie eifersüchtig auf die junge Lissy Heinke gewesen war. Jon hatte der jungen Frau ja offenbar schöne Augen gemacht, war sogar zusammen mit ihr ausgeritten. Aber wie hätte Frau Rubi-Tüx mit ihren schätzungsweise fünfzig Kilo Körpergewicht es schaffen sollen, den Toten ins Auto ein- und auszuladen?

Blieben noch die von Dünens. Wollte man Lotti Dormanns Aussage glauben, so hatte Lena von Dünen ihren

Feriengast sehr gemocht, ihn sogar ein wenig verwöhnt. Offenbar hatte es darüber auch einen Streit unter den Ehepartnern gegeben. Peter von Dünen hatte also auch ein Motiv. Er fuhr einen roten, kastenartigen Geländewagen und hatte eine kräftige Statur. Ihm würde man es schon zutrauen, einen Körper wie den von Theissen allein fortzuschaffen. Sie wusste aber noch zu wenig über den Verwalter.

Der Erpresserbrief im Kamin hatte jedenfalls einer Person gegolten, die Zutritt zu den Privatgemächern des Gutshauses hatte. Dazu gehörten auch Paul-Walter und seine Ferienfreunde. Wenn Tüx junior wirklich in Lissy verliebt gewesen war, hatte auch er ein Motiv. Sollte etwa der junge Kerl in einem Anfall von Eifersucht auf Jon eingestochen haben?

Island seufzte. Das Wetter machte ihr zu schaffen. Diese schwüle Wärme, die den Körper träge und die Gedanken zäh werden ließ.

Hinter Jons merkwürdig ausgeprägtem Interesse am Gutsarchiv konnte auch ein dienstlicher Auftrag gesteckt haben. Warum erteilte das Auswärtige Amt in Berlin eigentlich nicht Auskunft über seine genaue Tätigkeit? Und was hatte Theissen nachts an der Schleuse in Holtenau zu suchen gehabt?

Fragen über Fragen, aber keine Antworten.

Olga Island wischte sich mit der Hand kleine, nervige Fliegen aus dem verschwitzten Ausschnitt. Sie hatte kaum Anhaltspunkte, nur vage Verdachtsmomente. Das war eine bescheidene Bilanz nach all den Tagen auf dem Gut. Sie versuchte sich mit dem Gedanken zu trösten, dass sie immerhin viel geschlafen und sehr gut gegessen hatte. Das war schließlich auch etwas wert.

Ob Henna Franzen dem Mörder auf die Spur gekommen war? Wo steckte sie nur? Warum meldete sie sich nicht?

Island ließ ihren Blick über den See schweifen. Von hier aus konnte man wirklich nicht ahnen, dass es drüben im dichten Schilf einen Badesteg gab. Sie vermutete, dass er in einer kleinen Bucht lag, die von hier nicht einsehbar war. Dort hatte vor zwei Tagen das kleine Kreihorster Ruderboot gelegen, das Frau Dormann im Bootshaus vermutet hatte. Hatte das etwas zu bedeuten?

Die kleinen Fliegen setzten sich überall auf die Haut und krabbelten darauf herum. Island ertrug den Juckreiz nicht mehr und erhob sich.

Plötzlich überkam sie eine Idee.

Ein U-Boot taucht durch eine Schleuse, dachte sie. Die Deep-Dive-Super-Challenge, das kleine, tauchfähige Forschungsfahrzeug. Angenommen, Paul-Walter und seine Freunde hatten gelernt, es zu bedienen, sie hatten das Boot wirklich flottbekommen und fuhren damit herum – dann könnten sie damit durch den Achterwehrer Schifffahrtskanal bis zur Strohbrücker Schleuse tuckern und, wenn sie die stillgelegte Schleuse benutzten, in den Nord-Ostsee-Kanal gelangen. Wie Island von den Hubers wusste, mangelte es zu dieser Jahreszeit am Nord-Ostsee-Kanal nicht an Shipspottern. Aber niemand hatte dort bisher ein U-Boot gesichtet. Wenn die Jugendlichen im Kanal jedoch auf Tauchfahrt unterwegs waren, dann war das kein Wunder. Angenommen, das U-Boot tauchte bis zu den Schleusen von Holtenau.

Und dann?

Island knetete ihre Stirn. War das Ganze nur ein schwangerschaftsbedingtes Hirngespinst?

Mal angenommen, Jon hätte herausgefunden, dass die jungen Leute das U-Boot zum Spazierenfahren nutzten. Hätte er sie bei dieser Sache unterstützt? Oder hätte er sie daran hindern wollen, es zu tun?

Die Gedanken schwirrten durch ihren Kopf. Am liebsten wäre Olga ins Wasser gesprungen, um sich abzukühlen und den lästigen Fliegen zu entkommen. Aber mit diesen vermaledeiten Stützstrümpfen war ja schon ein Fußbad viel zu kompliziert. Frustriert blickte sie noch einmal über den See, an dessen Ende sie im Kanal einen signalroten Tanker vorbeischippern sah. Katastrophenwetter, dachte sie, wahrscheinlich kommt bald ein Gewitter.

Über dem Gelände des Öllagers, das sie am anderen Ende des Sees sehen konnte, schienen sich bereits graue Wolken zusammenzuballen. Dort befand sich das rote Eisentor, an dem sie vorbeigekommen war, als sie von Groß Nordsee aus das erste Mal zum See gefahren war. *Sperrgebiet – bei Betreten Lebensgefahr!*, hatte auf dem verrosteten Schild am Tor gestanden. Sie konnte sogar den Wohncontainer erkennen, der sich zwischen den Bäumen duckte. Doch dann fiel ihr auf, dass es mitnichten Gewitterwolken waren, die sich über den Bäumen aufbauten. Es war eher ein weißlicher Nebel, der in den blässlich grauen Himmel stieg.

Nebel an einem schwülwarmen Sommertag?

Oder Rauch?

Das konnte nur heißen, dass es drüben im alten Marine-Öllager brannte.

47

Island lief über die Wiese zurück zu ihrem Wagen. Sie sah Lissy, die Hände tief in die Taschen ihrer knappen Hose versenkt, zusammen mit Bruns und Dutzen die Anhöhe zu den Spülfeldern hinaufsteigen. Inzwischen waren Hundeführer eingetroffen und begleiteten den kleinen Trupp mit den Tieren, die aufgeregt an ihren Leinen zogen.

Island stieg ins Auto und brauste den Weg in Richtung Groß Nordsee entlang. Sie musste herausfinden, worum es sich handelte. Konnte es wirklich Rauch sein? Sie wollte so schnell wie möglich zu dem rot gestrichenen Eisentor, das mit einem Vorhängeschloss gesichert war. Kurz davor hielt sie an und kurbelte das Seitenfenster herunter. *Sperrgebiet – bei Betreten Lebensgefahr!* Das Schild hing unverändert an seinem Platz. Der ramponierte Wohncontainer, den sie durch die Eisenstäbe hindurch sehen konnte, wirkte noch immer leer und verlassen. Wildes Gesträuch, das auf Erd- und Trümmerwällen wuchs, verdeckte die Sicht.

Direkt hinter den Büschen stieg Rauch auf. Aber sosehr sie die Nase in den Wind hielt, sie roch keinen Brandgeruch. Der Weg, der am Container vorbeiführte, verlief über Betonplatten, in deren Rissen verdorrtes Gras wuchs und Unkräuter in die Höhe geschossen waren. Einige Pflanzen waren abgeknickt, als wären breite Reifen darübergewalzt.

Island zog eine Landkarte aus der Ledermappe im Handschuhfach. Auf dem Kartenblatt war in der Nähe der Stelle, wo sie sich gerade befand, ein langer, schwarzer Balken eingezeichnet. Augenscheinlich handelte es sich um ein größeres Gebäude, wahrscheinlich die Ölwärmehalle, von der Polizeiobermeister Kevin Gloe so begeistert berichtet hatte.

Was also genau war dort drüben hinter dem Gestrüpp?

Hektisch griff sie zum Handy.

»Hallo, Olga«, sagte Bruns gehetzt. »Ist grad ein bisschen ungünstig ...«

»Ich wollte nur kurz ...« Doch die Verbindung war katastrophal. Island fluchte. In dieser Einöde funktionierten nicht mal die Handynetze.

»Lissy Heinke hat uns hingeführt«, hörte sie Bruns sagen. »Leere Spülrohre ... Hufspuren ... Es kann sein, dass Henna Franzen da reingekrochen ist ... Verdammt gefährlich ... Ich melde mich bei dir, wenn wir mehr wissen.«

»Bruns!«, rief Island. »Hier brennt es!«

Doch Bruns hatte schon aufgelegt.

Während des Gesprächs war der Rauch plötzlich schwächer geworden. Sollte sie die Feuerwehr rufen, oder war das unnötig?

Island stieg aus. Irgendetwas war an dem Tor festgeknotet. Als sie näher kam, erkannte sie, was es war: die Zügel einer Pferdetrense. Verdammt, dachte Island, Henna hat das Pferd ans Tor gebunden, aber es hat sich losgerissen und ist weggelaufen.

Dann aber stockte ihr der Atem. Auf dem Beton jenseits des Tores lag der kleine beigefarbene Insulinstick, mit dem sich ihre Kollegin immer versorgte. Verzweifelt sah sie sich um. Weit und breit kein Mensch zu sehen. Nur vorn am Weg standen die leeren Mannschaftsbusse.

Nervös stieg sie wieder ein und schaltete das Radio an. Rockmusik ertönte, Metallica, »Turn the Page«. Sie schaltete das Radio wieder aus. Doch es war zu spät, der Song hatte sich schon als Ohrwurm bei ihr eingenistet.

Mit ihrem Bauch sah sie sich wirklich nicht in der Lage, über das Tor zu klettern. Sie schaltete das Radio wieder ein. Gerade erklangen die letzten Takte von »Turn the Page«. Island legte den ersten Gang ein und hielt die Luft an. In langsamer Fahrt fuhr sie direkt auf das Tor zu. Sie zog den Kopf ein, umklammerte das Lenkrad mit schweißnassen Fingern und stützte sich mit gebeugten Armen ab, als der Kühler des Wagens gegen das Eisen drückte. Mit lautem Knall riss das poröse Vorhängeschloss ab und flog wie ein Geschoss gegen ihre Windschutzscheibe, die in tausend Teile zersprang. Sie stoppte den Wagen und atmete tief durch.

Es war alles in Ordnung, ihr und dem Kind ging es gut. Das Tor stand offen. Sie stieg aus und griff sich den Regenschirm aus dem Kofferraum. Dann suchte sie noch ihre Dienstwaffe und steckte sie vorschriftswidrig in ihre Handtasche: Wegen ihres Bauchumfangs und wegen der ständigen Rückenschmerzen trug sie die schon seit ein paar Monaten nicht mehr im Halfter auf der Hüfte.

Der Betonplattenweg führte zwischen dicht bewachsenen Wällen aus Bauschutt hindurch. Hinter einem quaderförmigen Bunker, von dem nur die Decke aus dem Boden schaute, stand ein roter Dodge Nitro, ein klobiger Wagen mit Rendsburger Kennzeichen. Dieser Wagen hatte oft vor dem Gutshaus gestanden. Peter von Dünen hatte ihn gefahren, als er einmal frische Wäsche ins Gutshaus gebracht hatte. Island stellte sich auf die Zehenspitzen und versuchte durch die getönten Scheiben zu spähen, konnte aber nicht erkennen, ob jemand darin saß.

Vorsichtig fasste sie an den Griff der Fahrertür, aber der

Wagen war verriegelt. Sie machte ein Foto vom Kennzeichen und folgte dann weiter der Betonplattenspur. Hinter einer Biegung stand sie unvermittelt vor einer hohen verwitterten Backsteinwand. Das Bauwerk ließ sie an das Flughafengebäude in Berlin-Tempelhof denken, es war eine lange, zweckmäßige Industriehalle mit metergroßen, unverglasten Fensteröffnungen bis hinauf unter das Dach.

Sie lief daran entlang und zählte aus Langeweile ihre Schritte. Bei einhundertundfünfzig hörte sie auf zu zählen. Als sie endlich an der Stirnseite des Gebäudes angekommen war, fielen ihr überwucherte Bahngleise auf, die ins Innere der Halle führten wie in einen alten Lokschuppen. Vorsichtig trat sie näher.

Drinnen herrschte grünes Dämmerlicht. Schlingpflanzen hatten von Stahlpfeiler und Fensterhöhlen Besitz ergriffen. Am hinteren offenen Ende der Halle waren ein Stück Seitenwand und Teile der Decke eingestürzt. Backsteine und verzogene Stahlträger bildeten dunkle, moosbewachsene Haufen.

Im offenen Dreieck des zerstörten Daches waberte Rauch. Island überlegte, ob sie den Weg durch die Halle nehmen sollte, um dorthin zu gelangen, entschied aber, außen an der Wand zurückzugehen. Sie kämpfte sich über Baumwurzeln und Grasbüschel und stolperte über versteckte Löcher im Boden.

Endlich war sie am anderen Ende der Halle angekommen. Sie blieb stehen, um nach Luft zu schnappen, und spähte vorsichtig um die Ecke. Rostiger Schrott lag unter freiem Himmel, denn das Dach war an dieser Stelle eingestürzt. Island entdeckte ein kleines, rundes Fass, um das herum weißer Rauch waberte, der unangenehm roch. Es war eigentlich kein Geruch, es war eher wie ein Stechen in der Lunge, ein leichtes Brennen, als hätte sie aus Versehen beim Putzen des Badezimmers ein bisschen Staub von einem billigen Rohrreiniger eingeatmet.

Island wich reflexartig zurück. Was war das für ein Fass? Es war zerbeult und grau oxidiert, mit Seepocken bewachsen und mit dunkelbraunen Algenfäden überzogen. Offenbar hatte das Fass ebenso wie die rostigen Metallteile lange Zeit im Wasser gelegen. Allerdings wohl kaum im Süßwasser des Flemhuder Sees, denn darin gediehen keine so großen Seepocken. Sie sah sich die Metallteile genauer an, die unterschiedlich groß waren und seltsame konische und zylindrische Formen hatten.

Als sie die Erkenntnis traf, blieb ihr kurz die Luft weg. Das mussten Fliegerbomben und Granaten sein, die jahrzehntelang im Meerwasser gelegen hatten! Sie versuchte sich zu beruhigen, indem sie sich einredete, dass die Hülsen ganz sicher leer waren. Was denn sonst? Aber ihr Unbehagen wuchs. Wenn es wirklich nur leere Hüllen waren, warum um Himmels willen hatte dann das alte, verbeulte Fass so verdächtig genebelt?

Aus dem Inneren der Halle drang plötzlich ein Geräusch. Es klang wie ein verwehtes Hüsteln. War das der Wind, der durchs kaputte Dach strich? Vorsichtig trat sie näher. Vorne am Weg hatte doch der Wagen gestanden, es musste also noch jemand auf dem Gelände sein. Sie griff in ihre Handtasche, um ihre Dienstwaffe herauszunehmen und zu entsichern. Das Klicken hallte von den Wänden wider.

Etwas ist hier faul, dachte sie.

Wieder das Geräusch, als ob jemand hustete.

An der Längswand der Halle, versenkt in den Boden, steckte ein großes, ovales Rohr aus Beton. Es sah aus wie der Eingang zu einem unterirdischen Gewölbe oder der

Zugang zu einer großstädtischen Kanalisation. Island lugte hinein. Ein kalter Hauch wehte ihr entgegen, es roch schwach nach Diesel und Teer. Das Öllager war schon über sechzig Jahre stillgelegt, aber im Untergrund gab es offenbar noch immer Spuren des Treibstoffs. Das Rohr, aus dem es jetzt knurrte, stöhnte und seufzte, führte in die dunklen Eingeweide des Lagers hinein.

Island blickte sich um. Es war noch immer niemand zu sehen. Sie wählte noch einmal Bruns' Nummer, doch nur seine Mailbox sprang an.

»Thoralf«, sagte sie leise in den Hörer. »Hör mir zu! Ich bin in der alten Ölwärmehalle, du weißt schon, am See. Hier liegt lauter komisches Zeug aus dem Meer herum. Ziemlich sicher ist das Munition aus dem Zweiten Weltkrieg, die erst vor Kurzem geborgen wurde. Möglicherweise ist sie noch scharf. Ich weiß nicht, was hier los ist. Schick mir ein paar Leute rüber. Aber unauffällig!«

Am oberen Rand des Betonrohrs war eine Strickleiter befestigt, die wie eine Treppe hinunterführte. Island steckte ihre Waffe in die Handtasche zurück, klemmte sich den Regenschirm unter den Arm und kletterte die Strickleiter hinab, bis sie festen, sandigen Untergrund unter den Füßen spürte. Langsam tastete sie sich voran und bewegte sich auf das Licht am Ende des Rohres zu. Der Gang endete in einem runden Betonbecken, das die Ausmaße eines großen Güllebehälters hatte. Das musste einer der Speichertanks sein.

In der einen Ecke lag jemand, eine Gestalt mit roten Haaren.

»Henna!«, schrie Island, rannte zu ihrer Kollegin hinüber und kniete sich neben sie.

Benommen drehte Henna den Kopf zur Seite. Sie versuchte, Island anzusehen, aber ihre Augen zuckten nur wirr. Island nahm ihre Handgelenke und fühlte ihren Puls. Hennas Herz raste. Das Insulin …

»Pass auf«, sagte Island und strich Henna mit der Hand über die Wange. »Ich habe die Notbox im Wagen am Tor. Ich bin gleich wieder bei dir. Hältst du so lange durch?«

Hennas unsteter Blick wanderte nach oben und fixierte den Rand des Beckens. Island folgte ihrem Blick und erspähte zwei Augenpaare, die auf sie herunterstarrten. Sie konnte die beiden Menschen zunächst nicht identifizieren. Sie erkannte nur einen Jungen mit mittellangen Haaren und ein Mädchen in kurzem Rock. Dünn und ungelenk wirkten ihre Körper im Gegenlicht. Sie trugen Jagdgewehre, die sie auf Henna Franzen und Olga Island gerichtet hielten.

»Was soll das?«, rief Island, nach oben gewandt.

Keine Antwort.

»Bitte«, sagte Island eindringlich. »Diese Frau braucht einen Arzt!«

Immer noch kein Wort von oben.

Sie beugte sich entschlossen über Henna und packte sie unter den Achseln.

»Meinst du, du schaffst es bis ins Rohr?«, fragte sie leise in ihr Ohr.

»Halt«, kam es von oben in scharfem Ton. »Nicht bewegen.«

»Warum nicht?«

Sie erkannte seine Stimme. Aber sie hatte sie noch nie so entschlossen gehört.

»Wir stellen hier die Fragen«, rief Paul-Walter Tüx.

»Ist euch nicht aufgefallen, wie beschissen es ihr geht?

Sie ist zuckerkrank und wird bald ins Koma fallen, wenn ihr niemand hilft.«

Wieder Schweigen am Beckenrand.

»Sie braucht ihr Insulin, sonst wird sie sterben!«

»Ist es etwa unsere Schuld, dass sie hier aufgekreuzt ist?« Das Mädchen konnte anscheinend auch sprechen. Island hatte sie bisher immer nur zusammen mit den anderen gesehen, auf der Terrasse des Herrenhauses. War das nun Grit oder Marthe?

»Sie hat das bescheuerte Pferd draußen ans Tor gebunden und herumspioniert.«

»Das konnten wir nicht zulassen«, ergänzte Paul-Walter.

»Warum?«

»Schlechter Zeitpunkt.«

»Für wen?«

»Wir sind mittendrin.«

»Mittendrin in was?« Island spürte, dass ihr langsam der Geduldsfaden riss.

»In unserer Expedition.«

»Eure was?«

Am liebsten hätte sie gelacht, aus Anspannung und Hysterie und weil sich das alles so verrückt anhörte. Aber sie fürchtete, dass ihr gleich eine Ladung Schrot um die Ohren fliegen würde. Deshalb biss sie sich auf die Lippen.

»Es wäre cool, wenn ihr mir endlich erzählen könntet, worum es eigentlich geht. Ich habe schon so eine vage Ahnung. Hat es was mit dem U-Boot zu tun, das ihr …?«

Paul-Walter ließ sie nicht ausreden. »Ja! Wir tauchen in der Ostsee und holen das Zeug hoch.«

»Was holt ihr hoch? Etwa das, was da oben in der Halle liegt?«

»Die Munition, alles, was wir finden. In der ganzen Kieler Bucht, wenn Sie es schon so genau wissen wollen.«

»Bomben und Granaten? Seid ihr völlig wahnsinnig!«, rutschte es ihr heraus.

Die Stimme des Mädchens klang entschlossen. »Wir werden die Welt auf ein Problem aufmerksam machen, das keiner sehen will. Nämlich dass die Meere als Müllkippe missbraucht werden.«

Island riss sich wieder zusammen. Sie legte den Kopf in den Nacken und blickte gespielt respektvoll zu den beiden jungen Leuten hinauf.

»Ihr meint das richtig ernst, oder?«

Paul-Walter beugte sich hinunter, das Gewehr schleifte am Betonrand des Tanks entlang, und Island hielt schützend die Hände vor ihren Bauch. Sie hatte allmählich die Schnauze voll von der Situation, aber sie steckte mit drin in diesem Albtraum und musste sich irgendetwas einfallen lassen.

»Allein aus dem Zweiten Weltkrieg liegen in Nord- und Ostsee noch über eine Million Tonnen Kriegsmunition«, fuhr das Mädchen fort. »Können Sie sich so eine Menge überhaupt vorstellen? Dabei enthält das Zeug hochgiftige Stoffe wie Chlorgas, Lachgas oder Phosgen. Aber auch aus ganz normaler Munition treten ständig Gifte aus, Arsen zum Beispiel, Blei, Schwermetalle. Das gelangt über die Fische direkt in die menschliche Nahrungskette. Aber keiner unternimmt was dagegen. Keiner. Die Sachen bleiben einfach im Meer und rosten langsam vor sich hin. Niemand kümmert sich um die Bergung.«

»Aber ihr tut etwas?«

»Wir zeigen es allen.« Das war wieder Paul-Walter.

»Meine Güte, ja«, sagte Island. »Und das macht ihr mit dem U-Boot. Der Deep-Dive-irgendwas, stimmt's?«

»Exakt.«

»Und ihr wollt mir jetzt erzählen, dass ihr damit durch die Schleusen gefahren seid?«

»Nein, wir sind nicht hindurchgefahren, wir sind hindurchgetaucht.«

»Und wie geht das? Die Schleusen von Holtenau sind doch Hochsicherheitsbereiche. Da wird alles strengstens überwacht.«

»Über Wasser schon. Aber unter Wasser nicht. Wir hängen uns einfach an die großen Schiffe dran, Frachter, Tanker, Kreuzfahrer. Und bevor die Schleusentore geschlossen werden, sind wir – schwups – schon drin und genauso schnell auch wieder draußen. Das Wasser des Nord-Ostsee-Kanals ist im Sommer so trübe, dass man uns nicht sieht.«

»Toll«, sagte Island laut. »Genial.«

Paul-Walter hob stolz den Kopf. »Wir tauchen heute Nacht nach Kartuschen mit Nervengift, die noch in einem Wrack vor Bülk liegen.«

»Bloody shit!«, gab Henna Franzen von sich, die die ganze Zeit reglos dagelegen hatte. »Bloody fucking shit.«

»Okay«, rief Island. »Ich werde jetzt deine Eltern anrufen, Paul-Walter. Und ihr beide werdet nicht auf uns schießen, wenn wir langsam hier rausgehen, um etwas zu trinken und Insulin aufzutreiben. Ist das klar?«

Sie griff nach ihrem Handy und wählte Dutzens Nummer.

Im selben Moment gab es einen ohrenbetäubenden Knall, und ihnen flogen Schrotkörner um die Ohren. Entschlossen packte sie Henna am Arm und riss sie hoch. Nun erst sah Island, dass von dem Rohr, durch das sie hergekommen war, weitere Nebenrohre abzweigten. Unterirdisch entpuppte sich das Gelände zwischen den Öltanks als ein einziges Labyrinth aus Rohrleitungen.

Island zog Henna Franzen in das erstbeste dunkle Rohr hinein. Franzen zitterte am ganzen Körper. Ihre Lippen waren blau. Island durchwühlte ihre Handtasche und fand die Serviette mit dem letzten Brötchen vom Frühstück. Sie riss kleine Stücke davon ab und schob sie Franzen zwischen die Lippen, denn sie vermutete, dass die Diabetikerin vor allem an Unterzuckerung litt.

»Ich hab so einen verdammten Durst«, brachte Henna Franzen mühsam hervor.

»Versuch, etwas davon runterzuschlucken«, sagte Olga Island. »Ich habe noch einen sauren Fruchtbonbon in meiner Handtasche. Der regt den Speichelfluss etwas an.«

Der Fruchtbonbon, an dem noch Strandsand haftete, war schon etwas in der Auflösung begriffen. Hauptsache, etwas Süßes, dachte Island und stopfte ihn in Franzens Mund.

Im großen Tank hallten weitere Schüsse pfeifend von den Wänden wider. Aber offenbar fiel den Angreifern das Schießen schwerer als das U-Boot-Fahren. Jedenfalls war keine der beiden Polizistinnen verletzt. Während sie nebeneinander im dunklen, engen Rohr hockten, riss Island das Handy aus der Handtasche und wählte noch einmal Dutzens Nummer.

»Was ist los?«, fragte er leicht genervt.

»Ich habe Henna gefunden«, schrie Island ins Telefon. »Wir sind im Öllager. Bitte, lass Theodor oder Stefanie Tüx oder beide sofort herbringen. Es ist dringend. Ihr Sohn Paul-Walter und seine Freunde drehen völlig durch.

Sie sind bewaffnet und schießen auf uns. Das Notfallpack für Franzen ist in meinem Wagen, aber der steht vorne am Tor.« Sie kam nicht dazu, mehr zu erzählen, denn da tauchte am Ende des Rohrs schon das Gesicht des Jungen auf. Er grinste, als er die beiden sah, aber mit der Waffe machte er Island unmissverständlich klar, dass sie das Handy sofort fallen lassen sollte.

»Wenn eine von euch versucht zu fliehen oder uns angreift, geht drüben in der Halle die Munition hoch.«

»Hoffentlich wird euch nachher der Hintern versohlt«, murmelte Island und trat mit erhobenen Händen aus dem Rohr heraus.

48

Her mit der Handtasche!«

Ihr blieb nichts anderes übrig, sie musste tun, was er verlangte. Sobald er die Tasche in den Händen hatte, zog er den Reißverschluss auf, durchsuchte sie und zog die Pistole heraus. Er pfiff durch die Zähne.

»Schon entsichert«, sagte er und zwang die beiden Frauen mit vorgehaltener Waffe, zurück in die Halle zu gehen. Island spürte, wie schwach Henna war und wie sehr sie sich zusammenreißen musste, um sich überhaupt aufrecht zu halten.

Oben in der Halle wartete schon das Mädchen mit dem Jagdgewehr. Sie sagte kein Wort, hielt aber die Flinte unmissverständlich auf sie gerichtet und bedeutete ihnen, sich an der gegenüberliegenden Hallenwand neben den Haufen mit der Munition auf den Boden zu setzen. Der künstliche Nebel hatte sich verzogen, das Fass war vollständig entleert. Island hatte einmal gelesen, dass man im Krieg solche Behälter an strategisch günstigen Orten aufgestellt hatte, um den feindlichen Fliegern mit dem Nebel die Orientierung zu erschweren. Dass die Nebelfässer nach all den Jahren im Wasser noch völlig funktionsfähig waren, war erstaunlich und erschreckend.

In einiger Entfernung heulte ein Motor auf.

War es Paul-Walter, der den Dodge Nitro anwarf?

Island zwang sich zur Ruhe. Es musste doch möglich sein, dieses Mädel da in seinem dünnen Röckchen und ärmellosen Top außer Gefecht zu setzen.

»Hey«, sagte Island, »Grit?«

Keine Reaktion.

»Marthe?«

Die Augen der Frau verengten sich.

»Hey, Marthe, nimm doch mal die Waffe runter. Wir hauen schon nicht ab, aber meine Freundin hier braucht einen Arzt.«

Keine Reaktion.

Island wechselte den Tonfall.

»Wir beide sind Polizistinnen, und es wird sowieso nicht mehr lange dauern, bis man uns hier findet. Die Kollegen sind bereits verständigt, und dann ist der Spaß für euch vorbei. Du kannst jetzt noch rauskommen aus der Sache, wenn du uns gehen lässt.«

Die junge Frau schüttelte den Kopf. Auf ihrem nackten Oberarm prangte das schwarze Tattoo mit dem Porträt des grimmig dreinblickenden, bärtigen Mannes, umrahmt von einer geflügelten Engelsfigur auf einer Wolke, die ein koggenähnliches Schiff in den Händen hielt. Vasco Da Gama.

»Was war das eigentlich für eine Story mit eurem Schutzheiligen?«, versuchte es Island noch einmal mit der Kumpelmasche. »Interessiert mich echt.«

Die junge Frau sah sie misstrauisch an.

Sie musste es irgendwie hinbekommen, sie zum Reden zu bringen und abzulenken. Sie musste irgendetwas tun, damit Marthe einen Fehler machte und sie abhauen konnten. Wenn sie bloß nicht so unbeweglich wäre und so voller grässlicher, lähmender Furcht. Und wenn Henna nicht in so einem erbärmlichen Zustand gewesen wäre. Ja, wenn. Aber Henna saß nur da und hielt sich stöhnend den Magen. Ihr Atem roch nach Aceton, ein Geruch wie Nagellackentferner.

»Mir ist so schlecht«, wimmerte sie.

»Warum Vasco Da Gama?«, wandte sich Island laut an das Mädchen. Und weil sie keine Antwort erhielt, redete sie einfach weiter. »Ich kann mir vorstellen, warum. Damals, zur Zeit der großen Entdecker, da gab es noch richtige weiße Flecken auf den Landkarten der Welt, stimmt's? Ihr wolltet einfach auch mal so was machen wie die großen Entdecker damals. Etwas, was noch kein anderer Mensch vor euch getan hat. Eine große, bedeutende Expedition.«

Marthe blinzelte mit den Augenlidern.

»So wie Vasco da Gama, nicht wahr?«

Die junge Frau bewegte einmal den Mund, als ob sie einen Kaugummi kaute.

»Ich weiß, warum ihr das tut«, versuchte Island jetzt zu provozieren. »Vielleicht, weil ihr zu einer Gesellschaftsschicht gehört, die schon in jungen Jahren fast alles gemacht hat. Die tollsten Reisen, die exotischsten Länder, die abgefahrensten Sportarten, die Topevents. Da wird einem schon mal langweilig, und es muss was Neues her.«

»Was reden Sie denn da für einen Scheiß?«, platzte das Mädchen heraus. »Wir müssen das tun. Wir machen es für die Tiere in den Meeren, die das Giftzeug fressen, für die Fischer, in deren Netzen zufällig Minen landen, die dann an Bord ihrer Schiffe explodieren. Mag sein, dass die Jungs es außerdem interessant finden, weil es Kriegssachen sind. Richtige Munition eben. Es ist schon eine Herausforderung, die Dinger zu finden und hochzuholen. Aber wir können das eben. Es ist vielleicht gefährlich, aber das ist ja gerade cool.«

»Ach, tatsächlich? Das kann ich nicht glauben. Was passiert denn, wenn euch die Bomben und Granaten aus eurem tollen Hightech-U-Boot rausfallen? Und was ist, wenn so eine Fliegerbombe zufällig in einer der Schleusenkammern detoniert, in der ihr gerade herumdümpelt?« Island spuckte verächtlich aus. Ihre Entrüstung und ihre Abscheu waren echt. »Ist das dann auch noch toll?«

Marthe machte nervöse Bewegungen mit der Waffe. Gleich würde sie einen Fehler begehen, irgendetwas Unüberlegtes tun. Wenn Island nur nicht so träge wäre und so langsam.

»Habt ihr Jon Theissen getötet, weil er euch auf die Schliche gekommen ist? Hat er herausgefunden, was ihr da treibt?«

Eiskaltes Schweigen.

»Er war an der Holtenauer Schleuse, das wissen wir. Er wurde dort beobachtet. Sicher hat er auch gesehen, wie ihr durch die Schleuse bei Strohbrück getaucht seid.«

Die junge Frau schüttelte den Kopf, sah aber irritiert aus.

»Und Cord Petersen? Der hat doch auch davon gewusst. Er hat euch so wunderschön die Arme tätowiert. Und dann hat er angefangen, euch zu erpressen, oder? Habt ihr ihn deshalb beseitigt?«

Wieder ertönte ein Motorengeräusch. Diesmal schien es näher zu kommen.

»Ist diese sogenannte Expedition es wert, zwei Morde zu begehen?«

Verdammt noch mal, dachte Island, wann kommt endlich Verstärkung? Oder war es Paul-Walter, der zurückgekehrt war?

Der Motor verstummte.

»Wasser«, wimmerte Henna Franzen. »Durst.«

Ein paar Minuten später erschienen am anderen Ende der Halle zwei Personen. Die eine trug einen Helm, sodass man ihr Gesicht nicht erkennen konnte, die andere hatte lange dunkle Haare und eine mit weißer Gaze verpflasterte Nase.

»Hier sind wir«, schrie Island, so laut sie konnte. Die beiden drüben hoben ruckartig die Köpfe.

Marthe zückte erneut die Waffe.

»Ich schieß euch platt«, rief sie.

»Bleib ruhig, dir wird nichts geschehen, wenn du uns jetzt einfach gehen lässt«, meinte Island beschwichtigend.

»Nein, ihr bleibt!«

Island ließ sich mit dem Rücken gegen die Wand fallen. Eine Welle aus Empörung stieg in ihr auf. Diese selbst ernannte Edel-Öko-Kriegerin hätte ein paar Backpfeifen verdient.

»Ich will einen Wagen als Fluchtfahrzeug«, schrie das Mädchen.

Island nickte. Na warte, dachte sie, na warte.

Sekunden verrannen, die zu Minuten wurden.

»Einen Wagen!«, kreischte Marthe immer wieder. »Los, einen Wagen.«

»Schon gut«, sagte Island schließlich. »Das lässt sich sicher einrichten.«

Plötzlich machte es Plopp, und drei kleine, stabartige Kartuschen rollten über den Boden. Der Rauch war blau und rot und gelb, und jeder Fußball-Hooligan mit den entsprechenden Vereinsfarben hätte einen Freudentanz aufgeführt. Drei wunderschöne Rauchbomben des 21. Jahrhunderts vernebelten die Sicht in der Halle.

Professionell und mit schnellen Bewegungen hatten die Mitarbeiter des SEKs die junge Frau auf den Boden geworfen, entwaffnet und in Handschellen gelegt. Noch als sie abgeführt wurde, schrie und trat sie um sich.

Es dauerte noch zwei Minuten, bis der Notarzt bei Henna Franzen war, und weitere vier Minuten, bis die Sanitäter sie aus der vernebelten Halle gebracht hatten, um mit der Notversorgung zu beginnen.

Währenddessen stand Stefanie Rubi-Tüx immer noch vorne zwischen den Gleisen und trat unruhig von einem Fuß auf den anderen. Island machte sich auf den Weg zu ihr. Diese riesige Halle war ein öder Ort. Sie dachte plötzlich an die Menschen, die dieses Ungetüm gebaut hatten. Fremdarbeiter, Zwangsarbeiter, KZ-Insassen. Die Vergangenheit schien zwischen den Mauern konserviert. Sie erinnerten an die Gigantomanie des nationalsozialistischen Bauwahns, die Unmenschlichkeit des Krieges und seine Sinnlosigkeit.

»Wo ist Ihr Sohn?«, fragte Island.

»Ich weiß nicht, wo er steckt«, sagte die Frau aufgeregt und hielt sich ihre verpflasterte Nase.

»Aber Sie wissen schon, was er in seiner Freizeit treibt?«

»Nein, wieso?«

»Weil Sie doch alle hier zusammen Urlaub machen auf Ihrem Schloss.«

»Es ist ein Gutshaus, kein Schloss.«

»Danke für die Belehrung«, sagte Island schroff. »Was ist eigentlich mit Ihrer Nase passiert?«

»Kleiner Unfall.«

»Oh, ist es schlimm?«

»Nein, das ist nur oberflächlich, eine Kleinigkeit.«

»Ihr Mann hat Ihnen das Nasenbein gebrochen.«

Die Frau schnappte nach Luft und schien etwas sagen zu wollen, hatte sich aber sofort wieder im Griff.

»Was sollen solche haltlosen Anschuldigungen?«, fuhr sie Island an.

»Ich muss Sie leider mit etwas weitaus Schlimmerem konfrontieren. Es besteht der dringende Verdacht, dass Ihr Sohn sich gerade auf dem Weg in die Ostsee befindet. Und zwar mit dem Spielzeug Ihres Gatten, dem Hightech-Unterseeboot, um auf dem Meeresgrund nach scharfer Munition zu tauchen und sie hierher in die Halle zu bringen. Er hat damit gedroht, Nervengift zu bergen. Giftgas, wenn Ihnen das etwas sagt.«

Stefanie schüttelte ungläubig den Kopf und lachte gekünstelt. »Das haben Sie sich ausgedacht. Für eine Polizistin haben Sie eine blendende Phantasie.«

»Sie glauben es also nicht?«

»Nein.«

»Dann nehmen Sie bitte trotzdem Ihr iPhone, iTouch oder was auch immer Sie da in Ihrem Täschchen haben, zur Hand. Wir müssen versuchen, zu Ihrem Sohn Kontakt zu bekommen.«

Widerstrebend öffnete die Frau ihre Gucci-Handtasche.

»Man kann doch mit diesem Gerät skypen?«

»Sie meinen, mit meinem Sohn? Ja, das geht, wenn er es zulässt. Wenn er nicht will, dann funktioniert es natürlich nicht. Die Kinder wissen ja immer, wie sie einen austricksen.«

Island beobachtete die Gutsherrin, wie sie dastand und mit der Spitze ihres manikürten Zeigefingers die Symbole antippte und darauf wartete, dass sich die Verbindung aufbaute. Man konnte sehen, dass sie mit dieser Technik nicht aufgewachsen war. So bitter es war, aber auch eine Stefanie Rubi-Tüx konnte ihr wahres Alter nicht verstecken.

Aus dem Gerät erklang die Stimme von Paul-Walter und riss Island aus ihren Gedanken.

»Was ist denn, Mama?«, fragte er unwirsch.

»Wo steckst du, Paul-Walter?«

»Warum interessiert dich das?«

»Ich höre gerade unglaubliche Sachen über dich. Sag mir nur schnell, dass das alles nicht stimmt, Schatz, ja?«

»Was denn?«, fragte er, schon etwas unsicherer.

»Angeblich tauchst du mit Theodors U-Boot herum?«

»Aha?«

»Stimmt das, oder nicht?«

»Wieso willst du das wissen?«

»Weiß dein Vater davon?«

»Mama, lass mich in Frieden.«

»Paul-Walter, wo sind die anderen? Cyrano, Tom und Grit?«

»Mach dir keine Sorgen, auch die haben ihren Spaß.«

»Okay. Aber wo seid ihr?«

»Das geht dich nichts an.«

»Ich sehe doch, dass du auf einem Bootsteg bist. Willst du segeln?«

»Mutter, lass mich in Frieden, ich schalte dich jetzt weg.«

»Nein, Paul-Walter, warte«, sagte sie streng und betonte

dabei jedes einzelne Wort. »Stimmt es, dass ihr nach Giftgas tauchen wollt?«

Er schwieg.

»Paul-Walter!« Ihre Stimme klang jetzt angsterfüllt, fast schrill. »Hört auf damit, und kommt sofort nach Hause!«

»Nein!«

»Wenn dein Vater das erfährt, schlägt er dich grün und blau.«

»Das wird er nie wieder tun.«

»Ich befehle dir, dass du sofort nach Hause kommst.«

»Du hast mir gar nichts zu sagen.« Jetzt geriet Paul-Walter in Fahrt. »Du hältst besser deinen Mund. Willst *du* etwa ein Vorbild sein? Ein Vorbild für das, was man zu tun und zu lassen hat?« Er lachte gehässig.

»Was meinst du denn damit?«

»Was du gemacht hast, ist ja wohl das Schlimmste, was man machen kann. Du hast den Menschen ermordet, den du geliebt hast.«

Island sah die Gutsherrin erblassen. Sie geriet ins Wanken, streckte einen Arm zur Seite und krallte sich an einem dürren Baum fest, der sich einen Platz im Gleisbett erkämpft hatte.

»Wieso sagst du so etwas?«, flüsterte sie.

»Ich habe Cords Filme gesehen, Mutter.«

»Was?«

»Die Filme, die in deinem Wagen aufgenommen wurden. Du hast wohl total vergessen, dass die Kamera im Heck lief, was? Fohlenalarm, dein tolles Überwachungsprogramm. Damit du nachts nicht fünfmal in den Stall rennen musst, wenn die Stuten abfohlen. Du und deine bescheuerten Pferde. Sie waren dir ja schon immer wichtiger als Dad oder ich.«

»Nein«, sagte sie. »Nein.«

»Tja, Mama, jetzt hast du ein Problem.«

»Paul-Walter, sag mir, wo hat Cord den Film versteckt?« Ihr Tonfall war flehend.

»Stellst du dich absichtlich so dumm, Mutter? Cord hat doch seine persönlichen Sachen bei dir in den Keller gestellt. Er war ja *dein* Poolboy. Dort unten hat er uns unsere Tattoos gestochen, dort unten hat er auch seinen Laptop versteckt. Es ist nicht schwer zu finden. Fohlenalarm – herzlichen Glückwunsch zu diesem bescheuerten Programm, das dich offenbar auch noch intellektuell überfordert. Diese praktische kleine Kamera ist mitgelaufen, als du mit deinem peinlichen Jon nachts am See zum Tauchen warst. Es ist wunderschön zu sehen, wie du ihn angegangen bist wie eine Furie. Als er dir ins Gesicht gesagt hat, dass er Lissy liebt und du eine alte Schachtel bist. Deine Kamera hat Nachtsichtoptik bis fünfzehn Meter, wusstest du das nicht?«

Stefanie Rubi-Tüx schwieg.

»Alles ist darauf zu sehen. Auch wie du das Messer aus dem Picknickkorb nimmst und es ihm ins Herz rammst. Wie er sich zusammenkrümmt und umfällt. Man kann sehen, wie du die Hydraulik betätigst, um das Heck des Wagens abzusenken. Anders hättest *du* den Toten sicher nicht hineinbekommen. Das alles ist auf dem Film bestens dokumentiert und brav abgespeichert zwischen den anderen Filmen mit deinen blöden Pferden.«

Island sah, dass sich die Augen des Jungen mit Tränen gefüllt hatten. Er schluchzte auf, und seine Lippen zitterten. Doch dann ging ein Ruck durch seinen Körper, und der Junior hatte sich schon wieder im Griff.

»Ich mach jetzt Schluss, Mama«, sagte Paul-Walter wie

nach einem netten Plausch am Nachmittag. »Wir sehen uns später oder auch nicht.«

»Halt«, brüllte Island und riss Frau Tüx, die immer noch wie angewurzelt dastand, das iPhone aus der Hand. »Hier spricht die Polizei. Ich habe alles mitangehört. Paul-Walter, wo befindest du dich jetzt?«

»Das werde ich nicht sagen«, kam die Antwort mit einer Entschlossenheit, dass es Island kalt den Rücken herunterlief. »Ich werde jetzt an Bord unseres U-Bootes gehen. Wir haben Granaten an Bord und fahren demnächst in die Schleuse rein.«

»Bitte, brecht die Expedition ab. Ihr seid in großer Gefahr. Die Terrorabwehr wird euch abschießen.«

»Terrorabwehr?« Ein heiseres Lachen erklang. »Was ist das denn für ein Gerede? Und wenn, dann ist uns das auch egal. Wir werden der Welt einfach nur zeigen, wie zerbrechlich ihre Sicherheit ist. Überwachung nützt gar nichts. Und wir müssen das wissen, denn wir wurden überwacht, seit wir auf der Welt sind.«

Die Verbindung brach ab.

49

Auf einmal und ohne Vorwarnung lief die elegante Dame auf ihren Pumps los, immer weiter in die Halle hinein. Island konnte kaum Schritt halten, so schnell stakste die Frau über Steine, Schotter und verkrüppelte Baumsetzlinge. Sie erreichte den Haufen mit der Munition, blieb davor stehen und starrte auf die rostigen Behältnisse.

»Frau Rubi-Tüx«, begann Island, »kommen Sie, wir fahren rüber zu den Schleusen nach Holtenau. Vielleicht bekommen wir noch einmal Kontakt zu Ihrem Sohn. Es ist wichtig, dass Sie mit ihm reden. Wir werden Spezialkräfte einsetzen. Noch ist nichts Schlimmes passiert.«

Die Gutsherrin schien sie mit ihren Worten nicht erreicht zu haben.

»Das alles sollen die Kinder hergebracht haben?«

»Davon müssen wir ausgehen.«

Abwesend und in sich versunken stand Stefanie Rubi-Tüx da. In diesem Moment tat sie Island fast leid.

»Ich bin eine schlechte Mutter«, flüsterte sie. »Ich habe alles falsch gemacht.«

Island wählte die Nummer von Jan Dutzen. Sie hörte, wie er sich meldete, sprach aber weiter mit Frau Tüx. Mit Jan Dutzen hatte sie einen Zeugen. Sie trat näher an die reglose Frau heran und legte ihr die eine Hand auf den Oberarm.

»Haben Sie wirklich Ihren Geliebten ermordet?«

»Ja.« Die Frau nickte. Sie sah völlig erschöpft aus.

»Sie haben Jon Theissen erstochen?«

Stefanie Rubi-Tüx hatte das Kinn auf die Brust gelegt und atmete schwer. »Was soll ich noch sagen?«, stieß sie gepresst hervor. »Es ist ja doch alles auf den Filmen. Und alle scheinen es zu wissen. Mein Sohn, seine Freunde, wahrscheinlich sogar mein Mann.«

»Frau Rubi-Tüx, wenn das so ist, dann muss ich Sie festnehmen. Ihnen wird vorgeworfen, Ihren Geliebten Jon Theissen am 4. Juli am Flemhuder See erstochen zu haben. Außerdem besteht der dringende Verdacht, dass Sie Ihren Angestellten Cord Petersen erstochen haben, weil er von Ihrer Gewalttat gegen Herrn Theissen wusste und versucht hat, Sie deswegen zu erpressen. Ich mache Sie darauf aufmerksam, dass alles, was Sie jetzt sagen, gegen Sie verwendet werden kann.«

Stefanie Rubi-Tüx blickte auf. Fast sah es aus, als sei ihr in diesem Moment eine schwere Last von den schmalen Schultern genommen worden. Als habe sie sich nach diesen erlösenden Worten geradezu gesehnt.

»Wenn Sie einverstanden sind, würde ich Ihnen gern trotzdem noch ein paar Fragen stellen«, sagte Island.

Die Frau nickte.

»Warum bloß haben Sie geglaubt, sie könnten Ihren Geliebten hierher nach Kreihorst einladen, ohne dass jemand etwas bemerkt?«

Stefanie Rubi-Tüx schnaubte bitter. »Sie kennen meinen Mann nicht. Theo arbeitet immer. Er kümmert sich um seine Firmen, um seine Geschäfte, seine Angestellten und Arbeiter. Und wenn er auf Kreihorst ist, dann kümmert er sich noch zusätzlich um sein Ökoobst. In der Familie aber, also bei den Menschen, die ihm eigentlich am nächsten stehen sollten, da ist mein Mann mit Blindheit geschlagen. Er beachtet uns nicht – weder mich noch seinen Sohn. Ich habe die Erfahrung machen müssen, dass ich für meinen Mann völlig unsichtbar bin. Ich existiere, aber er sieht mich nicht. Seit Jahren schon blickt er über mich hinweg, durch mich hindurch. Dass ich eine Affäre mit einem Feriengast auf seinem Hof haben könnte, wäre für ihn ganz und gar undenkbar gewesen. Das hätte er mir niemals zugetraut. Deshalb war es eigentlich eine ganz sichere und unauffällige Sache, Jon zu Besuch zu haben.«

»Aber was ist dann passiert? Warum ist es so schiefgegangen?«

»Das war Lissys Schuld«, sagte die Frau, und Island sah, dass sich ihre Augen mit Tränen füllten.

»Lissy?«

»Ich konnte ja nicht ahnen, dass er sich in diese Göre

verlieben würde.« Stefanie Rubi-Tüx drehte eine Haarlocke um ihren Zeigefinger und lachte verzweifelt. »Ich konnte dabei zusehen. Von da an habe ich Höllenqualen gelitten.«

»Was ist eigentlich in jener Nacht passiert? Wollen Sie darüber sprechen?«

Frau Rubi-Tüx holte tief Luft. Dann begann sie wieder zu reden. Es war fast so, als führte sie ein langes, monotones Selbstgespräch.

»Jon sagte: ›Lass uns heute Nacht tauchen gehen. Wir fahren raus an den See und sehen uns die Wollhandkrabben an.‹ Eine riesige Population hat sich im See eingenistet. Sie gehörten ursprünglich nicht hierher, sondern sind mit dem Wasser aus den Ballasttanks der Schiffe gekommen, die durch den Kanal fahren. Es sind riesige Tiere, und in der Nacht sind sie besonders aktiv. Ich dachte, ja, warum nicht? Aber Jon interessierten die Krabben überhaupt nicht. Er hatte etwas ganz anderes vor. Er wollte durch den See zur toten Schleuse rüber. Davon war er total besessen. Wir sind also abgetaucht, und dann war er plötzlich weg. Das ist das Schlimmste, was ein Taucher machen kann, seinen Partner im Stich lassen. Ich bin schließlich allein aufgetaucht, völlig panisch. Und natürlich habe ich mir wahnsinnige Sorgen gemacht, dass er im See ertrunken sein könnte. Ich bin aus dem Wasser gestiegen und habe meine Ausrüstung in den Wagen geladen. Erst nach einer Stunde, es wurde schon hell, war er plötzlich wieder da. Gut gelaunt, grinsend, scherzend kam er mit dem Boot angerudert. ›Ich weiß jetzt, was sie treiben‹, sagte er. ›Das ist so was von abgefahren. Lissy ist auch dabei. Lissy ist sowieso die Schärfste.‹ Er wollte mir davon erzählen, aber ich wollte das überhaupt nicht hören. Ich hab nur noch Lissy gehört, immer Lissy, Lissy.«

Sie machte eine kurze Pause, bevor sie fortfuhr.

»Wie er ihr schon hinterhergesehen hat, wenn sie nur über den Hof ging! Wie sie heimlich zusammen ausgeritten sind. Wie sie sich hinter der Gärtnerei getroffen haben, um Joints zu rauchen. Abartig! Als Jon in dieser Nacht aus dem See gestiegen ist, so voller Adrenalin und Glück und in Gedanken so weit weg von mir, musste ich ihn zur Rede stellen. Er war ja schließlich zu mir gekommen, auf meinen Hof. Aber er hat sich nur in aller Seelenruhe aus seinem Taucheranzug gepellt. Ich hab ihn angeschrien: ›Was soll das mit Lissy? Sie ist nur ein Kind, eine Proletin, ein stinkendes Pferdemädchen!‹ Doch er sieht mich nicht einmal an. ›Sieh mich an!‹, schreie ich. ›Bist du jetzt genau wie mein Mann, der mich einfach nicht sehen will?‹ Da blickt er auf. Er starrt mich an – voller Widerwillen, Abscheu, Verachtung. Und dann sagt er etwas, er sagt …«

Sie hielt inne. Ihr Gesicht wirkte blass und eingefallen. Sie schwitzte, sie zitterte.

»Er sagt: ›Weißt du was, Stefanie von und zu Geldadel, du bist eine garstige alte Schachtel. Du sitzt hier mit deinen blöden Gäulen und plusterst dich auf. Aber mit einer Sache musst du dich nun mal abfinden. Das Altern kannst selbst du mit deinem ganzen verfluchten Geld nicht aufhalten. Und gewöhn dich endlich daran: Eine neue Generation von Frauen ist am Start, und du musst dich damit abfinden, dass du nicht mehr dazugehörst.‹ Er hat nicht aufgehört, mich zu verspotten. Und dabei hat er mich nicht mal angesehen. Da habe ich das Messer genommen. Es lag im Picknickkorb, der sich noch vom Vortag im Wagen befand. Und ich habe zugestochen.«

Jetzt schien sie sich wieder ein bisschen beruhigt zu haben.

»Ich wollte ihn nicht töten, das müssen Sie mir glauben, aber ich wollte ihn verletzen. So wie er mich verletzt hat. Ich habe ihn voll getroffen, und er hat aufgehört zu atmen. Ich habe ihn zugedeckt, als ob er schliefe, und habe seine Tauchsachen eingeladen. Dann ist diese Frau mit dem Fahrrad an den See gekommen, dabei war es viel zu früh am Morgen, erst sechs Uhr. Während sie schwamm, habe ich im Wagen gesessen und konnte nicht aufhören zu weinen. Sie hat mich nicht beachtet, der Wagen stand im Schatten der Bäume. Aber sie hat Jon gesehen. Als sie weg war, habe ich ihn abtransportiert. Mein Wagen hat ja diese Absenkautomatik.«

»Und am nächsten Morgen haben Sie die Leiche auf der Baustelle entsorgt?«

Stefanie Rubi-Tüx sah sie an, als erwache sie aus einem schlechten Traum. »Nein, ich habe ihn erst mit nach Hause genommen, aber irgendwo musste ich ihn doch lassen. Man sollte ihn doch nicht finden.«

»Das hat ja dann nicht geklappt«, meinte Island trocken. »Und warum musste Cord Petersen sterben? Hatten Sie mit ihm auch ein Liebesverhältnis?« Ihr Ton wurde amtlich.

»Wo denken Sie hin? Dass ich alle jungen Männer flachlege? Jon habe ich wirklich geliebt.« Sie lächelte traurig. »Cord hat mich erpresst. Er hatte doch nur den Auftrag, die Filme von den Fohlengeburten noch einmal durchzusehen, damit ich sie löschen konnte. Hätte ich mir bloß nie diese kleinen Überwachungskameras besorgt. Er muss mir eine davon aus dem Stall geklaut und in mein Auto eingebaut haben. Ich habe das nicht bemerkt, es sind ja ganz winzige Dinger. Den Rest kennen Sie.«

»Cord Petersen wollte dann Geld von Ihnen?«

»So war es.«

»Und da haben Sie ihn getötet?«

»Ich musste dafür sorgen, dass er schweigt.« Nach einer kurzen Pause fuhr sie fort: »Es war so furchtbar, wie er starb. Entsetzlich. Ich werde diese Bilder nie wieder aus meinem Kopf bekommen. Ich bin mit Schuld besudelt bis an mein Lebensende.« Sie war den Tränen nahe.

»Hat Ihr Mann von Ihrem Verhältnis mit Jon Theissen gewusst?«

»Ich sagte ja schon, dass mein Mann in seinem privaten Bereich völlig blind ist. Er beachtet weder mich noch Paul-Walter. Er hat seine wichtigen Aufgaben. Wir existieren, wenn überhaupt, nur am Rande seines Gesichtsfeldes. Trotzdem betrachtet er mich als seinen Besitz. Seit er geahnt hat, was am See geschehen ist, war ich für ihn wertlos.«

Völlig unvermittelt rannte die Frau los. Sie erreichte den Haufen Munitionsschrott, es schien, als ob sie zögerte, aber dann begann sie hinaufzuklettern. Island riss sich die Hände vors Gesicht. Starr vor Schreck und Entsetzen trat sie den Rückzug an. Sie keuchte, als sie den Ausgang der Halle erreichte. Jemand kam hinter der Backsteinwand hervorgesprungen und legte einen Arm um ihre Schulter. Es war Jan Dutzen. Sie schmiegte sich an seinen warmen, festen Körper und schloss für kurze Zeit die Augen. Dann war sie wieder klar im Kopf.

»Zurück!«, schrie sie den vermummten Gestalten zu, die mit ihren Sturmgewehren hinter einem Stapel Holzbohlen das Geschehen in der Halle beobachteten und nun zurückwichen.

»Olga«, sagte Dutzen. »Komm jetzt weg hier. Alles andere machen die SEKler.«

Nur widerstrebend ließ sie sich von ihm wegführen. Aber Dutzen hatte recht. Sie hatte getan, was sie konnte.

Gerade als sie und Jan Dutzen den Wohncontainer am Tor erreicht hatten, erschütterte eine gewaltige Explosion die Luft. Im selben Moment schlang Jan Dutzen schützend seine Arme um Olga Island und zog sie in die sichere Deckung. Es folgten mehrere heftige Detonationen. Ein riesiger apokalyptischer Rauchpilz stieg über den Büschen auf, Feuer schoss in den Himmel.

Später sagten die Leute, dass die Explosionen bis nach Kiel zu hören gewesen seien. Es war der Tag, als die Ölhalle am Flemhuder See vom Erdboden verschwand.

»Die Liebe einer Frau kann sehr zerstörerisch sein«, sagte Jan Dutzen, sah Island besorgt ins Gesicht und zog dann eine seiner Grimassen. Doch Olga war nicht einmal mehr zum Lächeln zumute.

50

Die Abendsonne tauchte den Schönberger Strand in ein goldenes Licht. Olga Island lag ausgestreckt auf ihrem Badelaken und blickte an ihrem Bauch vorbei auf das Wasser, in dem sich Männer, Frauen und Kinder tummelten. Weiter draußen dümpelte ein vor Anker liegendes Fischerboot in der seichten Dünung. Die leichte Brise, die vom Meer her wehte, kühlte angenehm die Haut, die trotz des sorgfältigen Eincremens am Nachmittag nun doch schon ein bisschen spannte.

Nicht weit von Island entfernt hockte ein Mann in azurblauer Badehose im Sand vor einem Einweggrill und war damit beschäftigt, Schweineschnitzel und kleine Bratwürstchen zu wenden. Auf einer alten, aber sorgfältig gebügelten Tischdecke hatte er Plastikschüsseln mit Kartoffel-, Nudel- und Reissalat, Senf und diverse Flaschen mit Grillsoßen verteilt. Daneben, halb in den Sand eingebuddelt, befand sich eine Kühltasche mit Mineralwasser, Apfelsaft und Bier.

Der Mann in der Badehose summte ein Lied, und Island hatte alle Zeit der Welt, ihn zu betrachten. Die Bewegungen, die er am Grill vollführte, waren absolut gekonnt, so als täte er nie etwas anderes, als sich um Fleisch und Würstchen zu kümmern.

Zuvor hatte der Mann ihr den Rücken eingecremt und ihr fürsorglich ein Nackenkissen aufgeblasen. Überhaupt hatte er sich schon den ganzen Tag von seiner sonnigen Seite gezeigt und sich in der Fähigkeit geübt, Wünsche von ihren Lippen abzulesen.

»Das Essen ist fertig«, gab Jan Dutzen in Form eines Singsangs von sich und grinste herausfordernd.

Mit einem zufriedenen Seufzen wuchtete Island sich hoch in den Schneidersitz.

Jan Dutzen hatte eigens bei einem der wenigen Supermärkte, die sonntags geöffnet hatten, Fleischwaren, Holzkohle und den Grill besorgt. Es waren also nicht nur die Reste von Hennas Hochzeitsfeier am Vortag, die er für sie beide aufgedeckt hatte. Das war ein rauschendes Fest gewesen. Henna und Swantje hatten einen ganzen Zeltplatz am Falckensteiner Strand gemietet. Beeindruckend viele Kollegen aus den verschiedensten Dezernaten und Abteilungen waren dabei gewesen. Franzen war offenbar noch beliebter, als Island gedacht hatte. Außerdem waren natürlich jede Menge Freundinnen und Freunde, Bekannte und Verwandte der beiden Bräute dabei gewesen.

Auf der Hochzeit hatten sie sich kaum noch über die spektakulären Ereignisse der vergangenen Woche unterhalten, als ein privates Forschungs-U-Boot in der Schleuse von Holtenau festgesetzt worden war. Die jungen Leute, die mit dem Gefährt unterwegs gewesen waren, hatten den Fangkorb unter dem Boot mit Metallkartuschen beladen. Die Taucher der Bundeswehr hatten bei der anschließenden Untersuchung festgestellt, dass die Kartuschen alle leer gewesen waren. Das Gift, das einmal in ihnen gesteckt hatte, war schon vor vielen Jahren vom Ostseewasser herausgewaschen worden.

Bei Henna Franzens Hochzeit jedenfalls hatte es Unmengen zu essen und zu trinken gegeben. Und weil Henna sie beim Abschied genötigt hatte, auf jeden Fall noch etwas von den Salaten mitzunehmen, hatte Jan Dutzen gefragt, ob Olga nicht Lust hätte, mit ihm am nächsten Tag an einem seiner Lieblingsplätze zu grillen. Das Wetter sei doch einfach zu schön.

Olga hatte nicht lange überlegt, ob sie die Einladung annehmen sollte. Tante Thea war wieder in Berlin. Dort bereitete sie sich auf die Kreuzfahrt im September vor, zu der sie sich von ihrem neuen Freund Dr. Rudolf Bodenfels hatte überreden lassen. Lorenz war von Italien aus über Berlin direkt nach New York weitergereist. Per E-Mail hatte sie erfahren, dass sich für ihn die einmalige Chance eröffnet habe, mit mehreren seiner Fotoarbeiten an einer Ausstellung in einer der angesagtesten Galerien Brooklyns teilzunehmen. Aber nach der Vernissage und einigen Tagen Aufenthalt in New York werde er bestimmt nach Kiel kommen und sich um alles Weitere kümmern.

Olga hatte Jan Dutzen gerade von ihrem Frust über diese Nachricht erzählt.

»Wir sind eben nur zwei kleine Polizisten«, hatte er geantwortet. »Die große Kunst spielt sich doch immer woanders ab.«

»Weißt du was, Jan Dutzen?« Olga Island aalte sich wieder auf ihrem Badelaken.

»Na?«

»Ist es nicht herrlich hier am Strand? Das Wasser, die Wellen, der Sommer?«

»Unbedingt.«

»Was sabbelst du dann von großer Kunst und so?«

»Ich denke, da stehst du drauf?«

»Eigentlich stand ich mal auf den dazugehörigen Künstler, aber was hat man von der Kunst, wenn sie einen einsam macht?«

»Bist du einsam?«

»Lorenz hat doch nie Zeit. Ich fürchte, das wird sich auch nicht ändern, wenn das Kind da ist.«

»Weißt du was, Olga Island?« Dutzen gähnte und legte sich auf das Laken neben ihr.

»Na?«

»Du hast doch mich.«

Beide mussten lachen.

Aber als Island ihn ansah, sein sonnengebräuntes Grübchen über der Oberlippe, die kleinen, weißen Schneidezähne, fand sie doch, dass er zum Anbeißen aussah.

»Die richtig große Kunst ist sowieso das Leben«, sagte er und senkte seinen Blick tief in ihre Augen. »Das ist doch das, was wir in unserem Beruf jeden Tag aufs Neue erleben.«

»Wow, Dutzen, ich wusste gar nicht, dass du *solche* Gedanken hast«, sagte sie und musste blinzeln.

»Ich habe noch ganz andere Gedanken.«

»Ja? Was denn?«

»Wusstest du, dass ich schwangere Frauen total erotisch finde?«

Island lachte los. »Kannst du dir vorstellen, dass ich auf kleine Polizeibeamte abfahre?«

»Man darf ja wohl noch träumen«, sagte er und sah einer Möwe nach, die mit einem dünnen Fisch im Schnabel über sie hinwegflog, gefolgt von einer Schar Artgenossen. Eine Weile sagten sie beide nichts. Das Kreischen der zankenden Vögel war zu hören, das sich mit dem Kreischen von spielenden Kindern mischte.

»Warst du eigentlich eifersüchtig auf Henna?«, fragte er nach einer Weile.

»Warum das denn?«

»Ich meine, weil wir zusammen schwimmen gegangen sind?«

Olga Island musste schon wieder lachen, dass ihr der Bauch wackelte. »An Selbstüberschätzung leidest du überhaupt nicht, was?«

»Ich mein ja nur.«

»Weißt du, ich arbeite gern mit dir zusammen. Man könnte sagen, ich habe mich langsam an dich gewöhnt. Das war nicht leicht. Schließlich bist du einer der merkwürdigsten Kollegen, die ich je hatte.«

Jan Dutzen schien nachzudenken. »Olga?«

»Was?«

»Du warst schon ein bisschen eifersüchtig, oder?«

»Sagen wir mal so, ich habe eine kurze Zeit lang wirklich gedacht, du hättest was mit Henna. Aber eifersüchtig würde ich das nicht nennen. Das würde ja heißen, dass ich, ich meine, dass du …«

»Das würde ich niemals tun«, sagte Jan Dutzen.

»Was?«

»Mit Kolleginnen etwas anfangen.«

»Tatsächlich?«

»Nie. Du kennst mich.«

Es entstand eine Pause, in der beide nur den Atem des anderen hörten. Und Olga Island hatte den Eindruck, dass der von Jan Dutzen etwas schneller ging als ihr eigener.

Dank

Dieses Buch ist ein Produkt der Phantasie. Manche Orte, an denen es spielt, gibt es wirklich, andere sind ausgedacht. Das Gut Kreihorst am Flemhuder See existiert nicht. Die Spülfelder und das ehemalige Marineschweröllager hingegen gibt es dort am See tatsächlich. Machen Sie doch einmal eine Radtour am Kanal entlang, und sehen Sie nach, wie es dort aussieht. Es gibt viele abgelegene und interessante Ecken, die nicht nur in langen, hellen Sommernächten eine ganz besondere Stimmung verbreiten.

Ähnlichkeiten mit lebenden, toten oder fiktiven Personen sind nicht beabsichtigt und daher zufällig.

Für Unterstützung und Hilfe am Manuskript danke ich Tim Schwabedissen, Mary Jirsak, Marion Hartwig, Helle Madsen, Ulrike Gramann und Ralf Warschau, außerdem einem ehemaligen Leiter der Kieler Mordkommission, dem ich auch diesmal wieder viele Fragen stellen durfte. Was die Polizeiarbeit angeht, bildet die Fiktion die Realität nicht immer ab. Mein ganz besonderer Dank gilt Frau Dr. Annika Krummacher für das intensive und hilfreiche Lektorat.

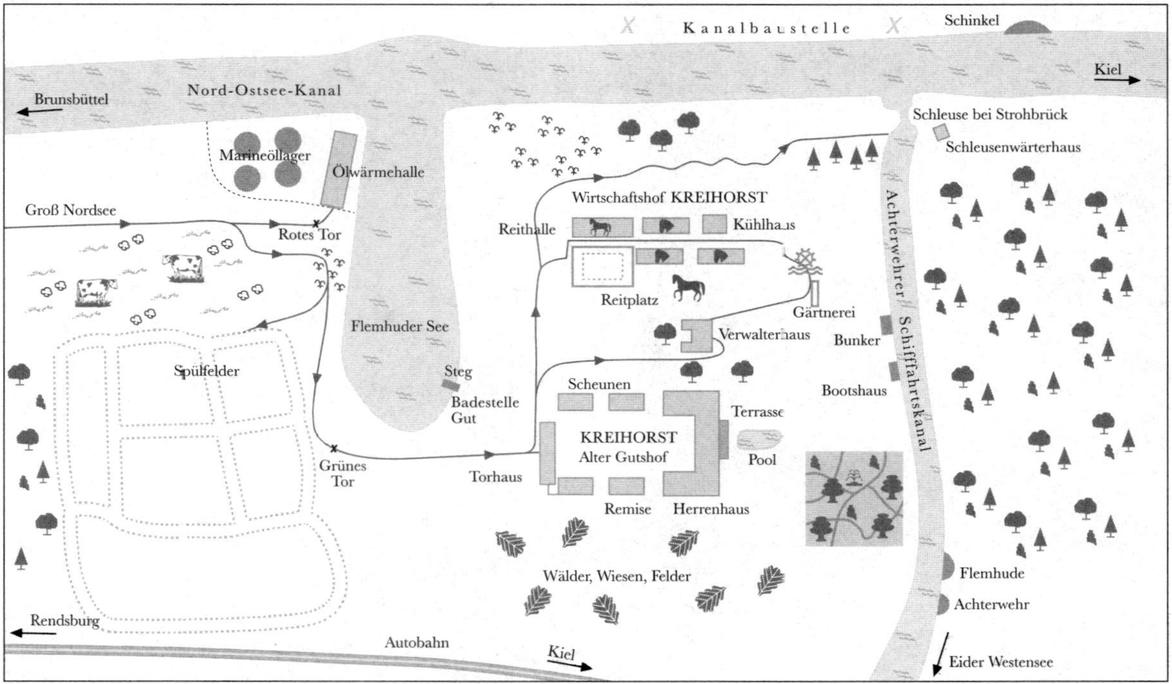
Kanalbaustelle
Schinkel
Nord-Ostsee-Kanal
Brunsbüttel
Kiel
Schleuse bei Strohbrück
Schleusenwärterhaus
Marineöllager
Ölwärmehalle
Groß Nordsee
Rotes Tor
Wirtschaftshof KREIHORST
Reithalle
Kühlhaus
Reitplatz
Gärtnerei
Verwalterhaus
Bunker
Bootshaus
Achterwehrer Schifffahrtskanal
Flemhuder See
Spülfelder
Steg
Badestelle Gut
Scheunen
KREIHORST
Alter Gutshof
Terrasse
Pool
Grünes Tor
Torhaus
Remise
Herrenhaus
Wälder, Wiesen, Felder
Flemhude
Achterwehr
Rendsburg
Autobahn
Kiel
Eider Westensee

Kirstin Warschau

Fördewasser

Ein Kiel-Krimi. 320 Seiten.
Piper Taschenbuch

An einer Staumauer bei Kiel wird die Leiche eines Mannes gefunden. Kommissarin Olga Island, soeben aus Berlin versetzt, übernimmt die Ermittlungen. Der Tote war hoch verschuldet und betrieb einen regen Handel mit Schiffsschrott. Als in der Kieler Förde eine weitere Wasserleiche entdeckt wird, sprechen die Medien von einem Serienkiller. Die Jagd nach dem Täter führt Olga Island in entlegene Winkel der Landeshauptstadt und ihrer ländlichen Umgebung. Dabei hat sie nicht nur mit den Vorurteilen ihrer Kollegen zu kämpfen, sondern auch mit einem gefährlichen Mörder, der vor weiteren Taten nicht zurückschreckt …

05/2299/02/L

Susanne Hanika

Und bitte für uns Sünder

Kriminalroman. 304 Seiten.
Piper Taschenbuch

Ausgerechnet beim Kirchputz stößt die Journalistin Lisa Wild auf eine Kiste mit menschlichen Knochen. Gleich wird gemunkelt, es müssten die Gebeine des heiligen Ignaz sein, und schon bald planen der Gastwirt und der Metzger die Vermarktung der Reliquien. Bevor die Dorfbevölkerung auf dumme Gedanken kommt, nimmt Lisa den Fall lieber selbst in die Hand – zumal der Hauptkommissar, der dummerweise zugleich ihr Freund ist, die Sache nicht sonderlich ernst nimmt. Doch dann verschwindet auf einmal der alte Ernsdorfer, der ehemalige Bürgermeister, der eigentlich viel zu gebrechlich ist, um zu verschwinden, und wenig später erhält Lisa einen Drohbrief …

05/2694/01/R

Wolfgang Burger

Der fünfte Mörder

Ein Fall für Alexander Gerlach.
320 Seiten. Piper Taschenbuch

Beinahe wäre Kriminaloberrat Gerlach Opfer eines Bombenanschlags geworden: Vor seinen Augen explodiert der Geländewagen eines bulgarischen Zuhälters. Wenig später ereignen sich weitere rätselhafte Morde, und Gerlach kommt der Verdacht, es könne sich ein Bandenkrieg anbahnen. Als er zu ermitteln beginnt, wird er von oberster Stelle zurückgepfiffen. Ausgerechnet jetzt hat der Heidelberger Kripochef gute Gründe, sich ernsthafte Sorgen um seine pubertierenden Töchter zu machen, und zu allem Übel nimmt auch sein Liebesleben eine unvorhergesehene Wendung.

05/2704/01/L

Susanne Mischke

Todesspur

Kriminalroman. 336 Seiten.
Piper Taschenbuch

Ein scheinbar leichter Fall – im miesesten Viertel Hannovers wird die Leiche eines 15-Jährigen gefunden. Erstochen liegt er auf den Bahngleisen. Doch dann stellt sich heraus, dass der Täter die Polizei an der Nase herumführt und nicht nur die angebliche Todesursache manipuliert hat. Bevor Kommissar Völxen erste Ergebnisse liefern kann, gibt es einen zweiten Toten – den Zuhälter Niko. Niemand ahnt, dass diese zwei Fälle zusammenhängen. Sicher ist nur eines: es schwebt noch ein drittes Opfer in Lebensgefahr …

05/2681/01/R